suhrkamp taschenbuch 1836

Kontrolliert erzählt die Geschichte des Jahres 1977.

Rainald Goetz, geboren 1954, studierte Medizin und Geschichte. 1983, *Irre*, Roman. 1986, *Krieg*, Stücke. 1988, *Kontrolliert*, Roman.

Rainald Goetz
Kontrolliert

Suhrkamp

suhrkamp taschenbuch 1836
Erste Auflage 1991

Satz: Uhl + Massopust, Aalen
Druck: Nomos Verlagsgesellschaft, Baden-Baden
Printed in Germany
Umschlag nach Entwürfen von
Willy Fleckhaus und Rolf Staudt

1 2 3 4 5 6 – 96 95 94 93 92 91

Kontrolliert

Geschichte

Live is life
Opus

Schwarze Zelle

»Die Welt des Glücklichen
ist eine glückliche Welt.«

1916

Ich erzähle hier die Geschichte des Jahres neunzehnhundert siebenundsiebzig. Heute ist Montag, der siebzehnte Oktober, kurz nach zwölf, nein, null Uhr zwei. Ich korrigiere, heute ist Montag, der siebzehnte zehnte, null Uhr drei, eben ist das dunkle Silberglimmen der Ziffern meiner Uhr von zwei auf drei gesprungen, gewisser Zeitwahn, um mich Nacht. Mir eilt, weil ich durch Lähmung viel Zeit verloren habe, jetzt aber endlich hier zuende kommen will. Natürlich weiß ich, daß ich nicht der Gelähmte bin. Der Kopf bewegt sich, wenn ich will, die Hände öffnen sich, ich drehe mich um, wenn ich hinter mir was höre, weil die Dachluke ächzt. Ich bin der Gelähmte. Sage ich es, bin ich es nicht mehr, das ist das verrückte, sagen vernichtet das gesagte, sagt die Lähmung und verstummt. Geknebelt und gefesselt liegt man vierundvierzig Tage da, nicht tot, kann nicht sterben, lebt. Plötzlich steht man auf und sagt, ich bin der Gelähmte, und automatisch geht es in der Kammer hin und her, daneben liegt das tote Bett. Schritteweise ballt sich Kraft zusammen und fährt in einen rein, man wird sich wieder Sache, die einem ganz normal erscheint als richtiger Gegenstand. Ich saß also am Tisch, um mich die Materialien, Akten, Karten, Notnotizen, und das ganze ordnete sich mir und war so augenblicklich klar. Ich hörte, bitte sprechen, ich höre, was diktiert, diktiert, ich schreibe. Ursprünglich sollte hier der Staat verhandelt werden. Gut ein Jahr lang habe ich die Vorarbeiten in diese Richtung hin getrieben, vergeblich. Der Anspruch war vermessen, falsch, nicht richtig vermessen, nicht für mich, Resultat war Lähmung. Der Staat ist ungeheuerlich, die Ungeheuerlichkeit, die ein einer, wie ich hier, nicht fassen kann. Schließlich schießt der Staat aus den Gewehren echte Menschen tot, nichttote Menschen werden staatsbefehlsgemäß in Staatskerkern gefoltert, Staatstheater spielen echte Stücke, siehe Stammheim, Stichwort Krieg, die Staatsorchester musizieren dazu musikalisch Symphonien, Bilderherrlichkeiten zeigen sich in Staatsmuseen her, das Staatsfernsehn ist wirklich Hochschule des Glücks der Unterhaltung, reich an Massen wissenswerter Sachen, den Staatsschulen verdanken viele vieles, ich zum beispiel alles, Staatszeitungen, Staatsstrom, Staatsgeld, Staatslicht nachts in großen Städten, Staatsbibliotheken, ja, der Staat ist ein Mörder, ein Menschenvernichter, ein böser, ein Arbeitsknapphalter, die Machthaberfresse, der Staat ist Unrechtsstaat, Betrüger, Volksverächter, grundgesetzlich Lüge, Antidemokrat, der Staat ist Ausbeuter und Unterdrücker, das Kapital, und plötzlich ist der Staat Gefangener, ein einziger Gefangener der raf, der Staat ist nur noch Angst, die Drohung, die Kontaktsperre, der Staat ist machtlos, der Staat ist der im Volksgefängnis inhaftierte Altfaschist, der Staat ist die Geschichte, die plötzlich aufgestanden hier steht, jetzt kontrolliert. Kann ich den Staat nicht fassen, hieß die Konsequenz Rekonstruktion der Konstruktion des staatlichen Gesamtgebäudebaus. Der Bau heißt Stammheim, ich bin Raspe. Ich saß im Raspe im Gefängnis, ich ging im Raspe in der Zelle auf und ab, ich las mit seinen Augen Bücher, ich war der Baaderhaß. Da war die Grenze da. Ich war nicht Raspe. Was denkt der Raspe, unvorstellbar. Ich bin nicht berechtigt, mir was auszudenken. Habe ich den Raspe nicht in echt gesehen, und ich habe immer wieder nur die Raspefotos angeschaut, habe ich die Raspestimme nicht in echt die Sprache sprechen hören, und ich habe Raspesprache nie wirklich gehört, weiß ich folglich über Raspe nichts, geschweige denn daß ich in Raspe Raspe wissen und ihn denken könnte. Raspe war Irrweg. War Irre, war Lähmung. Lähmung heißt mein Hirn ist tot. Ich bin nicht ich. Wer bin ich dann, dann bin ich nichts. Die Zeit ist fort, das dauert lange, leider noch nicht ewig, weil das Fleisch noch lebt. Von dort steht irgendwann in irgendeiner Zelle irgendwo in mir die Zeit doch wieder von dem totsein auf. Ich bin nicht tot, ich bin nicht nichts, was aber dann. Ich bin jetzt plötzlich Unterschied zum nichts der Nichtzeit, die ich war. Ich bin was, was, gewesen, ich bin, der ich war. Wer war ich, fragt da schon die Antwort der Geschichte und beginnt sich zu erzählen. Folgendermaßen, die Sache war die, wir lagen auf offener See vor Anker, Windstille, Stille, Nacht, Firmament. Da fuhr urplötzlich donnernd ein Lärm auf uns nieder, Wust von Geräusch um uns, rätselhaft rauschend, fast singend vor Wut, warum war was los, gelöst, eine Stimme im Rausch also, Rede, aha, interessant, ein erstes echtes ab gehacktes Wort, Wort. Eh, Mann ich hab gerade was gehört, das klingt echt gut, ein echtes Wort, das könnte man vielleicht zu was benützen, vielleicht um raus zu kriegen wo man ist, inzwischen, scheint es, auf dem Land, da steht ein Baum, ich habe Hunger, da steht noch ein Mensch, ein Mann, die Mutter, grüßgott, aufwiederschaun, mir eilt es, er da der Erdekreis ist nämlich für mich sehr groß. So war das Wort schon frohe Botschaft seiner Wissenschaft geworden, der man nur noch zu zu hören brauchte, um die Sprache, die die Welt sprechend erzählte, zu vernehmen, um dem in sich dann zu gehorchen. So hört sich die Geschichte mit den Ohren an, im Schutz der Nacht. Natürlich schreit in diesem Augenblick der Schmerz das Licht vom Tag der Zeit in ihre nicht mehr blinden Augen, raus aus mir. Warum muß ich die Wahrheit auch noch sehen, das hören in der Nacht war schöner, da stand man mit den beiden Beinen fest im Grund am Boden, jetzt liegt da sichtlich was am Rücken, was sich zu weit auseinander spreizt, was will das weiche von mir, man fühlt sich belästigt, weg. So war man automatisch unterwegs, auf einer Reise, und da ging mir mit einem mal die Welt dieser Geschichte auf, in der Erinnerung an meine

Reise heuer, jetzt aber inhaftiert nicht als der Raspe nicht in Stammheim, sondern hier in dem Paris in dieser Kammer, in der ich, seit ich hier seit viel zu vielen Tagen hier bin, und obwohl ich sie nicht nicht verlassen habe, dennoch praktisch ab gesperrt von jedem richtigen Kontakt die Tage, wie gesagt, zu tief zuinnerst absolut gelähmt, nicht tot, doch sprachlos, zu gebracht habe. Plötzlich bin ich aufgestanden, ich sitze hier am Tisch, vor mir die Silberziffern meiner Ziffernuhr, das Material um mich in Massen, massenhaft die Vorarbeiten, geballte Zeit in Summe, der ich nur noch schnell das Wort, sich hier jetzt endlich zu berichten, ganz zu überlassen brauche. Die Leere des Schreibtischs, die Ordnung der Kanten des handlichen Rechtecks des gottseidank ganz weißen noch nicht beschriebenen Papiers, das hochgestimmte Wissen, kraft einer unbekannten Macht, die alle Lähmung bannt, aus deren wirklich fürchterlichen Bann entlassen, hier doch noch einmal in der Sprache drin zu sitzen, und ganz und gar dem Vorgang zu gehören, in dem sie einem fest entgegen steht und sich als Führungsvorgang zeigt, hat mir natürlich auch den Übermut des Plans, rekonstruktiv den Staat der Zeit des Jahres hier zu konstruieren, als Unsinn vorgeführt. Ich bin hier weniger der Bauherr, mehr der Schreiber, der sich nur dem Material der Zeit in der Geschichte des von ihm erlebten unterwirft, aus der Erfahrung, daß das Leben klüger sich in wirklichkeit gelebt hat, als man als ein ich im nachhinein dann immer glaubt. Umgekehrt wäre das natürlich Lüge, daß einer, so wie ich, sich einfach gehen lassen wollte, aus einem Zustand haltloser Ekstase, von Weltrausstand und Wortzustand, in den Automaten des Erzählens, das sich selbst erzählt hinein, sondern ideal und mir entsprechend, ich bin nämlich Wortkraftwerk, richtig ist natürlich eine Werkanlage, nicht nicht konstruiert, mit anderen Worten, lässig fest, unterstellt also einem Diktat der Gegengegenkonstruktion, natürlich kontrolliert. Ich stand auf, trat zwei Schritt rückwärts zurück, und zeigte mir selbst ins Gesicht geballt die fünf Zacken der Knochen der Finger der mir entgegen geballten linken eigenen Faust, rechts hing am hängenden Arm rotfarben der Füller, zeigte zu boden. Da drehte ich mich um. Ich sah das Wetterleuchten in der Dachluke jetzt als das äußere, von mir getrennte, wußte den Tisch in meinem Rücken, das Licht im engen Schacht von Helligkeit, die da aus der Lampe kommt, die Schachtel Zigaretten auf der Grenzlinie zum Dunklen, das Radio, an, seit Tagen, ich war nicht mehr total benommen, als läge eine fremde Hand auf meiner nackten Großhirnrinde, um meinen Geist zu knebeln oder bösartig zu steuern. Der Spion in meiner Tür war mir momentelang besetzt erschienen, von irgend einem fremden Auge, das meine Kammer, die ich für mich natürlich Zelle nenne, komplett von außen kontrolliert, um mich und alles, was ich tue, total zu überwachen. Hin zu springen und die Türe auf zu reißen, wäre Unsinn, schließlich spinnt man nicht. Ich habe dieses Auge, das ich nicht weg schrecken kann, folglich einfach weg gedacht. Vom bösen Bett aus, über mir die schräge Wand, habe ich nur konzentriert das fremde Auge an geschaut, das mich in allem hier absurd zerschrumpft da liegen sah, versteinert, sah plötzlich Einzelteile, überscharf vergrößert, eine Lakenstelle ein Gebirge, ein Hautstück Wüste, Porenkrater, Wälder frisch geschuppter Stämme kahler ästeloser Bäume, und in mir hat es ruhig gesagt, Haare, Haut, Bettleinen, Holz, das ist ein Stein, kein Stern, das ist die Sohle meiner Schuhe, keine Stadt, das da heißt Globus, nicht die Erde, das gegenüber ist ein Schädel, nicht eine Skulptur, das heißt nicht Beton, nicht Alpensilber, nicht Granit, das hier bin ich, nicht nichtich, und so fort, um den bösartigen

Blick auf mich zu korrigieren. Melodiezwangzwang, Finalstreben. Ich zählte Tage, nicht Minuten, das ist der Unterschied, der Fortschritt, ich zählte nicht Sekunden, sondern Nächte. Ich dachte an Gelächter, ich führte das Gespräch mit einem toten Bruder, der sich, wie es im Lähmungszustand fehlerhafterweise heißt, korrekterweise, in wirklichkeit doch fehlerhafterweise viel zu früh davon gemacht hat in den Tod. Nichts hilft mir nicht, all das hat folglich doch genützt, alles, was ich nicht nicht tue, sogar denken, totestes, wird mir augenblicks lebendig, Tat. Ich dachte an die Arbeit, erinnerte mich der Musik, ich ließ mich, gegen allen Lärm im Kopf, bestimmte Lieder wieder hören, zum beispiel alte Melodien, so hörte ich auf diese Weise beispielsweise die Melodie der heimlichen Aufforderung. Kam dann das Wort Strang daher, wußte ich, es zu vernichten, sagte, Strang ist Lüge, fort. Rasierklinge ist Dreck. So bin ich also plötzlich einfach aufgestanden. Schließlich war ich nicht Gefangener. Ich fühlte meinen Puls, ein stetes Schlagen. Dann bin ich eine zeitlang in der Kammer auf und ab gegangen, an der Kante meines Betts entlang, zwei Schritte hin, voll Kraft, zwei her, die Augen, nur zur Vorsicht, noch in den Boden rein gebohrt. Ich schaute auf den Wasserhahn da hinten, ein Fensterkreuz war nicht zu sehen, auf feste Haken in der Wand, hoch oben war die Decke, die sich nicht bewegte. Der Suizid ist Trottelei. Längst ist die Kammer wieder Aktenzelle. Das Bett ist tot, ein Stück Matratze schräg links hinter mir, darauf die Massen Material, natürlich ordentlich geordnet, die Packen von Papier, und alles sehr vernünftig ausgebreitet, ich warte nur noch, bis mein Kopf ganz klar geworden ist. Manchmal denke ich noch Tumor, sage dann sofort, die Arbeit, denke also, Staat, sage, das da ist ein Fernseher, kein Meer, kein Mond, so Sachen. Jetzt ist es null Uhr siebzehn. Ich glaube, daß ich

Ziffern liebe, weil sie reine Logik sind. Am siebten siebten siebenundsiebzig habe ich dem Rechenlehrer Mock geschrieben, daß wir ihn am sechsten sechsten sechsundsechzig in Rechnen in der Schule hatten. Er hat an diesem Tag wie jeden Tag das Datum an die Tafel hin geschrieben und dazu gesagt, daß solche schönen Daten selten sind, dazu hat er das Datum sieben sieben siebensieben hin geschrieben, damals war noch vorstellbar, daß dieses Datum einmal wirklich wird. Mich würde interessieren, welche Dinge sich warum in ein Gemüt ein prägen. Heute ist der siebte Juli schon so fern, wie dieses Institut der Universität, in das ich damals täglich ging, um für die Arbeit Material zu sammeln, alphabetisch, Listen, Karten der Kartei, Annalen. Damals war wiederum der Anfang dieser Vorarbeiten, die in den Herbst davor datierten, von der Sommerhitze fast zu nichts zernichtet, und so fort. Mittags brauste das Motorrad aus dem Medizinerviertel durch die heiße Luft der prallen Stadt auf breiten Straßen richtung Universität, dort bin ich aus dem Flirren gerne in die kühle Schattenluft, ins mächtige Gebäude eingetreten, die Treppen hoch geflogen in den vierten Stock, durch lange Winkelgänge ohne Licht ganz hinter in den letzten Seitentrakt, und am vertrauten Ort schwang schon die Türe auf zum mir bestimmten Raum, der Raum der Karten und Kopierer, dort das hallo zum anderen, Hilfskraft wie ich, der drehte schon die Zigarette, man raucht und redet, lacht. Dann bin ich da gehockt, natürlich gerne konzentriert, im fensterlosen Raum, draußen wußte man den Sommer toben, wie sich das gehört, und man selber saß hoch oben in der Universität, versammelt, inmitten all der anderen, die auch mit ihren Hirnen werkten, selber in die Arbeit rein gebückt, absichtlich, froh und still, als würde ich, nicht Neon an der hohen Decke, den ganzen Raum beleuchten. Erst die Ereignisse der letzten Wochen, die ganze Reise, die Entführung, die Kammer hier und alles das, haben mich ein bißchen böse aus mir raus gerückt. Vielleicht steht auch die ganze Zeit im Augenblick, fast stündlich, kommt mir jetzt schon vor, erscheinen neuerlich Belege, an einer gewissen Zeitschwelle. Oder hält die Zeit sogar tatsächlich inne? In der Gegenwart ist allerdings ein solcher Vorgang, obwohl er alles, da er alles, was die Zeit umfaßt, umfaßt, betrifft, schwer nachweisbar. Umgekehrt gibt es Beweise, die einen Zusammenhang mit achtzehnhundert neunundachtzig sehr wahrscheinlich machen, als die Zeit tatsächlich umgekehrt ist, wovon ein Hirn, war es so sehr Zeit wie ich, verrückt zu werden drohte, oder sogar wirklich endgültig verrückt geworden ist. Irresein ist aber abzulehnen. Mir wäre lieber, wenn die Zeit jetzt einfach weiter geht, auch habe ich mich nie, nicht einmal in glücklichsten Momenten, nach Zeitstillstand gesehnt. Am liebsten würde ich natürlich ewig schlafen, oder vollkommen bewußtlos sein, bis alles aus ist, oder ich endgültig weg, sagt die Krankheit, der ich widerspreche. Ich gehe nicht mehr in das tote Bett zurück, ich sitze streng am Tisch und achte stark darauf, wie sich die wirren Stimmen im Gehirn in tiefere Regionen ab setzen und langsam dort versinken. Leider ist es nicht Vernunft, was dann den Platz der Wirrnis übernimmt, sondern ausgerechnet die verwerflichsten Gedanken. Die ganze Zeit schon bin ich beispielsweise diesem still, vielleicht noch schlafend, doch dem Hirn, das sich, ganz gleich, wie dumpf, doch immer selbst ganz weiß als ganzen Raum, erkennbar irgendwo versteckt versteckten, eben auf geschreckten, sofort flüchtenden Gedanken auf der Spur, der denkt, die ideale Ordnung wäre absolute Leere. Ist diese Lüge von Gedanke erst gefaßt, widerspricht der selbst dem Widerspruch, auch der verwerflichste Gedanke kann sich selbst nur logisch denken, gleichzeitig Leere ideal zu denken und doch jetzt hirnbeherrschend da zu sein, indem er zu verschwinden denkt, wohl seiner Logik folgend, im Widerspruch zu seinem Widerspruch auf seinen Widerspruch jedoch tatsächlich sich im Hirn längst immer breiter ausgebreitet hat, unkontrolliert bösartig wuchernd. Lüge verschwindet nicht von selbst, sondern muß aktiv in Haft genommen werden, bricht immer wieder aus, tobt lärmend rum, ist erneut zu knebeln und zu fesseln und in die dafür gedachten Kerkerzellen ein und weg zu schließen. So führt genau im Augenblick, in dem die Wirrnis freundlich auf dem Rückzug ist, der Konsequenzgedanke zu dem allerfürchterlichsten Krach. Gemessen an dem Krach, der jetzt das Hirn zerfoltert, war die Wirrnis Melodie. Hier spricht die Konsequenzlüge, die stetig ihre Arbeit tut, Erinnerung zu fälschen, um sie falsch zu speichern. Leere ist, da Leere nichts ist, nichts nichts, nichts ist tot, ist, nicht zu denken. Denken ist in wirklichkeit natürlich Schau der musikalischen Idee. Ideale Ordnung ist so nicht die Stille, wie der gottseidank jetzt inhaftierte, Leere ideal denkende Gedanke fehlerhafterweise denkt, sondern eben noch zu kontrollierende, sehr viel rhythmische, mehr als mehr, wirklich nämlich massen stimmige, nicht nicht mehr, sondern eben noch, bestenfalls natürlich den Fraktal Gesetzen folgend strukturiert melodische Musik. Stille, denkt in der Angst vor Überlastung der Leere denkende Gedanke, biete Raum für neue Welt im Hirn, die Welt jedoch, fällt sie in ein leeres stilles Hirn, fällt in ein nichts. Umgekehrt bietet der möglichst komplex konstruierte Bau von Überfülle von bestimmtem Denken an jeder seiner derartig unendlich vielzahlig gemachten Kreuzungspunkte von Gedanken harte Anschlußorte für das neue äußere der ganzen Welt. Ausbruch aus vitiösen Zirkeln, in denen denken in mir leider krankhaft oft in Panik kreist, heißt also vitiöse Zirkel trotzdem denken, das gedachte korrigieren, das korrigierte kontrollieren, das kontrollierte schließlich sagen. Der Augenblick des Sagens des erhobenen Befundes in Form der Gegenwart ist der Moment der Krankheitsniederringung, sage ich hingegen, ich war der Gelähmte, gebe ich der somit eben tot gesagten Krankheit augenblicklich, mein Bann ist Bann der Gegenwart, wieder alle Macht, mich zu vernichten. Wirklich erstrangige Hirne bleiben aber nicht bei Krampf und Krankheit stehen, sondern gehen richtig gegen sich gerichtet von sich weg, hinaus ins freie. Da sieht man dann, rechnet man korrekt zurück, den Karlsruher siebten vierten via Oberursel nahe Frankfurt über den dortigen dreißigsten siebten mit dem Kölner fünften neunten auf einer sehr geraden Linie liegen. Rein rechnerisch beginnt die Linie logisch, wenn solche Linien überhaupt beginnen, anstatt endlos zu sein nach hinten, was ich für unwahrscheinlich halte, da ich mir die Zeit vorstelle wie ein ich, das anfängt wie es endet, plötzlich und endgültig, exakt an dem Turiner dritten ersten achtzehn neunundachtzig. Die Hinrichtung von Zwieback und die mißglückte Festnahme von Hegel, folglich dessen Exekution, haben zur perfekt geplanten und brutal vollstreckten Tat in Köln geführt, deren Konsequenz am letzten Donnerstag die Entführung dieser Landshut war. Dieser südfranzösische dreizehnte zehnte, die Flugwache in Aix meldete als erste eine Abweichung der Route dieses Fluges von Mallorca richtung Frankfurt, da landet er bereits in Rom, war taktisch und strategisch falsch bestimmt. Schillersohn Hanns Eberhard, hieß es am Freitag, soll fünfzehn millionen Dollar übergeben, später wurde eigens darauf hin gewiesen, daß das Geld in der verlangten Stückelung gut hundertdreißig Kilogramm gewogen hat. Sind sie bereit, wurden die Gefangenen bereits gefragt, sich nach Somalia aus fliegen zu lassen, doch während Schillersohn Hanns Eberhard das zwei Leichen schwere Geld nach Frankfurt brachte, hat der Staatsschutz Bonn den Handel, wie es hieß, als gescheitert bezeichnet, hier folglich Scheitergrübelei. Natürlich macht das Radio sich keine rechte Vorstellung, was alle diese Worte in einem Hirn aus lösen können, auch wenn das Hirn vom Radio nicht gesteuert wird, obwohl die Radiowellen, auch wenn man das Radio aus schaltet, trotzdem in genau der Luft sind, die man dauernd atmet. Und sich selbst kann man leider nicht, nicht einmal im Schlaf, gescheit aus schalten. Was ich nicht kann, muß ich, weiß ich, nur schnell nicht zu können wollen lernen, und ich wäre augenblicklich frei. Umgekehrt ist es nicht unvernünftig, gegen die Diktate gegen mich zu revoltieren, was allerdings zu Widersprüchen führt. Da entsteht die Frage, was ich wirklich kann, und in ihr die Pflicht zur Prüfung meiner Sinne. Ich hörte Meldungen von Anrufen bei Pfarrern, dann von Beratungen des Krisenstabes, kleine Lage, Sondersitzungen des Bonner Kabinetts. Die Kammer hier, gut drei Meter fünfzig auf zwei fünfzig, hat kein Telefon, früher wohnte da das Personal, die Perle, oder nur das Küchenmädchen, das Kindermädchen, oder eine Putze. Geschlechtsumwandlung ist natürlich zu verwerfen, auch wenn es nur um Angleichung an chemikalisch lebenslang und unabänderlich längst anders fest gelegtes geht. Außerdem ist Umkehrung verkehrter Dinge ununterbrochen ohnehin die Tat des denkens, dem jegliche verkehrte Tatsache von Fleisch und Leben, wie alles sonst, ein zusätzlicher Reichtum ist von zusätzlichem Material, das nur korrekt zu kontrollieren ist. Dazu ist sowas wie Kontaktsperre ganz sicher ideal. Schließlich ist das Hirn flexibel, nicht aus Knochen, und so schlägt der Hirnschlag plötzlich zu, ist der Tumor plötzlich nicht mehr zu entfernen, trüben plötzlich sich die Sinne. Familiär ist die Chemie in mir in vieler Hinsicht krank belastet, nur leider nicht, anders als das Auge im Spion, durch denken weg zu denken, sondern stetig drohend. Trotzdem bin ich selbstverständlich froh, daß ich nicht sicher wissen kann, wie die Erbfäden im einzelnen genau geordnet sind. Es resultiert Familienuntersuchungszwang, Selbstbeobachtungsbefehl, Kokristallstruktur. Wird jedoch, bin ich allein, Gelächter laut, erschrecke ich, vielleicht weil ich dadurch erkenne, wie bösartig die Augenfalten außen an mir schon nach unten ziehen. Aber die Gespräche, durch die man durch die Augen sich aus sich entfernt, sind einem manchmal strikt verboten, wenn Schmerz von Resten alter Pfeile, abgebrochen, irgendwo noch steckt. Sebastian, der Patron der Schützen, sei Schutzgott aller Schönheit, hat ein Maler, der Martyrien unsinnig verherrlicht, neulich in einem Gespräch gesagt, hin gedruckt in einer Zeitschrift. Man kann ja auch mit Texten sprechen. So gilt die Stille meiner Arbeit und dient ihr schließlich doch, da in ihr das in den Akten vorerst noch ungeordnet und vor allem stumm verborgene in Ruhe laut wird, Wort für Wort. Umgekehrt ist, was ich hier erzähle, insofern praktisch Vorarbeit zur Arbeit, als das Erzählte das Geschehen dieses Jahres derart kontrolliert, daß dessen Widerspruch zur Arbeit, die von der Stille, da jedes Wort in ihr gesagt so sinnlos überlaut laut wird, natürlich auch bedroht ist, trotzdem die Arbeit nicht vernichtet. Aus der Verbannung in den Stillebann führt manchmal plötzlich eine laute Schimpftirade gegen irgendwas, was an der Wand, ein Bild, ein Blatt von einem Ahorn aus dem Herbst von vor drei Jahren, da wird das laute kurz ein Preislied, dann schimpft man gegen alle Bücher im Regal, dann gegen einen Unsinn, den ein Satz im Fernsehn sagt. Dort hat das Nichtgesicht von Schiller neulich alles denken richtung

Staat zum Witz erklärt und auf den Kopf gestellt. Schiller war, wie er wirklich ist, zu sehen, frontal von vorn gefilmt, der Sprecher des Kommandos, der Sprecher macht mit jedem Wort, das er nicht nicht sagt, sich zum Opfer und Komplizen, vor dem Emblem von Stern und Waffe, eine Zeitung mit der Titelaufschrift die Befreiung in den Händen vor der Brust, nackt ins schwarze Unterhemd gehängt, und schaute in das starre Auge einer Bildmaschine, die sein Nichtgesicht sehr stetig nah und näher, schließlich kaum erträglich nahe zog. In den Augen, tief erniedrigt und entkräftet, war ein Flehen, und im Widerspruch dazu war in dem Mund und um den Mund, dem Boten eines ganzen Lebens, von ein paar Tagen Haft im Volksgefängnis natürlich noch nicht korrigiert, aller Ekel und die ganze Menschverachtung, die dem Lebemann das Leben, zweiundsechzig Jahre lang gelebt aufseiten und im Interesse der Herren dieser Welt, untilgbar eingeschrieben hat, so daß da die Macht, wie Macht jenseits jeglicher Moral die Macht ist, rücksichtslos brutal, zu sehen war, entblößt und plan, und das Gesicht des Nichtgesichts hieß Staat. So weit so gut, sagte ich und lehnte mich zurück, als kurz ein Schein die Wand vor mir blitzartig warm, nicht fahl, ein Widersinn, erleuchtete. Hungerstreik und Schlafentzug schärfen zwar die Sinne, doch die Erinnerung im Kürzestspeicher in dem Hirn verflüchtigt sich vermutlich um so schneller, je überreizter der Beobachter seine Beobachtung, wie sie sich selbst beobachtet, beobachtet. Jedenfalls ist die Erwartung, daß das Leuchten aus dem Echo ferner blauer Blitze fahl ist, nur vernünftig. Man wartet kurz, doch warten macht sehr schnell verrückt, wenn nichts geschieht. Sofort bricht man das warten ab, die Uhr zeigt null Uhr zweiunddreißig, da, da war das nächste Leuchten, schon wird man gehetzt. Gehetzt sein ist Normalzustand, das heißt das Glück. Ich soll also beweisen, daß es nicht nicht richtig war, Gespräche ab zu brechen, um mich hier zu sammeln. Dazu streiche ich die Kante an dem Tisch vor mir entlang und wiederhole, negative Logik, zwingend aber falsch. Ich stelle mir den Staat in wirklichkeit viel komplizierter und komplexer vor. Momentelang ist alles klar, das heißt ich sehe gleichzeitig den ganzen Bau von innen und von außen, dann tritt ein Minimalereignis ein, ein Widerspruchsgedanke, ein abschweifen in irgendwas erinnertes, oder nur der raus gehaute Schneidezahn an meinem Schädel rechts vor mir, das helle löchrige des Knocheninneren an dieser Oberkieferstelle, die den Zahn gehalten hat in dem Gebiß des Menschen, dem dieser Schädel Basis war für seinen Kopf, vermutlich auch noch nach dem Tod von dem, vielleicht ist irgendwann dem Vater, in dessen sogenanntem Arbeitszimmer der Schädel früher immer in dem Regal der Lehrbücher und medizinischen Atlanten lag, der Schädel runter auf den Boden hin gefallen, oder Geschehnisse im Schrank aus Holz, in dem der Schädel später hinter Sachen mit geheimen Büchern ein geschlossen war, oder mir selber ist der Schädel hin gefallen, aber wann falls ja, und so, und so weiter und so fort, Grübeleien dieser Art, alles, jede Nichtigkeit kann jedes eben klar erkannte zu Hirnmorast und also nichts zernichten. Die Maschine, leidergottes, funktioniert sehr fehlerhaft, anstatt perfekt. Natürlich wäre das vor allem logisch optimal, ein ganz perfektes Hirn zu untersuchen. Doch bisher ist noch nicht bekannt, wie Hirne wirklich funktionieren, man weiß natürlich viel von chemischen Prozessen, von Vorgängen elektrischer Natur, von Flüssigkeiten, von bestimmten Arealen, die nicht entbehrlich sind. Doch der Zusammenhang ist immer noch nicht recht begriffen, das alles ordnende Gesetz. Ist Kindheit etwa zwingend Grauen, war die Kindheit auch nicht unnormal.

Wirkliche Bauten und wirkliche Orte geben aber einen Hinweis auf Verzerrungen der Arbeit der Erinnerung an dem Erinnerten. Folglich ist der Zugriff auf das wirkliche, das wirklich war, nicht fehlerfrei zu schaffen und deshalb abzuwehren, was heißt, Erinnerung heißt das erinnerte zerstören. Dagegen sprechen Ziffern und Berechnungen, auch wenn das von ihnen kontrollierte Denken gewissen Wahncharakter hat. Eine ideale Lebensziffernfolge lautet beispielsweise, neunundzwanzigster vierter neunzehn einundfünfzig, Stern, als Zeichen der Geburt, Vorname Name, Kreuz, für Tod, neunundzwanzigster vierter neunzehnhundert einundfünfzig, aus. Vereitelt Leben diese ideale Lösung, lauten beste Lebensziffern etwa so wie diese, sechsundzwanzigster neunter achtzehnhundert neunundachtzig, Stern, Vorname Name, Kreuz, sechsundzwanzigster fünfter neunzehn sechsundsiebzig. Freundlicherweise sind die Lebensziffern, die den Namen, der man selbst ist, jenseits von Stern und Kreuz flankieren, einem selbst verborgen. Wenn also Erinnerung nur schadhaft und defektuös die Bilder des erinnerten erinnert und dennoch willentlich unmöglich ganz zu unterdrücken und derart vergessen in sich ein geschlossen zu zu halten ist, so wäre umgekehrt totales Sehen einmal angeschauter Bilder zu jeder Zeit sehr wünschenswert, um sich so nach vielen Jahren die mit schwarzer Schrift bedruckten weißen Seiten eines Buches vor die Augen hin zu stellen, um sie noch mal zu entziffern. Bezeichnen Lebensziffern das Ereignis des Beginns des Lebens und das dieses Leben endende Ereignis nicht mit gleichen Ziffern, sind also die Lebensziffern, die Jahrhunderte fast ganz ab messen, auch schön an zu schauen. Anziehend sind auch die Ziffern, die die Mitte eines Lebens auf eine Jahrhundertgrenze fest datieren, oder gar auf jene Grenze, die fünfhundert Jahre trennt von folgenden fünfhundert Jahren, ich denke da zum beispiel an die Dürerziffern, einundzwanzigster fünfter vierzehnhundert einundsiebzig, Stern, Vorname Name Dürers, Kreuz, sechster vierter fünfzehnhundert achtundzwanzig. Umgekehrt gibt es für alles leider gute Gegengründe, und schon stürzt jede Ziffernkonstruktion in sich zusammen, Resultat Morastanfall. So ist auch die Sehnsucht nach Eidetik nur der Wille, krank zu sein am Hirn, und folglich logisch falsch. Deshalb ist das Bild vom väterlichen Arbeitszimmer zudringlich, doch undeutlich, jahrelang wird nur geräumt, in Druckzeughaufen, Aktenbergen, Zeitschriftpacken, Tonbandsäulen, Zeitungsstapeln, Werbebroschürschichten, ein von den Papiermassiven durch und durch chaotisierter Raum, durch dessen Schluchten sich mit tiefen müden Schultern wortlos einer hin und her schleicht, ein Papier in Händen, um es weg zu räumen, Ordnung machen, ratlos, wie und was wohin, und in der Luft war keine Luft zu atmen, da sie erfüllt war von der schweren drückenden Musik von endlos brucknerscher Musik, von der erdrückt der Raum der Berge der Papiere da war, das ganze ordnen, nie je jedoch die Arbeit, das heißt, Arbeit war das ganz normale da sein in dem Raum mit den Papiermassiven und der tödlichen Musik, das Hängen tiefer alter Schultern, Untröstliches, der Geruch, der Fluch des Erbes, ewig. So sitzt man also da, inmitten von Papier, imgrunde glücklich, schaut, daß man nicht nur noch nichts denkt, oder lauter falsches Zeug von früher. Dauernd war vom Strick die Rede, den man nehmen werde, um sich tot zu schießen. Erst kriegt man wirklich grauenhafte Angst, dann wünscht man jedem, der einen, wehrlos wie man ist, mit solchen Drohungen bedroht, den Tod so schnell wie möglich an den Hals. Heute glaube ich, daß jedes Leben, auch das von jedem familiären Depressionstyrannen, mindestens das sechste Jahrzehnt seines Lebens trotz allem erleben sollte. Mit den

Brüdern hat man alles das natürlich vorsichtig beredet. Je mehr geredet worden ist, um so mehr hat man zurück gehalten und in sich hinein zurück gedrückt, um es, um es zu verschweigen, in sich ein zu mauern. Wirklich nichtunglücklich war ich nicht in den Gesprächen, sondern in den Wortwechseln der alltäglichsten Art, wenn etwa zu sagen war, kann ich mal die letzte Seite von der Zeitung haben, nehmen wir den Bus um vierzehn nach, oder nur, Beeilung, oder, ja genau, oder, Lieblingssatz, ich gehe mit. Natürlich hat man alles Reden in Gesprächen in der Zeit als Kind schon endgültig zu tot geredet, Konsequenz Erlösungshoffnung, Stillezwang, Weltformelwahn. Und trotz allem bleibt dann alles immer noch von Lügen durch und durch durchseucht. Man selbst kann sich nicht wirklich sehen, nicht einmal die Augen, noch viel weniger das Herz. Im Inneren des Hohlraumes der Brust herrscht Finsternis, wenn auch durch diverse Häute und die Muskeln zwischen Rippen letzte Lichtreste, schließlich haben Häute schon als Lampenschirm gedient, auch in das Innere der Brust bestimmt noch vor dringen. Die Kammern aber, die der massive Muskel Herz umschließt, sind in ihrer Mitte sicher absolut verfinstert, und da pulst das schwarze Blut. Nur in anderem, in Wassern, in Kristallen oder Menschen, kann man sich ein Bild von sich an schauen, aber immer nur verkehrt herum, und vor allem nie wirklich sich wirklich selbst. Unsinn, sagte ich mir da, im gegenteil glücklicherweise sieht man sich natürlich nicht, sonst wäre man nämlich verrückt, und zwar in echt, da kann ich gerne drauf verzichten. Folglich schaut man einfach, daß man sieht, was da zu sehen ist, das ist auch schon ganz schön viel. Schließlich zeigt sich in der Welt nicht nur die Nichtvernunft, im gegenteil, siehe Wissenschaft und Resultat, siehe Sinn. Nur wenn ich entkräftet bin, ist, was ich wahrnehme, totaler Krach, obwohl ich voll Vernunft. Allerdings bestimmen manchmal auch falsche innere Fragen von außen den logischen Ort, um den man als Belagerer der Festung Wahrheit kämpft. Denn plötzlich wendet man sich von sich ab, weil man längst weiß, nur leicht vergißt, daß alle mehr wissen, als jedes eine ich. Die Gespräche, die man abgebrochen hat, nimmt man wieder auf, die Kontaktsperre, in die man rein gegangen war, um sich zu sammeln, bricht man wieder ab. Wie auf ein fernes fremdes Wesen schaut man auf die wunde innere Gestalt von allem, was man früher in der Wirklichkeit normal erlebt hat, was sich aber später immer mehr zur absoluten Gräßlichkeit in einem aufgespeichert hat, und wundert sich, daß man es schafft, daß man sich mit all dem in sich trotzdem jeden Morgen neu aufrafft, um auf zu stehen, guten morgen Tag zu sagen, ich bin noch nicht tot, das ist doch gut, nicht nicht. Aus lauter Widersprüchen setzt man sich dann da gegen möglichst logisch neu zusammen. – Jetzt muß alles anders werden. Ich habe ein paar Minuten Konzentratschlaf geschlafen, um meine Gedanken um zu ordnen. Hoffentlich habe ich möglichst viele falsche und kranke Gedanken endlich ausgeschaltet. Ich würde jetzt mal gerne ein völlig neues Tempo vorlegen. Das meiste bisherige kommt mir schon wieder so verlogen vor, so künstlich übertrieben. Was heißt Schiller, Schiller heißt natürlich Schleier, Kontaktsperre, naja, das Zimmer hier, die Kammer, meine Zelle, die Doktorarbeit halt. Der Titel ist eigentlich nicht läppischer, als der von jeder ixbeliebig anderen, Freunde und Feinde des Kaisers Domitian, eine prosopographische Untersuchung. In Wirklichkeit ist jedes Thema interessant, wenn man erst mal richtig drin ist. Läppisch ist höchstens der Abschlußzwang, aber sogar dem bin ich noch dankbar, weil er Sachen gegen alles in mir noch zuende kämpft, egal wie lächerlich sie mir selbst inzwischen sind. Andernfalls bestünde man schließlich nur aus Fetzen, Anfängen, wilden Impulsen, in die man sowieso zerrissen ist. Die blödsten Sachen bringt man so zuende, nur um sie abgeschlossen los zu sein, vielleicht todestriebgetrieben, wer weiß, man weiß es eben nicht, weil man sich recht wenig kennt. Man folgt einfach Befehlen, die einem einen nächsten Schritt vorschreiben. Dem folgt man dann, um nicht der Scheiterer zu sein. Sonst läßt man am Schluß seine gelehrte Doktorarbeit noch mit vierzig hin gedruckt erscheinen, oder braucht dafür zehn Jahre. Ich brauche für meine jetzt schon ziemlich genau ein Jahr, das heißt, sie müßte plangemäß jetzt fertig sein, aber in wirklichkeit habe ich noch nicht einmal angefangen, sie hin zu schreiben. Vor lauter Vorarbeiten traut man sich am Schluß den Wahnsinnssprung, jetzt einfach anzufangen, augenblicklich, plötzlich nicht mehr zu. Man zaudert, bis man so tief in der Panik steckt, daß man nur noch der Gelähmte ist. Zu viel steht auf dem Spiel, bis man sich etwas völlig neues oder ganz absurdes sagt, zum beispiel hier die Universitätsverhöhnung ist mein Motiv für meine Doktorarbeit. So was funktioniert natürlich nur im Anfang, weil man nichts zustande kriegt aus irgendwelchen komischen Motiven, nicht einmal das Läppischste, weil einen jede ausgedachte böse falsche Absicht automatisch in die falsche Richtung treibt, und mit einem mal ist man sich selbst so widerwärtig und abscheulich, daß man erst recht als der Gelähmte tot im Bett da liegt, das ist das gräusliche. Aber die medizinische Doktorarbeit schreibe ich in drei Wochen hin, habe ich beschlossen, obwohl ich noch nicht einmal das zweite Staatsexamen habe, und erst recht nicht weiß, worüber, ich weiß nur das Tempo, mit dem ich sie hin haue, rumps, das Reaktionszeitparadigma der Jugend in der Psychiatrie, giftgrün gebunden, danach kommt ganz was anderes, Weltverherrlichung und Todverhöhnung. Sogar die Geschichte hat mir Spaß gemacht, sogar die Universität, der Fehler war nur die Hoffnung auf Erleuchtung, das war zu viel erwartet. Die Schule war nicht das Versprechen, wie ich glaubte, auf noch mehr wunderbares in der Universität, sondern die Erfüllung. Schon im ersten Semester hat dagegen das Programm an der Universität geheißen, möglichst schnell wieder raus, was bißchen flockig klingt für einen ganz normalen Spast. Aber gerade der Hirnkrampfmensch kann im nächsten Augenblick natürlich richtig tanzen. Nur wenn man zaudert, kommt man auf phantastisch eng gegrübelte Gedanken, Schiller anstatt Schleier, solche Sachen, weil man Schiller als die Schwabenlachfigur wenigstens nicht kennt, damit man nicht das Mitleid kriegt, wie mit jedem letzten Schleier und seinem noch nicht toten Nichtgesicht. Ursprünglich, während der Zimmersuche hier, war die Nachricht der Entführung, Schlagzeile der deutschen Zeitung an dem Zeitungsstand Metro Réaumur Sebastopol, natürlich der Triumph, die Euphorie. Während Schleier dann, von der Nachrichtensperre ziemlich gut versteckt, im Volksgefängnis saß, sind wir vormittags mit Zeitungen und Brot in den Luxembourg spaziert, herrliches Septemberwetter, fliegende Stunden. Das Gewicht der Welt war mein Begleiter dieser Wochen, und täglich hat ein ruhiges Wissen leise immer wieder wiederholt, das ist der schönste Herbst in meinem Leben. So was darf man nicht laut denken, hieß es ängstlich da dagegen, aber es hat doch gestimmt, heuer war mein schönster Herbst. Dabei hat die Freude an Schleier mit Politik nicht wirklich zu tun gehabt. Die Revolution kommt, das war das Gefühl. Die Sonne hat mild durch die Bäume auf den Kies geschienen, und man ist einzeln für sich lesend da gesessen, Rudolf, Christian, ich, verbunden durch das Wissen, daß was herrliches geschieht. Wir haben die Politik nicht diskutiert, wir haben uns nur die Zeitungsmeldungen vorgelesen, automatisch triumphierend, als wären wir selbst die Täter, oder mindestens die Helfer mittels Sympathie. Bei Mitleid hat man sich das Schleierfoto angeschaut, da war man wieder reif für jede staatsfeindliche Feindschaft. Vielleicht kann man den Staat zerbrechen, dann wären alle Schweine weg, was man nicht denkt, weil es ausdrücklich gedacht ein Unsinn ist, aber das Gefühl fühlt sich in ungefähr so an. Mord wäre verhindert durch den Augenblick vor jenem Augenblick der Tat, auch Mord an irgendeiner Polizei. Man bräuchte keinerlei Moral, müßte nichtmal an Familien denken, nur die Menschenautomatik in dem Augenblick vor einem gleich wie revolutionären Mord, würde Mord verhindern, alles wäre gut, man würde derart unblutig den alten bürgerlichen Staat abschaffen, natürlich trotzdem revolutionär. Praktisch, denkt man an Geschichte, eine revolutionäre vollends neuartige Revolution. Aber man muß nicht viel im reichen Kapital gelesen haben, oder im Oktober neunzehn siebzehn, um zu wissen, daß es das nicht gibt, weil ohne Mord und Blutverspritzen revolutionäres Neues noch nie wirklich wurde. So wird man radikaler Theoriemarxist, wie Konrad, oder eben Revolutionär mit Waffe, der ich nicht geworden bin, weil ich ich, nicht nichtich bin. Automatisch stellt man sich den Tod als beste Lösung vor. Man würde kämpfen für das idealste Ideal, das maximale Glück der möglichst vielen, dem Volke dienen, wie die revolutionäre Kampfschrift heißt, dann würde man in diesem Kampf erschossen, doch hätte man das Leben so auf jeden Fall im Dienst des richtigen gelebt und wäre obendrein das ganze blöde Leben endlich los. Aber dieses unausweichliche starre Ideale kommt im deutschen meist aus dem Südwesten, wo der halbe Terror herkommt, Rebmann mit seiner Bundesanwaltschaft, Karlsruhe, die roten Roben und die schwarzen Richter, der ganze Irrsinn, faszinierend, aber nur so lange, solange man noch nicht in Stammheim inhaftiert im siebten Stock als Häftling in der Zelle sitzt und isoliert gefoltert wird. Deshalb wird jetzt die Freilassung aller Gefangenen gefordert im Austausch mit der Schleiergeisel, auch zur Staatserniedrigung, weil der Schmidtstaat der totalste Staat ist, den man als Deutscher je gesehen hat, Jahrgang vierundfünfzig. Eine solche sogenannte Demokratie ist für einen von geburt an Deutschen der Faschismus und sonst nichts, worüber selbstverständlich nicht ein Wort zu reden war, weil alles das eh und sowieso klar war, das heißt das war im September das automatische Diffuse des Gefühls des Augenblicks in mir. Dort sind nämlich Antikritikantikörper, durch die ich innerlich total kritiklos bin. Dadurch entsteht manchmal absurder Kritizismus, Kritik als Schwachsinn, aber zwanghaft, und zugleich der Ekel vor Kritizistik. Natürlich tritt so auch das Grundproblem Kritik in form von Selbstabscheu und Ekel vor mir selber in mir auf, im gräßlichen Verdacht, daß man im nicht existierenden Versteck des Selbstbetrugs in wirklichkeit genau der widerwärtige Idiot ist, als dem einen ein jeder andere im Augenblick, der von Kritik zerfressen ist, vorkommt, durch keine Selbstkritik, ein Widerspruch in sich, zu klären, unbeseitigbar. Weil man es eh nicht ändern könnte, ist es letztlich, obwohl die Ungewißheit selbstverständlich quälend ist, schließlich eh egal, das heißt, die Wette gilt, man setzt sein Leben, und entweder ist dann trotz allem in dem Ichkern ein Stück nichtidiotische Substanz, oder es ist eh nicht schade um ein solches ich und dann erst recht egal, so viel zu Beichte, Selbsterforschung und bekennerischen Lügen aller Art. Das heißt, was hier entsteht, ist ein abstraktes Bild, natürlich zeitverwürfelt logisch, demokratischrealistisch zwingend, weil irgendetwas anderes in wirklichkeit nicht sichtbar ist und folglich undenkbar. Das heißt nur, das tun, was zu tun ist, was zu sehen ist. Und so weiter und so fort, eigentlich ganz logisch, völlig simpel, aber über solche Sachen, nicht über Schleier, kriegt man Streit mit seinem besten Freund. Streit trennt nicht kontrolliert, sondern verwirrt, macht ausgelaugt und schwächlich, dumm und traurig. Am scheußlichsten ist die Versöhnung, nie wieder Streit, denkt man und behält langsam das meiste gleich bei sich, was ohnehin vernünftiger als irgendein Problemgerede ist. Man redet nur noch über richtige gescheite Sachen, Studium, Arbeit, Politik. So sagt Konrad beispielsweise, sein Marxismus geht in allem aus vom Philosophischen, ich nur von mir selber, aber in wirklichkeit geht er von der Gruppe aus, ich vom lesen, was einen einerseits natürlich paranoisch ichbezogen macht, da man dauernd in sich alle ist, aber zugleich ist man ja nicht wirklich durch Beziehungswahn wahnkrank, sondern liest in einem Buch, das hoffentlich von echten Menschen handelt. Ausgedachte Bücher halte ich nicht aus, da kriege ich, wie durch Kritizistik, körperliche Allergieanfälle, bewirkt durch Antikörper gegen alles ausgedachte Literatenzeug. Als gäbe es nicht eine Wirklichkeit, so reich und herrlich kompliziert, tatsächlich kaum zu fassen, gleich wie man sich müht, der jeder Bücherschreiber lebenslänglich gern der Diener sein darf, sich und ihr zur Ehre. Lesen ist deshalb Geheimdienst, nicht an sich, sondern am nächsten, weshalb man nur alleine lesen darf. Zu zweit wird lesen Terror des Erforschens gegenseitiger Verdächtigung und Ausspähung. Auch diesen Fehler, nichtallein zu lesen, habe ich gemacht, wie jeden Fehler, den ich nicht bewußt vermeide, altes altes Lied. Hoffentlich hat man nicht sein ganzes Leben falsch gelebt, wenn das Leben plötzlich Schluß ist. Die alten Menschen, die ich kenne, sind am Lebensende aber weniger verzweifelt, als eher erschöpft und milde ausgelaugt. Man baut sich also scheinbar Lügenkonstruktionen, die alles rechtfertigen, automatisch, scheinbar baut das Leben selber die, ohne daß man was dagegen machen kann. Das scheußlichste ist also eine Gnade, die schließlich dafür sorgt, daß jeder letzendlich sein Leben für sich, also rückblickend angeschaut mit seinen Augen, als nicht falsch gelebt anschaut. Das heißt, man selber kann unmöglich wissen, ob das Leben wirklich stimmt. Man muß sich das von Sachen oder Menschen außer einem sagen lassen. Dadurch entsteht die Angst, daß irgendetwas da ist, was einen krankhaft steuert, ohne daß man das von sich aus kontrollieren könnte. In wirklichkeit ist das, was einen, hier mich, derart steuert, genau die Summe aller Wirklichkeit. Deshalb ist Angst an Schwäche fest gebunden. Die Kraft kennt keine Angst, sie stellt sich manchmal einfach in die Welt. Man ist der Mensch, dem sich der Mund öffnet, der singt nur das, was Augen sehen. Die Dinge tragen nämlich Namen, die schon stimmen, wie ich höre, höre ich die Welt, die spricht. Voll von Bereitschaft steht man da mit innerlich weit nach außen raus gedrehten Händen, offen, oft im freien, abends, wo im Westen an den Himmel nach dem Untergang der Sonne die Himmelsschrift geschleudert steht. Morgens spricht ein schwarzer langer Gummi, der zum Geländer meiner Rolltreppe gehört, die mich täglich aus dem Untergrund der Haltestelle Universität ins Mitmenschengewusel hoch trägt, richtung Seminar und Stille, gleichermaßen deutlich wie der Abendhimmel sein Kommando, schneller, da es eilt. Plötzlich verändern sich Verhältnisse der Größe, man schrumpft, sieht sich allein in einer Wüste, wo man aus dem Raumschiff steigt, das eben noch die leer geschriebene Patrone meines Füllers war, die eben noch vor mir am Schreibtisch lag. Nachts sind die Gesichter fremder Menschen in dem Flackerlicht von mittels Evidenz im Evidenzmoment. Falsche Güte klingt wie ausgetrocknet böse Lederhaut, Lügenfeuer für die Schönheit der Natur riechen oft nach kaltschwitzigem Nylonstrumpf, falscher Haß brüllt brüchig, ist es hier eventuell gestattet, daß man kurz mal brüllt, falsche Leichtigkeit tanzt künstlich übertrieben ohne Halt und Takt, und falsche Falschheit trägt die Aufschrift, echte Literatur. Natürlich führt auch dieses Hören vielfach in die Irre, in der etwa der Melodiezwangzwang sich selbst zu falschem Melodiezwang zwingt. Zur Sicherheit ist deshalb allen Worten die Gewalt schon angeboren, wie der ganzen Welt, und sie hacken sich gewaltig auseinander und Wort für Wort vom nächsten ab. Nur mit Gewalt beginnt nach einem Punkt ein neuer Satz. Oder der Punkt ist die Gewalttat, die zwei brüderliche Sätze trennt. Was schmerzhaft klingt, ist doch in wirklichkeit normal und gut, weil jede Abtrennung und Grenze anordnet, daß da ein eines ist, und da ein eines, und nicht nichts. Hier fragt sich, ob sich so erklärt, daß Menschentöten heute nicht sehr leicht begründbar ist, gleich wie gut die revolutionäre Sache ist, für die man kämpft. Man muß den Staat ja nicht als dicken toten Haufen Fleisch im engen Hemd im Kofferraum im Auto tot erschossen ablegen. Man könnte ihm statt dessen doch ein Bein zerschießen, oder einen Bau eines Gerichts hoch sprengen, um ihm Angst zu machen und das ganze alte weg zu hauen. Zu lange war man in Gespräche rein verstrickt, in Nichttaten und in Gefühle. Man möchte raus aus diesem Lügenloch der Offenheit und fort von diesem halb gelebten zähen schwächlichen Gerede, weg aus der nichtallein halbiert verplemperten Zeit. Diffus erbost im inneren und fadisiert ist man am Boden liegend eingeschlafen irgendwo bei irgendwem. Der hat beispielsweise mit anderen genauso intensiv geredet, auch nicht anders als mit einem selbst, anderen genauso in die

Augen rein geschaut, verschwörerisch vertraut, ein Knie beim fremden Knie in aller Ruhe. Rucke stürzen zwischen Menschen durch den Raum im Augenblick, der Sachen sehen muß, die er nicht sehen will. Ein Herz pocht rasend, um Vernunft ins Hirn zu pumpen, sinnlos, endlos kann man später diesen Augenblick bereden, nichts beweisen, niemals klären, was in wirklichkeit ganz klar und einfach ist. Alles das ist abzubrechen. Schlummernd, wortlos sammelt man sich neu zu neuen Kräften. Irgendwann ist Zeit, dann steht man einfach auf und geht davon, uneinholbar. Aber plötzlich war es schon wieder Sommer, und nichts hatte sich geändert. Christian fuhr dann weg, nach Südfrankreich. Und ich wischte hier meine Papiere vom Tisch, um völlig unbehelligt vom bisherigen das bishierherige im Geist noch einmal schnell zu wiederholen, um Planwidriges auszuschalten und zu sehen, was ich nicht verstehe. Die Generalrekapitulation, die einen mit sich ins reine bringt, findet natürlich in der Stille statt, die sich im Konzentrierten sammelt. – Nach einer Zeit hob ich den aufs Holz gesunkenen Kopf und schaute auf die Uhr. Vor Schreck wäre ich gerne wie wild hoch gesprungen und entschlossen in der Kammer auf und ab gegangen, aber Todmüdigkeitsenzyme hatten mich überfallen, überschwemmt vermutlich in dem träumerischen Unaufmerksamkeitsmoment des Schlafs, und meine Glieder zitterten, voll Frost, aus Angst. Ein müder Greis kauerte sich auf den Boden neben seinem vierbeinigen Stuhl ans Lagerfeuer seines Gasofens und schnürte sich mit seinen Armen zum Fleischpaket zusammen. Der Boden bebt. Tief unten donnerten Waggons von Zügen durch die Erde untergründig im Tunnel. Man sieht die Gleise, hört das Ruckeln, in der Mitte nähert sich die Rampe. Grasbüschel, Verwachsungen, hier ist lange schon kein Mensch mehr massenweise angekommen, ausgeladen aus den Viehwaggons, kreischend, wie die Stimme sagt, während ein Kahn auf einem Fluß durch hohe Uferbäume sacht hin zieht, in ihm ein Mann, der steht und singt, grün rauschende Wiesen. Das Gesicht berichtet, wie alte Freunde und Bekannte von daheim von früher, nackt in diese Kammer für die Massendusche rein getrieben, anfangen, die Nationalhymne zu singen, erst noch leise, dann ganz fest. Da habe ihn ein Schaudern angepackt und er habe auch da rein gehen wollen, um zu sterben. Aber die, die drin gefangen waren, hätten ihm gesagt, das geht nicht, freiwillig zu sterben, du mußt doch leben, um das später zu bezeugen, wie das war. Und da sei er aus der Kammer wieder raus gegangen, um zu leben. Das wird gebrochen deutsch berichtet, während hinten in der Luft das Zügerattern endlos richtung Rampe rattert, sieht man wieder Wiesen, Steine, Bautenreste, Zeug und Himmel. Große Katastrophe, Untergang, Vernichtung, heißt für Juden, hieß es in der Zeitung, Shoa. Der alte Mann am Boden haute sich auf seine Augen. Er möchte nicht geboren sein. Nicht vierundvierzig, nicht vierundfünfzig, nicht vor neunundsechzig, nicht vor siebenundsiebzig, nicht hier, nicht. Aber sprich nur ein Wort und meine Seele wäre, ist längst tot, die alten Zaubersprüche sind gestorben. Der Mann ist aus Granit, liegt flach gestreckt unter dem Tisch, den Kopf, so nah es geht, am Ofen, ohne was zu riechen. Es ist kalt, die Stille schweigt. Das Animalische im limbischen System ist krank, nicht die menschlich neue Rinde, die schon denken kann, wenn sie nicht ausgeschaltet wird vom tiefen alten. Unten donnerte der nächste Zug dahin. Der Schlaf sah sich am nackten Tisch, wo sich der Raum reich weitete und Felder sichtbar wurden, Bilder und Gesichter, Spuren, ordentliche Grenzen und Barrieren. Flüchtig zog der Flug der Stimme da darüber hin, vernünftig, hieß es, es war Mitte Mai, ich war also allein in München, die Luft war wie von aufmerksamen Zeitgöttern speziell für mich ganz klar verklärt, am morgen kupfern, abends silbrig. Mittags schien die Sonne auf den Gehweg bei der Universität, wo ich gerade eilends, hinter mir die fliegenden sehr langen dunklen Haare, barfuß, im leuchtend weißen knöchellangen sackförmigen Kleid dahin schwebte, verabredet mit Konrad, zur Mittagspause im Café. Ich hatte mir das Kleid genäht und mich verspätet. Lichtpartikel pfeilten mir entgegen, Bilderteile, die kein Blick zusammenhielt, nur die Leinwand um mich rum. Es reichte, daß sie sich da sammelten, niemand mußte auch noch ihre Namen alle extra wiederholen, ich hatte nämlich ausnahmsweise nicht den kranken Registrierzwang. Feine Härchen berührten sich innen auf der Haut der Oberschenkel, vom Kleid verborgen, als ich mit übereinander geschlagenen Beinen kurz nach eins seit paar Sekunden im Café saß. Konrad war noch garnicht da, und ich nahm aus meiner Tüte die Zeitung und faltete sie auf. In der Sonne rochen die ordentlich gestückelten Kolumnen grauer Säulen, die die Welt von gestern trugen, sofort nach stechend heißer Zeitung. Angenehm vertraut, wie so ein Bild von Text, aus ganz schön vielen Buchstaben gebaut, einen aus der Zeitung raus anschaut, sagte ich, als Konrad kam. Der lachte, setzte sich und machte Witze über eine Kinderbuchkritik von mir, die paar Tage zuvor, von mir natürlich eher als ein Kritikgedicht gedacht, als als Kritik geschrieben, in der Wochenendbeilage erschienen war, als kleines schwarzbeigeweißes Eck, links unten hin gedruckt. Sehr gut versteckt, jedoch mit echten Buchstaben gedruckt stand da sogar mein Name. Seit dem letzten Herbst war das schon paar mal vorgekommen, und so wußte ich inzwischen, anders als beim ersten, zweiten, dritten mal, daß dieses Ereignis, daß etwas von mir geschriebenes im Druck und öffentlich erscheint, für mich ein Erdbeben, der Eintritt in die Welt der Schrift und

Schreiber, diese Welt nicht nur keineswegs erschütterte, wie mich, sondern in ihr wie nicht geschehen sich ereignete und schon vergangen war. Nichts passierte, keine Götterstimme rief mich an und erklärte mich zum auserwählten Sohn, als der ich mich durch das Erscheinen meines Geistes in der Zeitung selber sah, kein Redakteur bestürmte mich, sofort für ihn etwas viel größeres zu schreiben, keiner, den ich kannte, nahm auch nur Notiz. Aha, das alles fand ich mehr als nur enttäuschend, total interessant. Konrads Spott, sachlich und rechnerisch natürlich richtig, hieß da dagegen, daß man doch nicht nur alleine für sich selbst verantwortlich nach eigenem Gesetz und Maßstab gut begründet nur für sich entscheiden konnte, ob ein geschriebenes, egal wie krümelig und klein, korrekt war, oder falsch, sondern vielmehr kontrolliert von außen das dort entschieden und bestimmt war. Jeder nur erdenkliche, von jeder möglichen Position aus mögliche Einwand gegen ein geschriebenes war wichtiger, als irgendeine Selbstrechtfertigungsfiktion im Schreiber. Entweder das schließlich sich nach außen richtende geschriebene war dort einleuchtend richtig, oder von dort her abgelehnt, wirklich verfehlt. Was so einem nur für sich selber richtigen geschriebenen, da diese Richtigkeit nicht maßgeblich sein konnte, weil für sich selber alles richtig war, demnach entscheidend fehlte, war Leuchtendes und Glanz. Offen blieb in dem Gespräch, wie dieser Effekt entsteht, ich fürchte, nichtberechnet automatisch selten, da Wahrheit, heißt es richtig, Arbeit ist, doch umgekehrt berichtet die Erfahrung, daß keine Brechstange von noch so zielstrebigem Willen die Lichtertore mit Gewalt aufbricht, sondern daß schließlich, oft am Ende dumpfster Mühen, Weg und Wahrheit plötzlich einfach als Geschenk erscheinen, selbstverständlich leicht und klar. Ich hörte also zu, und Konrad redete. So ging der Mittag hin.

Prächtig stand die Sonne hoch am heißen Himmel und nagelte auch mir ihr Hitzekreuz das Rückgrat lang und quer über die Schultern in den Rücken. Manchmal wirbelte ein kleiner Wind daher, der sich in dem Innenhof verfing, Papiere hoben ihre Ecken, sanken nieder, und der Firnis auf der Haut wurde zum Kühler. Am Wochenende war ein Fest, und Konrad wollte sich, unter Mißachtung des Kopierverbots, das zwischen nahen Menschen herrscht, auch so ein Kleid wie meines nähen. Dann deklinierten wir alle Maigeburtstage durch, den besten hatte Peter, am fünften fünften fünfundfünfzig, und studierte folglich auf Computer. Christian hatte Konrad eine Karte aus Aix geschrieben, mir übrigens auch, aber das hier nahe liegende Konfliktgestrüpp war leicht zu meiden, wenn man von hier einfach links am Waldrand lang auf einen alten Spaziergang bei Leutstetten einbog, wo sich stahlgrüne Wiesen senkten, schlüsselblumengelb gesprenkelt, fernes Oberlandgehügel, Bergeblau, und zwischen uns die Abitursommerdebatten über Wittgenstein und Platon und das Studium an der Universität. Drei Jahre später kann man sich leicht über sich selber lustig machen und spöttisch den früheren Idealismus tadeln, was aber noch falscher als jeder Irrweg ist, dessen Sinn, gerade wenn man sich im nachhinein dafür vor sich geniert, man lieber raus erforschen sollte. Mit solchen Sachen kannte ich mich besser aus als Konrad und die meisten anderen, vielleicht weil andernfalls mein Leben von der Fahrigkeit aller Bewegungen total zu nichts zerfetzt wäre. Strengste Disziplin, sagte Konrad, ist eine Hauptbedingung für den Sieg, steht hier im Spiegel in der Serie über Kommunismus, Eurokommunismus heute, mit großem Bild mit Husak, Tito, Breschnew beim Festbankett, und Honecker steht da und hält die Rede. Ich wollte eigentlich noch lieber auf der Wiese von früher liegen, aber Konrad zitierte Beispiele für liberale Lügen in der bürgerlichen Presse, dann direkt Lenin. Unbedingter Zentralismus und strengste Disziplin des Proletariats sind eine Hauptbedingung für den Sieg über die Bourgeoisie. Bitte zahlen, sagte Konrad, denn es sprach der Scheich zum Emir, jetzt zahlen wir, dann gehen wir, gesagt, getan. Auf der Straße verabredeten wir uns für morgen mittag, wieder hier, und trennten uns. Ich schaute auf die Uhr, wo die Zeit wirklich vergangen war. Am Himmel hingegen stand die Sonne unverrückt, ein altes Zwangsbild Raspes, kein Grad tiefer als vor einer Stunde, vielleicht kleiner, hingenietet oder eingebrannt, ein Weißgoldloch im fest Gewölbten, durch das die Sonne sich entfernte, oder noch dichter zusammenballte. Aber am Boden zitterte über dem schwarzen aufgeheizten Teer die ferne Luft, als Gegenbeweis gegen irgendeinen Stillstand irgendeiner, sei es noch so himmlischen Zeit. Ähnlich täuschend kniete neulich ein Geköpfter abends unter einem Baum bei meiner Brücke, wo noch nie etwas zu sehen war, das muß ein neuer Abfalleimer sein. Doch anderntags im Licht war da ein tonnenförmig aus der Wiese raus wachsender alter Rundstumpf aus Beton, oben ein kurzer Metallrohrstummel. Am gleichen Tag trieb mir auf dem Rückweg eine flußabwärts im Wasser treibende Plastiktüte entgegen, nicht der Rücken eines Leichnams eines kleinen Kindes. In Indien saß auf der Leiche, die im Ganges trieb, ein schwarzer Vogel, der den Rücken als Floß und Fraßort gleichzeitig benützte und seinen Schnabel in die helle Haut rein hackte. Aber Gespräche entziehen sich, anders als derartige Augentäuschungen, der Kontrolle eines zweiten Blicks. Unwiederbringlich verlaufen Gespräche gefesselt an die Zeit, die sie mit sich fort reißt und rasend schnell verschwinden läßt. Wenn man, was hast du gesagt, sagt, wiederholt der andere das eben gesagte meist schon mit anderen Worten, weiß, daß alles angeschaut, so auch die Geschichte hier, nicht nichtvernünftig denkbar ist. Da sinkt einem der Kopf unter die Schultern runter auf die Brust, weil ihn das Gerede in ihm ausgerechnet dieser Widersprüche so widerwärtig sinnlos schwer macht und ins blöde runter drückt. Früher war ich nicht belästigt von Gegrübel dieser Art, auch das Studium der Geschichte habe ich ursprünglich einfach als Basisstudium angefangen, genau so wie die Medizin als Grundstudium vom Menschen. Ich habe mir die Geschichte als Vorwissenschaft jeder anderen geistigen Wissenschaft vorgestellt, weil bei jeder Philosophie oder Kunst sofort die Frage war, wann ist das gewesen, in was für einer Welt, wie hat das Leben in dem damals ausgeschaut, aus dem ein Bild kommt, das man anschaut, ein Buch, das man gerade liest, welche Politik war an der Macht, wie war wirtschaftlich das Kapital bestimmend, und wie hat sich das alles ausgewirkt für einen jeweils einen Menschen. Das Gerüst der Koordinaten der Zeit reichte in mir jedoch nur bis an den Anfang des neunzehnten Jahrhunderts zurück, eine kleine Zeitinsel französische Revolution, dann ewig nichts, und irgendwo sehr deutlich, gar nicht allzu fern, nur isoliert und zeitlich unverbunden, die Welt der Griechen, vorsokratisch, klassisch, fertig, aus. Das Wort Kant hatte zeitlich keinen Ort, hatte keine Welt, wie sollte ich derart grundlagenlos ein da dazu gehöriges Denken studieren, das wäre geistiger Betrug gewesen, Lüge, Täuschung meiner selbst. Dagegen richtete sich die Geschichte, und so war das Studium der Geschichte notwendig die Konsequenz. Natürlich haben sich dann meine Erwartungen nicht erfüllt, weil die Universität nicht Wissen lehrt, sondern Wissensränder, an denen Forschung steht und einen Einzelpunkt ins nichts des Nichtwissens raus treibt. Man lernt am Beispiel eines Fachs, das fast egal ist, an der Universität die Praxis, die in

Wissenschaften theoretisch neues Wissen schafft. So habe ich den idealen Lehrer, eine art gesteigerte Fortsetzung der Schule, wo ich die herrlichsten Lehrer gehabt hatte, im Studium vergeblich gesucht. Niemand hat einem hier ein Wissen beibringen wollen, das Wissen hat man sich selber beibringen müssen, und die Dozenten haben einen in der Methode der Forschung unterrichtet, das hieß normalerweise Kleiderordnung, Anmerkungen, Form der Seminararbeit, des wissenschaftlich einwandfreien Typoskripts. Auch diese Sachen habe ich mir nicht ungern angeeignet, Ordnung ist schließlich in allem, gerade im äußerlichen, ein wunderbarer Halt des Schönen, aber den wirklichen Forscher, den ich darüber hinaus gesucht habe, habe ich in keinem meiner Seminare gefunden. So blieb auch mein Wissen der Geschichte eher defektuös, weil der Ansporn, das muß für mich ein vorbildlicher Mensch sein, dem es nachzueifern gilt, mir im Studium leider fehlte. So weiß ich heute nicht einmal ganz sicher, ob die kleine Schadstelle dieser Verdunklung in dem Dunkel an der Wand vor mir so aussieht, wie ein auf den Kopf gestelltes Österreich oder wie das Österreich in echt. Natürlich ist man mehr, als man normalerweise täglich weiß, von der Tatsache bestimmt, daß man halber Wiener ist, Finsternisgestochere in Konsequenz. Umgekehrt ist man, ist zu wiederholen, der alles bejahende Mensch, das süddeutsche Erbe, so wie, das preußische Erbe, voll Sehnsucht nach Kraft von Gesetz. So hatte ich schon mal im Witz den tatsächlich obszönen Einfall, meine Arbeit hier dem Bundeskanzler Helmut Schmidt zu widmen. Aber selbstverständlich läßt man sich von solchen Einfällen nicht terrorisieren, genau so wenig wie von irgend einem Vater. Auch wenn man dreiundzwanzig werden muß, schließlich geht man von zuhause weg, dann ist man fort, und zwar auf nimmerwiedersehen. Nichts, nicht einmal der Alte, der einen, wie man lange glaubte, noch irgendwann verrückt macht, hat einen im mindesten verrückt gemacht, im gegenteil. Im grunde bin ich, wiederhole ich, Granit. Alle Eifersucht auf meine Freunde, Dauerneid auf mich, Liebe, ewig familiärer Spott, der ganze Terror, nichts hat einen zerstört. Ich bin hier, Diktat, ich sitze hier, es ist jetzt null Uhr dreiundvierzig, und ich kläre mich und alles auf, Gestein, Landmassen, Konfiguration. Mehr als ein griechischer, denke ich, bin ich, schreibe ich, natürlich ein jüdischer Geist. Aber auch das protestantische Erbe ist, ist es schon nicht zu leugnen, eben vernünftig zu bekämpfen, um alle Räume zu erobern. Das Nachtlebenleben beispielsweise habe ich erst im letzten Herbst, als Gegenort zur Täglichkeit der Universität der damals endlich angepackten Arbeit, natürlich viel zu spät, aber schließlich eben doch betreten. Tags war Schriftverehrung, nachts die Fleischfaszination, beides gleich extrem zu unterdrücken. Plötzlich bin ich, nicht weil ich die Wahl nicht hatte, sondern weil ich wollte, weil ich das Gegenteil auf einmal richtig fand, von all dem einfach weg gegangen, hier her, in die Kontaktsperre der Kammer hier. Immer ist das augenblicklich richtige für mich das richtige, so simpel ist das, wenn ich es erkenne, was manchmal schwierig sein kann, Resultat Gegrübel, sinnlos, aber plötzlich zeigt sich mit dem richtigen die jetzige Bewegung, Wille, Tat und Glück. Vielleicht ist doch nicht alles fürchterlich verworren in mir, sondern ganz normal, im komplizierten Kampf komplexer Kräfte, die sich gegenseitig halten, wie mein Kopf den Rand des Lichtkegels der Lampe sichtbar macht, obwohl in ihm, nicht anders als im Inneren der Brust, natürlich Finsternis das Hirn umherrscht. Zum Spaß hebe ich also das Rund des mitten durch gesägten Hirnschädels von dem Schädel vor mir ab und messe die Dicke des Knochens der Stirn, null komma sieben, null komma neun. Vom Unterkiefer, der neben dem Gesichtsschädel jetzt separat für sich da liegt, ragen zwei schwarze Federn aus Metall leicht bebend in die Luft. Bestimmt vibriert das ganze Haus, weil die Bahn im Untergrund das Fundament erschüttert. Nehme ich die Ellbogen von der Tischkante, zittern die Unterkieferfedern schwächer, dann aber wieder wie zuvor. Die alte Wahnidee Physik erscheint wie oft als Sehnsucht, die bestimmt die Rettung wäre, Beobachtung, Beweise, Glanzsucht, Racheauftrag und dergleichen. Jedoch im Inneren der Schale der Kalvaria, wo ordentliche Furchen, wo einmal Adern für das Hirn verliefen, eingedrückt als feines dunkleres Geäst das hell neapelgelb getönte Grau durchziehen, ist eine an den Rand sehr klein von einer Hand mit Füller hin geschriebene nicht leserliche Schrift dann schließlich doch ganz zu entziffern, und sie sagt, tentatio ad, folgt lange nichts, folgt, vanitatem. Feuer, wie der Lateiner sagt, heizt meine Füße, gasbetrieben, also materialisierte Zeit, die auch vergeht, wenn ich, wie eben kurz, mal nichts sage, das heißt, gerade dann vergeht die Zeit, was irritierend ist im Gegensatz zu einem selbst, der starr und stumm da sitzt, zerrissen und zerfetzt vom Sturz der Zeit durch einen durch. Redet man hingegen, ist man nicht der enge starre Durchsturzort der Zeit, sondern vergeht statt dessen selbst, was angenehmer ist. Mit einem Schlag ist man ein alter Mann, das ist dann scheußlich, aber die Geschwindigkeit der Plötzlichkeit ist gut, weil man den Wandel, das heißt das Stück für Stein, Sekunde für Minute, tot, kaputt und alt geschlagen werden von der Zeit nicht merkt, weil man statt dessen merkt zum beispiel, daß man friert, dann hält man seine Füße näher an den kleinen blauen Flämmchenteppich hin. Wenn die ganze Gasflasche explodiert, ist eh die Ruhe da, dann müßte man nicht mal mehr reden, und daß man zerfetzt wäre, oder starr, oder innerlich verfault, wäre einem wurscht, weil man nichts von nichts mehr wüßte. Viel zu gut statt dessen riecht man, wie man selber riecht, natürlich fremd, wie fremder alter Mann. Am Schluß besteht man eben nur noch aus paar zementierten fixen Fixideen, stückerer vier vielleicht, wenn man Glück hat, vielleicht fünf. Deshalb ist es für Schiller selber ganz egal, ob er jetzt im Volksgefängnis, wie es heißt, gefoltert wird, oder Babynahrung kriegt, damit er nicht verhungert. Schließlich muß man ihn verhören, später wird er mit dem Video gefilmt, schon redet er, im Fernseher zu sehen, Menschenquälerei und ohne jeden Sinn sei das, was sich hier abspiele seit Tagen, obwohl er die Entscheidung der Staatsregierung respektiere, wie er ausdrücklich und schriftlich bereits mitgeteilt hat, aber das jetzt hier sei nur noch Menschenquälerei, er erkenne keinen Sinn. Früher hat Schiller die Universität Innsbruck als Untersturmführer der Schutzstaffel von Judenstämmlingen und Miesmachern gereinigt, dann war er Präsident der Arbeiterausbeuter dieses Staates, jetzt wird er im Volksgefängnis über alles das verhört. Nicht seine Mitgliedsnummer, im Attentäter allzusehr versteckt versteckt, offenes Vorgehen wäre mir lieber, doch Diktatgesetz und Wortgeschichten schreiben hier bestimmt ein vielartig gebrochenes, nicht unverkehrt herum vorgehendes Verfahren des Berichtens fest, heißen heißt ja nicht nur heißen, sondern auch befehlen, siehe Brechungskammer, Strangwerkzeug, Genick, ist jetzt nocheinmal zu wiederholen, sondern einfach folgend der in Moskau wohl noch allzu schriftlich fest fixierten Vorschrift die Verbrechen möglichst direkt, wie nicht undirekt hier nicht unmöglich ist, ist Schritt für Schritt zu klären, nachdem ich alles erst entziffert habe und für mich zunächst noch stumm benannt, ist schließlich wirklich alles das entschieden auszusprechen, das heißt, einfach mit dem Mund zu sagen. So spastisch bin ich augenblicklich, da kann ich machen, was ich will. Aber tatsächlich erstrangige Hirne bleiben nicht beim Hirnkrampf stehen. Obwohl mir jetzt auch dieser Satz schon vorkommt, als hätte ich mir den zillionen mal schon vorgebetet, weiß ich nicht, warum die Staatsschutzpolizei die Leichen, die bei Schillers Festnahme mit Kugeln tot geschossen wurden, mit schwarzen Plastikplanen zugedeckt hat, glänzend. Auch im Krankenhaus wird den Toten sofort ein weißes Laken über ihren Kopf gezogen, hat man ihnen die Augenlider zu gedrückt und das Kinn nach oben hoch gebunden. Schließlich gibt es von seiten des Todes aus gesehen keinen Unterschied zwischen gewalttätig herbei geführter Tötung und dem angeblich natürlich eintretenden Tod, weil dem wirklich Toten das egal ist, ob die Gewalt, die das Leben in ihm tot zernichtet hat, von innen aus ihm selbst heraus gekommen ist, oder von außen. Deshalb ist die Gefahr für den Lebenden nicht der Haß, sondern die Verführung, die sich naht in der Gestalt des Nichtbösen. Ist erst genügend Tod in einen selber rein gekrochen, will man plötzlich nur noch gut und guter Mensch sein, Resultat Verlogenheit und Lüge, wie bekannt, Verblödung. Nicht negative Logik heißt also, denke ich, streiche ich wieder längs der Kante meines treuen Tischs entlang, die Aufgabe, sondern jetzt hieße die Aufgabe nichtnegative Logik. Nicht für mich natürlich, weil ich, egal wie sehr mich denkenähnliche Gedanken quälen, auch das nur Resultat natürlichen Verfalls nachjugendlichen Lebens im Verwachsenen, nicht selbst der Denker bin, sondern Denken echter Denker nur studiere, um zu wissen, welche meiner denkenähnlichen Gedanken, die ununterdrückbar in dem Hirn entstehen, Unsinn sind, und welche Nichtunsinn. Das meiste in mir selbst entstehende ist Unsinn, alles außer mir, mit meinen Sinnen wahr genommen und so in mich herein geholt, ist

Trinklokalen mit Musik aus nackten Buchstaben gebaut, die sich laut und klar herzeigen, ich selber folge höchstens mit zwei Fingern unten in dem dunklen in der Luft beim Knie, wo in der Nähe meine Hand rum hängt. Diese Augenblicke sind nicht Absicht, sie drängen sich natürlich auf. Sie sind eher selten, ist man nicht alleine, dann fühlt man sich stumpf an, nach einer Zeit. So kommt es, daß man schließlich automatisch oft alleine ist, weil einem so am wohlsten ist. Als stumpfer Fertiger kann man sowieso noch früh genug verenden, das ist das einzige, was sicherlich nicht eilt. Plötzlich muß man sich rasieren, lebenslänglich, lebenslänglich produzieren Drüsen plötzlich komische Hormone, lauter Sachen, die einem passieren und dann bleiben, meistens als was lästiges. Himmelsschriftmomente, Buchstabengesichter, Wüstenraumschiffschau, Rolltreppenbefehle, alles ganz normale Schöne scheint sich seltsam, fast hysterisch zu verschärfen durch die Zeit, die einem ihren Totentrank einflößt, sekündlich, wie viel Uhr. Time is time was time to get ill, jetzt, time to fight, for your right, zum beispiel also hier Musik, die man jetzt automatisch hört, wenn man sie kennt, schon wieder kurz ein Augenblick von Glück. Sogar die Universität, schlechthin die Witzfigur des Geistigen, ist institutionell der beste Halt des Lebens, dem man sich einfach anvertraut, für Jahre ist man da nämlich geborgen. Jetzt ist es neun nach eins, das heißt ich habe vorher etwa drei Minuten lang geschlafen, beziehungsweise fünf. Wahrscheinlich deshalb kommt mir diese eine Stunde, die ich jetzt hier sitze, länger vor als eine Stunde. Ohne Uhren wäre ich durch innerliche Zeitverrükkungen verloren, aber der Gang der Außenzeiten hält einen beisammen, gleich wie im Inneren die Zeiten spinnen. Im Sommersemester beispielsweise liegt man ganze Nachmittage wohl in einem Gras, Englischer Garten rings um einen rum, silbrige Weiden, die der Sonne ihre Pelzhärchen entgegen beben, und man schaut nur zu, wie einem das Studium einfach mit der Zeit passiert, ohne daß man etwas tut, man muß nur da sein, Schauplatz, Sommer für Sommer. Hopla, da kommt plötzlich eine Prüfung an, aber auch die Prüfung hat ihr Datum, das sich automatisch nähert, zunächst bißchen drohend, aber dann doch ganz alltäglich durch einen durch gegangen und vergangen ist, bestanden. Abends geht man auch im Sommer in ein Seminar, zum beispiel philosophischer Natur, aber die Begriffe sind hier nicht die Instrumente einer Technik der Erforschung und Zertrennung zur Erinnerung von den im Denken kurz durchstürzten, angeschauten, augenblicks jedoch vergessenen Strukturen, Formen, Räumen, sondern ein eingebildetes, nur künstlich hin gerötzertes Gewäsch. Langweiler und Interessantizisten, meistens eh und sowieso die selben Deppen, denken sich in faulen Philosophenstandworten was fertig ausgedachtes aus, von dem sie glauben, dieses irgendeine ausgedachte könnte man sich einmal ausgedacht haben. Aber in wirklichkeit kann man sich ausgerechnet im Denken natürlich am wenigsten ausdenken, siehe mathematische Massive mächtiger Gebirge, deren Befund im Denken in der Schau sich selbst erhebt, woran man sich dann selber nur noch möglichst exakt zu erinnern hat, um das geschaute zu beschreiben. Aber auch der elendiglichste Universitätsphilosophist ist immer noch ein guter Hinweisgeber auf in Büchern schriftlich hin gedrucktes Denken und so als Lehrer philosophischer Gelehrsamkeit benützbar. Nach dem Seminar sitzt man im Stop In und ißt die Pizza. Nach alter Tradition wird zur Pizza diskutiert. Von mir aus müßte sich eh nie irgendetwas ändern, weil mir eine Pizza, die mir einmal schmeckt, die nächsten zwanzig Jahre schmeckt, und zwar immer besser. Konrad redet wieder wie verrückt, bloß daß diesmal angenehmerweise das sonst an ihn sehr hingehängte dicke Schmuckwesen im Kunstgewerbeloch von hier verschwunden ist. Großes Gefuchtel mir gegenüber, Konrad erklärt paar dringend neue Bücher, die er, wie er schwöre, heute nachmittag schnell durchgelesen hat von vorn bis hinten, deshalb braucht er sehr viel Schlaf, vormittags besonders. Die dumme Niere, eine alte Wunde noch aus Vorkriegszeiten, mache ihm Probleme. Der Vater hat ihm in der Schule erst die Hausaufgaben in Latein gemacht, dann ist er durchgefallen, und man sitzt im Internat in den gemeinsamen Erinnerungen. Der Vater ist inzwischen auch schon tot, leider eine Hirngeschichte, scheußlich. Hier werfe ich den Wiener Vatervater ein mit Hirnschlag, zehn Jahre halbseitig gelähmt, Gelalle, Kot am Finger, unvergeßlicher Geruch, drei Witze, ein Gedichtanfang, erstaunlich, was ein Hirn, das weitgehend zerstört ist, schließlich noch so in sich hat, natürlich vorwiegend Gebrüll. Konrad wendet ein, das hätte ich schon hundert mal erzählt, wodurch ich Lust kriege, das ganze gleich noch mal von vorne zu erzählen, es gibt da also väterlicherseits den Wiener Vatervater, der war schon vor vielen Jahren durch Nekrosevorgänge in seinem Hirn erheblich körperlich und geistig reduziert, woraus ich eine Erblast schließe, die vielleicht auf mich gekommen ist. Reden wir nicht, reden wir nicht, sagten wir beide in Erinnerung an Krieg und all die guten alten Zeiten, schwiegen kurz gemeinsam und legten dann erst richtig los. Folgendermaßen, die Sache war die, und dann, und dann, und dann. Plötzlich war der Abend viel zu schnell natürlich aus, so lustig ist man auch nicht alle Tage, und so jung kommt man so schnell nicht noch mal zusammen, also dann bis dann, bis dann, servus, machs gut. Schließlich muß am Heimweg jeder doch wieder alleine mit sich selber fertig werden, ich mit meiner bürgerlichen Kunst, Konrad mit seiner antibürgerlichen Politik, ich darf ihn zurecht den Lüstemensch und Penner schimpfen, er mich den Subjektkultkarrieristen. Alles entscheidende entscheidet sich eh erst viel später, obwohl es zugleich längst entschieden ist, ohne allerdings bekannt zu sein zum Glück. So geht man lauter umwegreiche falsche Wege, durch die man später, wenn der eigene sich ziemlich starr begradigt hat, von vielen fremden Sachen weiß. Man muß sich also gehen lassen, was mir leider schwer fällt, sage ich, und haue die knochige Faust an die knöcherne Stirn. An der Lampe vor mir, wo das Marx Gesicht Fünfmarkstück mit dem Tesa an den Stengel hin geklebt ist, geschmückt mit einer silbergrauen Taubenfeder, hängt rot in Zellophan verpackt ein kindermenschengroßes Herz und trägt in schwarz und gold die Glaubensinschrift, Nüchtern bin ich schüchtern. Das riecht sehr deutlich nach Oktoberfest, nach dem man sich natürlich, wenn man nicht daheim ist, noch mehr sehnt. Der Rhythmus stampft dahin und los klatschen die Menschen in die Hände, der Dirigent ruft mehrmals ja, und schon hebt der Welthit an und ab, das große Credo, live is life. Das kann man gar nicht oft genug mitsingen, Herrschaftzeiten, Sakrament, Zefix, heißt es auf den glücksschwankenden Bänken, das Bierzelt jubelt, eins, zwei, drei, gesoffen. Und der Herr, der all dies sah, sagte zu den Menschen, das ist ein Leben, wie ihr es hier jetzt lebt, das mir sehr gefällt, weil es euch selber scheints gefällt, da braucht es mich jetzt gottseidank nicht mehr, und mit diesen Worten machte er sich fort und war verschwunden. Und er ward nicht mehr gesehen, weil keiner ihn vermißte, weil alle singen konnten, live is life. An sowas Schönes denkt man immer wieder gern zurück. Man sieht plötzlich, daß aller Krampf ein Unsinn ist, weil es kein Scheitern gibt. Man sieht die Logik seines Lebens, berechenbar, die Kurve zu der Formel, die man ist. Ich fühle einen großen Schwung, wenn ich so sehe, wie die Welt für mich ausschaut. Man wird zur Lupe aus Kristall, die Schönheit sammelt, und im Auge zeigt sich das Gesetz der Weise, der folgend alles für sich richtig ist. In solchen Augenblicken ist die Lebensformel einfach direkt die erste Ableitung der Weltformel. Die Furcht vor zu viel Einklang, der erlogen wäre, wird im mathematischen Modell zum Sog der Präzision. Man ist kein Physiker, kein Mathematiker, kein Biologe, was einen aber anspornt, was man ist, Welt, Zeit und Wortnaturreflektor mit allen Sinnen maximal zu sein. Ich zum beispiel wäre augenblicklich gern der Automat, der alle Äußerungen zur Geschichte Schleier Wort für Wort gespeichert hätte und hier schnell wiederholen könnte, und zwar allesamt auf einen Schlag. Da hätte man den ganzen Staat in einem ausgespuckt. Automatisch müßte man das Hirn umgehen, das wertet, ordnet, sichtet, sieht und hört, damit man nur der reine Speicher wäre, der auf Wunsch die Wortesumme der letzten vierundvierzig Tage ganz erbräche. Aber auch dieser Traum, sichtlich manieristisch, ist selbstverständlich nicht die Lösung. Es gibt genügend solcherlei Versuche, daß man ihr Scheitern kennen und die Gründe untersuchen kann. Die Leidenschaft ist nur zu gut verständlich, die durch das Abschreiben von öffentlich gesagten Sachen, im Fernsehn etwa, in dem Schreiber, der das mitschreibt, sich entfacht, weil er schreibend wirklich mitschreibt mit der Wirklichkeit. Schließlich aber sind die Worte hin gedruckt nicht Hinweis auf sich selbst und ihre Wirklichkeit, die sie jetzt stumm gefroren sagen, sondern viel stärker Hinweis auf die Leidenschaft des Schreibers, der sie fest gebannt hat durch die Abschrift. Wer der Welt der Worte in der Abschrift nur den Spiegel ihrer selbst vorhält, scheinbar superkühl oder auch als toller Sepp, um irgendetwas vorzuführen, zu beweisen oder zu entlarven, zeigt schließlich genau umgekehrt unweigerlich am meisten nur auf sich. Der Abschreiber hält sich für unbestechlich, Wort für Wort erweist er sich jedoch als der Betrüger. So schenkt sich dem, der leicht und lässig, höchstens fleißig, ohne Eigenrisiko auf Nummer sicher geht, die Wahrheit nicht, erst recht nicht eine Wirklichkeit. Die Worte sagen nämlich wirklich alles, auch die geheimsten Absichten sind so den Worten nicht geheim zu halten. Nichts läßt sich verbergen, kein böser Wille läßt sich tarnen, keine falsche Lüge. Selbstbezichtigungen sind ein Witz, Betrug ist ausgeschlossen. Wie jedes menschliche Gesicht, so zeigen hin gedruckt die Worte alles, schutzlos offen. Deshalb ist die Flüchtigkeit normalen Lesens für den Schreiber schützend, eine Wohltat, daß fast niemand wirklich glaubt, was einfach hin gedruckt da steht. Doch auf diesen guten Schutz darf sich der Schreiber zugleich nicht verlassen, sonst verblödet ihn das Schreiben gänzlich, ohne ihn im Gegenzug dagegen zugleich auch zu verbessern. Zur Prüfung legt man einfach nur das Stethoskop am Körper seiner Worte an und hört da ihre Seele ab nach allen Widersprüchen, deren ordentliches Protokoll zu sein die Aufgabe der Worte ist. Dem Lauschen dieses Horchens, das die Worte abhört und verhört, ist kein Außenlärm zu laut, es muß sich nur vernünftig konzentrieren. Dann hört man ganz normal die Wortesumme. Fraglich ist manchmal der Ort, ist das jetzt in mir, oder außer mir, oder bin ich selber augenblicklich Auge im Meteosat, um das ganze, das leider nicht erhörlich ist, höchstens sichtbar, bei sehr klarer Luft, zu überblicken. Man hört, was stimmt, ganz richtig nur im einzelnen, nur Satz für Satz hört man, wenn man hört, es stimmt. Warum, weil man es hört. Und zwar aus irgendeiner Ecke an dem Rand, wo ein Wort mit einem anderen zusammen stößt, nichtisoliert, wie jedes Wort normalerweise ist, erklingt in jedem Wort gesagt sein Klang. Diesen Klang prüft das Gehörgesetz, ähnlich wie die Logischlogik, sicher aber mit der völlig neuen Melodie der Wiederholung. Wie gebannt hört man den Reden deshalb zu, um zu erfassen, wie Menschen wirklich reden. Kaum meint man dann, man könnte eine Rede wiederholen, hört man in sich nicht wirklich die Rede, sondern ein Artefakt des Lauschens, ein Aufmerksamkeitskunstprodukt. Man wird vom Zeitsturm, der dem Redenden die Rede von den Lippen fegt, unaufhörlich einfach mitgerissen. Höchstens drei Sekunden steht ein Satz nachklingend noch da zur Prüfung, eher kürzer, wenn nicht Stille, sondern neue Rede folgt. Die all das ordnenden Gesetze sind in mittelmeerischen europäischen Dialekten besser zu untersuchen als im deutschen, wie die dramatischen Schriften belegen. Im Fernsehn stand sogar ein alter Komponist neulich im Wald, um die Vogelrede mitzuschreiben und zugleich auf Tonband aufzunehmen, um daheim den Unterschied der Tonbandabschrift zur Direktmitschrift zur Untersuchung zu benützen, wie das Leben die Musik in wirklichkeit lebendig ordnet. Wahrscheinlich ist, was hörbar ist, beruhigend, da den Angstgesichtern tauber stummer Kinder Panik und Gewalt, hingegen den Gesichtern Blinder zartes Staunen, Tasten, Zuversicht und Sanftmut eingeschrieben sind. Wäre also schrecklich, was in der Welt zu sehen ist, und begütigend, wonach sie klingt, wäre der Sinn der Sinne aller Schönheit augenblicks der Sinn der Sicht, und dem Schmerz, daß man ins nichts des nichtjetzt raus vergeht, wäre der Weltklang unaufhörlich Lied des Trosts. Ich stand auf und setzte mich an den Schreibtisch. Es war ein Uhr dreiunddreißig. Im Radio dudelte ganz leise die ausländische Nachtmusik, ich suchte einen Wortsender, verstand dann aber nichts und stellte das Radio aus. Ich erinnerte mich an den Traum von eben, in dem ich scheinbar Christian ein Gespräch mit Konrad nacherzählen wollte, was natürlich nicht gelang. Dadurch entsteht der Wunsch, die Augen zu zu machen und geschlossen in das Innere der einen Hand zu legen, um sich zu sammeln und zu fassen. Oder man ist lieber gleich allein, dann ist ein leichtes Augenliderzittern in der Innenhand sofort ein Lärm. So ist man da, in Unruhe. Dann ist man weg, und alles ist wieder wie eh und je in Ordnung. Ich fürchte, ich wollte den Spaß dieser Frühsommerwochen Christian ein bißchen verschweigen, weil Freude teilen Lüge ist, weil es das nicht gibt. Doch eben dies läßt sich im Gespräch natürlich, wo alles Mitteilung ist, nicht erklären oder gar begründen. Man redet und kriegt Streit, anstatt Ruhe, die man sucht. Denn nur in Ruhe zeigt sich mir die Welt vernünftig, stumm, doch wortreich, mit im stummen auf den Sachen aufsitzenden einzeln isolierten Worten. Was so in wirklichkeit zillionen Stummjahre, ein Stummjahr ist das Maß von sagen wir mal zwei mal zwei zillionen Lichtjahren Entfernung, jeweils für sich allein getrennt vom anderen da ist, verbindet sich im Strom der Rede, die gesprochen aus Gesichtern quillt, zur Antipräzision, verlogen, wie gesagt, und tröstlich. Wortewolken eilen folglich, randlos, rastlos tastend um das rum getrieben, was Reden sagen wollen, lärmend durch die Welt. Kasperlhaft umschlenkern sie, was sie nicht fassen können, sondern in sich einverhüllt verbergen. So ist im gesagten das verschwiegene nicht absichtlich, sondern unweigerlich verschwiegen. Schwierig ist das nur für Irre oder für einen selber in der Zeit als Kind, da Reden genau mittels ihres unbestimmbar ungenauen richtig funktionieren, solange man nicht wirklich und tatsächlich wörtlich nimmt, was die Wortewolke einer Rede wörtlich sagt, sondern ungefähr erfaßt, was sie umirrt. Vermutlich entscheidet sich im Material, aus dem man erblastbelastet konstruiert ist, wie sich diese Beobachtung, die jeder macht, in einen einprägt. So würde sich erklären, daß manche Kratzer tragen oder

Dellen oder sogar unbeschädigt scheinen, während andere andauernd beben oder von Gesteinsrissen zerrissen sind. Es gibt auch vollständig Zerbröckelte, ganz Intakte sind wahrscheinlich äußerst selten. Um das zu erkunden, schaut man dauernd in Gesichter fremder echter Menschen, wo sich Material und Eingeprägtes derart offen zeigen, daß man manchmal so erschrickt, daß man sofort zu boden schaut. Man atmet kurz ganz heftig in die Erde rein, schöpft neuen Mut, wischt die Augen wieder klar, und schon hebt sich der Blick erneut, neugierig aufs neue, plötzlich Stern im Sternenmeer. Ich habe nämlich in mir, heißt das, verdammt viel Haß gespeichert, angewiesen auf besänftigende Augenblicke brüderlicher Einheit mit den fremden menschlichen Gesichtern, die einen dauernd interessieren. Dadurch macht der Haß geistig beweglich. Hier sehe ich ein Defizit der Theorie der raf, deren revolutionäres Credo zu starr auf Umkehrung der alten christlichen Moral beruht, als daß sie die vernichten könnte, um sich dann geschult an der Vernunft der Massen wirklich revolutionär neu zu begründen. Umgekehrt hätte es ohne dieses theoretische Defizit natürlich überhaupt kein Handeln gegeben, vielleicht noch Kaufhausfeuer und die frühsommerliche Befreiung Baaders, aber sicher nicht die Offensive im Mai zweiundsiebzig und erst recht nicht eine der Aktionen heuer bis hin zu der Gefangennahme Schleiers. Handeln folgt nicht theoretischer Begründung, sondern handelt für sich logisch einfach Schritt für Schritt nach einer jeweils neuen Augenblickslogik. Deshalb ist es Unsinn, vom Täter auch noch Theorien zu verlangen. Umgekehrt entsteht im Täter praktisch unweigerlich ein Bild der Gründe, in die er sein Handeln rein gegründet sieht, um sich selbst nicht zu oft für verrückt halten zu müssen, raus gerückt aus sich ins außer sich der ständig neuen fremden Jetztumstände, die sein Handeln mehr bestimmen, als er als Handelnder erkennen darf, denn davon wäre er gelähmt. Genauso nimmt man selbst unweigerlich als Nichttäter zu leicht die theoretisch unwichtigen Tätertheorien, um sich die Taten zu erklären, anstatt wirklich die Taten selbst zu untersuchen. Deshalb ist die Feststellung der Unzulänglichkeit der Theorie der raf richtig nützlich nur als Hinweis auf die Taten, die es zu beschreiben gilt. Tut das dann später einer, braucht niemand dort die revolutionäre Theorie vermissen, die man besser in den reinen Dokumenten und Erklärungen studiert. Allein für sich genommen sind die Taten selbst schon kompliziert genug, daß man sie kaum, genau so wie sie zug um zug geschehen sind, so nachvollziehen kann. Ich stand auf und boxte beide Fäuste paar mal in die Luft vor mich, bis mir die Ellenbeugen innen weh taten. Draußen prasselte der Platzregen aufs Dach. Ich schaute kurz zur Luke raus, Wassersturzbach, Schlieren, Kammerspiegel, und haute mich auf den Boden und machte blitzschnell dreißig Liegestütze. Dann schlenkerte ich mich locker, sprang in den Handstand, faßte mit den Füßen Halt an der Zimmertüre, wo das Plakat für ein Theaterstück hing mit der Zuversichtsparole Les Gens Déraisonnables sont en voie de Disparition, und machte Kopfstandstützen bis ich nicht mehr konnte und zusammenkrachte. Endlich war mir richtig warm. Zurück am Schreibtisch sagte ich, meine Risse sind die Weltlichtfühler, weil sie selber innen finster sind. Verehrte Zuschauer, hieß es in diesem Augenblick daheim, behauptete die Sehnsucht, das waren die letzten Meldungen der Tagesschau, wir wünschen eine gute Nacht. Und dazu nickte mir der beste der besten, Jan Hofer, herzlich spastisch ins Gesicht. Draußen rauschten Autos, selten, einzeln, wie die Montagnacht sich eben anhört, kleinlaut und armselig, ohne den Glanz der Freitagnacht mit dem Gehaue der Türen der Autos, den Rufen und schließlich den triumphal betrunkenen Gesängen bis früh in den Morgen. Auf dem Land hingegen, im Stillekasten Stammheim, war Herr Stein bei den Gefangenen, um die Schlafmittel, wie angefordert, auszuhändigen. Heute verlangte Baader vorher eine Spritze. Herr Schumann ist erschossen worden. Die Leiche bleibt in der Maschine, sie steht tot im Kleiderschrank verstaut. Schleiersohn Hanns Eberhard möchte dem Kommando Siegfried Hausner einen Vorschlag der Familie unterbreiten, dessen Abwicklung ohne jegliche staatliche Einflußnahme vonstatten gehen soll. Ich möchte sie deshalb bitten, daß das Kommando umgehend mit mir Kontakt aufnimmt. Es rührt sich aber nichts. Schon wieder sind sieben Jahre vergangen, ein Uhr vierzig, der deutsche Krieg fällt über Frankreich her. Baader ist auch aus München, auch Herr Bachmann. Später hat sich Dutschke mit dem Täter ausgesöhnt. Dutschke steht am Grab von Holger Meins. Der Kampf geht weiter. In Aden steht die Landshut frisch betankt am Rollfeld, startklar. Ich ging zum Waschbecken, kippte Neskaffee in meine Tasse und ließ das Wasser lauwarm, wie es aus der Leitung kam, in die Tasse laufen. Oben schwammen in der Brühe schwarze Klumpen, die ich mit dem Stiel von meiner rosa Zahnbürste verrührte. Ich ging drei Schritt zurück zum Schreibtisch, warf die Zahnbürste in einem Bogen in das Waschbecken, drehte mich um und setzte mich hin. Jetzt war mir erst recht schwindlig. Ich zündete mir eine Zigarette an und rauchte. Der Rauch zog ab, der Vorhang hob sich, und in der Lichtflut standen auf der Bühne wirklich echte Menschen, spuckesprühend, und ein Schwall des Kunstgeruchs von Staub und Puder stieg mir augenblicks zu Kopf, wohltuender Nebel. Blendgranaten werden jetzt noch nicht gezündet, auch kein Tränengas. Auf der Bühne wird in echt geredet, nicht über Lautsprecher, wie normal im Fernsehn oder Kino, das ist das faszinierende, sitzt man im Theater und läßt sich von der Bühne her bespucken. Bei sich daheim auf der Chaiselongue, die man, wie man immer wieder gerne wiederholt, nicht hat, kann man die Romane lesen. Stücke sind nämlich nicht frei schwebende Konstruktionen, sondern stehen dreibeinig am Boden, dadurch ergeben sich die statischen Probleme in den Stücken, wie im Roman die Frage nach der Zeitstruktur diktiert. Das heißt dann Theoriezwang oder Alterswahn, wenn man jeder Sache ihr Gesetz entgegen schreien muß, aber dagegen hilft nichts, weil das Alter schneller ist. Ich drückte die kaum gerauchte Zigarette aus und nippte am Kaffee, der nach pfuiteufel schmeckte, aber wenigstens vertraut. Manchmal hört man, so wie jetzt in dem Moment totaler Stille, der Regen hatte aufgehört, den Bau der Welt im Rucken von Gedanken im Gerüst des Denkens um den Bau der Welt. Nur was man erlebt hat, sagt einem gesagt etwas verständliches. Macht kaputt, was euch kaputt macht, ist für jeden logisch zu verstehen und vernünftig, hingegen ist der Satz, die Knarre spricht, für mich ein Baaderschwachsinn und sonst nichts. Trotzdem weiß man nicht, was die Praxis revolutionärer Front im Kämpfer, der die Waffe trägt, im Denken im Gehirn bewirkt. Die Erklärungen zur Sache der Geschichte Deutschlands, die letzten Januar von den Gefangenen in dem Prozeß verlesen wurden, sind geistig klar geordnet und politisch konsequent. Ihr Gegenstand ist die Geschichte staatlicher Gewalt, nicht nur die Waffe, die sie durchsetzt oder angreift. Man kann Gegenstände denken, die Vernunft anziehen, nicht abstoßen, und man kann die vielen vernunftabstoßenden Gegenstände, die man kennt, natürlich meiden, wenn man will. Ich drückte das schreibpapiergroße Fenster der Dachluke auf, und die frisch gereinigte Nachtluft stürzte kühl ins Zimmer. Hinter den Dächern waren die ungleichen brüderlichen Türme von Saint Sulpice zwei jetzt nicht mehr angeleuchtete düstere stummelige Stumpen. Nach Wochen nur im Zelt, war jedes Zimmer eine Fluchtburg. Im Dauerregen saßen wir im Schlamm im Zelt auf dem trostlosesten Zeltplatz unserer ganzen Reise im Park am Rand der Stadt und suchten tagelang erfolglos Zimmer. Längst war es Herbst. Schon Ende August, auf der Fahrt von Süden hoch, waren wir plötzlich eines Morgens in Nebel eingehüllt aufgewacht, fröstelnd in den Schlafsäcken zwischen Auto und Maisfeld. Im Freien konnte man auch bei gutem Wetter jetzt nicht mehr schlafen. Die Zeitungen rochen anders. Alles war beschlagen in der Frühe, taub. Offensichtlich war jetzt Schluß mit irgendwelchen Provisorien. Bringen sie die neue Ordnung in das Leben, lautete der Zeitbefehl, und wir mühten uns entsprechend. Nehmen sie das Urteil an, natürlich, immer, keine Frage, sagte ich, in wirklichkeit längst mitten in der Revision. Neulich in der Comédie Française habe ich zum ersten mal richtig begriffen, daß Sprache in der Rede nicht nur alltäglich in der Wirklichkeit dem Zweck der Täuschung mindestens genau so dient, wie dem der Mitteilung von tatsächlich im ernst gemeinten Sachen, sondern daß auch in schriftlich fest fixierten Spracheformen mittels absichtlicher Differenzen zwischen dem gemeinten und gesagten praktisch durch die Lüge oder extra paradoxe Unvernunft schon lange, seit paar Jahrhunderten, vielleicht sogar schon immer, die Unwahrscheinlichkeit der Wahrheit indirekt behandelt und erfaßt wird. An dieser Stelle schiebt sich in Erzählungen mit Augenzwinkern gerne ein Erzähler zwischen sich selbst und seinen Gegenstand, der er nicht selten nochmal selber ist, um sich an den Leser hin zu schmeißen, meist distanzlos fürsorglich, als wäre der ein Depp, um sich dann bei dem genau in der ihm unterstellten Blödheit in die Sicherheit der Ironie zu retten, zwinker zwinker. Auch die Blödheitsunterstellung war ja nur ein Witz, den der Leser mitspielen hat sollen, was er wiederum, wieder Unterstellung des Erzählers, Nichtunmittelbarkeit gilt als Klugheit, angeblich immer gerne tut. Ich nicht. Vielleicht ist es eine Frage des Temperaments, ob einem das sympathisch ist, daß irgendein Dahergelaufener, der selbsternannte Erzähler, andere erniedrigt, indem er ihnen Klugheit zubilligt, oder es sind doch, was ich eher glaube, die Zeiten der nachbürgerlichen Jetztzeit selbst, die solche erzählerischen Herrschaftskaspereien und die sie sichernden Distanzkaskaden sinnlos gemacht und so gründlich abgeschafft haben. Man müßte folglich diese Fuge, die die Sprache aufreißt, anstatt sie mit einem künstlichen Erzähler und nicht vorstellbar fiktiven Lesern zu zu stopfen, einfach offen halten, wie in Wirklichkeit, wo sie dauernd hochgradig irritierend offen ist. Zugleich ist diese offene Irritation immer versteckt von ihrer Selbstverständlichkeit und müßte also genau so alltäglich und beiläufig versteckt vorkommen. Fuge, notierte ich, zurück am Schreibtisch, offen, Redesprache, trotzdem Schrift, offen unterstrichen. Ich stellte das Radio wieder an, um die zwei Uhr Nachrichten nicht zu verpassen. Eine Fliege hatte sich auf das blecherne Geäder meiner Hand gesetzt, silbrig schimmernd. In der Dachluke zogen jetzt fetzig aufgerissene Wolken sehr schnell nach links, von atlantischen Winden über den nächtlichen Himmel getrieben, das Fenster zeigte nämlich richtung ostsüdost. Ich hatte die Kammer natürlich unbesehen gemietet und mich schon nach wenigen Stunden, nur darauf konzentriert, mich mit allem, wie es war, so schnell wie möglich abzufinden, dort wohl gefühlt. Das Zimmer war zwar katastrophal heruntergekommen, für dreihundert Francs im Monat wohl nicht anders zu erwarten, aber kaum hatte ich meine Arbeitsutensilien, die Bücher und die Materialien alle installiert, war die Kammer meine Aktenzelle, und ich dachte, jetzt wird sofort sauber losgelegt. Aber dieser Übermut hat mich statt dessen in die bekannte vierundvierzigtägige Betthaft verhaftet, als die mir die etwa viertägige Lähmung der letzten Tage vorgekommen ist. Die herrlichen Herbstwochen davor waren etwa so lange, wie die vergangenen neun Monate des heuerigen Jahres, und die eine Woche Luberongebirge im August war die Sommerballung aller Sommer seit neunzehnhundert neunundsechzig. Ich sah mich wieder auf der Wiese sitzen, in Kopfhöhe wehte durch die aufgestaute Hitze kühl ein Wind in zarten Stößen, erdnäher speicherte das Gras die Sonne, schwirrend von fliegendem Getier, die Luft voll vom Geruch der Kräuter der Provence. Links paar Schritte weg war ein Strauch, gegenüber fern die Felswand, darüber Himmel, neben mir ein weißes offenes Buch, im Rücken war das Zelt. Ich erinnerte mich an das erste Gedicht, das ich im Freibadlärm über die Seligkeit dieses sommerlichen menschlichen Lärms geschrieben hatte, erfüllt plötzlich von einem zuvor nie in mir erkannten Wortewarten. Ähnlich wie damals gingen in der hitzigen Stille hier gesteigerte Stunden dahin, ohne daß wirklich irgendwas geschah. Ich hatte Worte im Kopf, das war alles. Einmal waren sieben Reiter aufgetaucht, die leise scheppernd, scharrend, schnaubend im Wiegeschritt der Pferde langsam den Pfad entlang zogen, der sie die Bergflanke hinter unserem Zelt hoch führte, in urwalddichtes mittelhohes Grün hinein, wo sie verschwanden. Sehnsüchtig lauschte ich den Cowboys dieses ruhigen wilden Südens hinterher. Abends, nachdem die Nacht durch den buntfarbigen Riß über dem Weltranddunkel ganz ins Dunkle herein gekrochen war, gingen wir runter zum Bach und hinüber auf die andere Seite des Tals, wo andere Zeltler im Schutz der Felswand campierten, setzten uns zu denen ans Feuer und tranken aus der dunkelgrün glitzernden Flasche roten Wein. Es wurde geredet oder auch nicht, man träumte vor sich hin ins Feuer, und panikruckefrei wie nie zuvor auf einer Reise verging einfach die Zeit. Nicht zu spät und mit einem eigensinnig beschwingten Boden unter unseren weinunkundigen Füßen, im sitzen hatte der Kopf den Rausch gar nicht bemerkt, tasteten wir uns durch Schemen und Schatten zurück zum Zelt. Hier lang, da kommt die Brücke, hopla, da angelt sich ein Büschel Gras ein Stolpern, auch der Astarmkrüppel will noch was erleben, ein hoher Stakeschritt weicht ihm jedoch respektvoll aus, man geht also ein bißchen übertrieben durch die nur weltnotlichterleuchtet dunkle Nacht, am Schluß ist das in wirklichkeit kein Ast, sondern die böse Schlange, die auf einen lauert, man sieht schließlich nicht nichts, aber auch nichts ganz richtig, bis einem so langsam irgendwo das Zelt entgegen schwankte. Dort turnten sich in der Hocke die Kleider wie von selbst vom Leib, und schon war man im Schlafsackschlaf geborgen. Frühmorgens heizte einem die Sonne den Schlaf aus dem Gesicht, und ich sprang hoch und kochte den Kaffee. Vormittags war Schule, Französisch, Hegel, Französisch, Hegel, um ein Uhr essen, fertig. In der freien Zeit streiften wir durch die Gegend, badeten in unserem Bach, oder jeder hockte für sich mit einem Buch irgendwo rum. Spätnachmittags, wenn es kühler geworden war, spielten wir Federball, manchmal sogar Frisbee. So vergingen sieben Jahre. Am Samstag, genau eine Woche nach unserer Abreise von Aix, schwänzten wir die Schule und machten einen Ausflug nach Avignon. Dort hatten sich auf allen größeren Plätzen Menschen zusammengerottet, sehr bunt, schreiend gingen welche auf Stelzen umher, Pantomimen waren in ihren ewigen gläsernen Käfigen gefangen, mit ihrem ewigen

Staunen in ihren weißen Gesichtern, affektierte Eltern freuten sich übertrieben an der Freude ihrer Kinder, die den Eltern Freude vorspielen spielten, und Plakate erklärten das Treiben zum Fest der Theater der freien Gruppen auf der Straße. Schnell machten wir uns wieder fort von dieser Freiheit, kreuzten stadtauswärts, kamen zum Fluß und stimmten auf der Brücke, Avignon verlassend, den einschlägigen Kanon an. So fuhren wir weiter nach Marseille. Auch zu diesem sonnigen Namen gab es wirklich eine echte Stadt, mit Häusern, über denen Himmel war, mit echtem Wetter, Straßen, Steinen. Seltsamerweise glaubt man es nicht, bis man selber da war. Das treibt einen rum in der Welt, zu den Orten großer Namen, oder in irgendeine Gegend, Nordirland, Südfrankreich, Versprechen, die man überprüfen muß. Berge taten sich jetzt auf, bewaldete Täler kamen daher, plötzlich war die Erde eine zeitlang rot gefärbt. Einmal leuchtete die Sonne schräg von unten eine sehr niedrige, zerklüftete, jedoch geschlossen flache weite Wolkendecke an, so daß wir in unserem kleinen schneeweißen Prinz wie durch einen superbreit gepreßten, nach oben zu geschlossenen, jedoch nach beiden Seiten hin horizontal endlosen Weltweltraum winzig dahin rasten. Abends kehrten wir erschöpt und glücklich in unser kleines Talende zurück. Der Scheinwerfer griff ruckelnd nach dem Zelt, wir rumpelten über die letzten Schlaglochmeter dahin, dann waren wir da, ich hielt und machte den Motor aus, dann das Licht. Es war eine mondlose Nacht, und wir zündeten noch ein Feuer an und redeten über alles. Heute war Samstag, der dreizehnte August neunzehn siebenundsiebzig, sagte ich bei mir im stillen, eingehüllt vom Zeltgeruch aus Luftmatratze, Plastik und Mensch, im Einschlafen, wenn man nur jeden Tag behalten könnte. Aber schon radierte der Schlaf in allen falschen Wünschen mit seinen Träumen brutal herum.

Einmal schreckte ich hoch, sank zurück. Schon war der nächste Morgen da. Sonntag, etwa wieder keine Schule, rief ich aus, fast enttäuscht, dann reiten wir wenigstens rüber ins Dorf und holen eine frische Zeitung. Gesagt, getan, beim Brunnen, wo die alten Männer auf der Bank saßen und die eine Straßenkreuzung bewachten, sprangen wir aus dem Wagen, traten durch die bunte Schnüretüre in die hell erleuchtete Höhle, die der Laden für alles war, besorgten Brot, Obst, Bild und Süddeutsche, grüßten fröhlich die Greise, deren Ortschaft uns mit so gut organisierter Gastfreundschaft beschenkte, und ritten aufheulenden Motors wieder davon, zurück zum Zelt. Da saßen wir dann davor im Gras, tranken Kaffee und lasen die völlig neue Zeitung, die erst eineinhalb Tage zuvor, kaum geschrieben, schon gedruckt, paar Welten weg von hier, in München, fest verschnürt in einen Packen mit vielen anderen ganz gleichen, in die der gleiche Text auf über hundert großen Seiten hin gedruckt war, eingeladen worden war in einen riesenmäuligen Transportwagen, und somit eingespeist war in dieses aus geheimnisvoll realen Fäden des Bedarfs geknüpfte Netz einer erdumspannenden Verteilung, die dafür sorgte, daß jeder, der irgendwo gerade eine wollte, eine kriegte, so wie wir hier, im Wildnisgras am Sonntagmorgen die Samstagssüddeutsche. Kurz gesagt, kein Wunder, keine phantastische Geschichte, sondern eine wirkliche, das war das tolle. Schon als Kind war mir die Zeitung lieber als jedes blöde Märchen. Alles in der Zeitung war einem vertraut seit vielen Jahren, Schriftbild, Aufbau, Namen, und dieses ganz und gar nicht irritierende Normale machte einen täglich neu gespannt, zog einen an, in sich hinein. Eben war man noch dahin geflogen, über Überschriften, durch Räume, Parlamente, Worte, Hirne, plötzlich gepackt von was, und schon verwickelt. Folgendermaßen, die Sache ist die, Ingrid van Bergen hat Klaus Knaths erschossen, und kriegt jetzt in München im Gerichtssaal im Justizpalast für Totschlag sieben Jahre. Rolf Bossi hat umsonst plädiert, Gestaltzerfall, der tot geschossene Klaus Knaths, mal der Geliebte, mal das Opfer, auch der Intimpartner genannt, hat Frau van Bergen nämlich als klimakterische Kuh beschimpft. Sofort denkt man an verschiedene klimakterische Kühe mitte vierzig, die man recht gut kennt, natürlich ohne ihnen gleich zu sagen, Sie sind vielleicht eine klimakterische Kuh, machen Sie nicht so ein Getue mit Ihren lächerlichen klimakterischen Gefühlen. Aber schon während die Psychiatrie, hier in person von Professor Mende, gutachterlich spricht, identifiziert man sich natürlich doch am liebsten mit Frau Bergen, mit der man den Intimpartner, nichts ist auszuschließen, tot schießt, wenn er einem lästig wird, oder einen etwa anschreit, nur weil man die Tage nicht mehr kriegt. Der Staatsanwalt plädiert. Rolf Bossi sei gemein, mißbrauche nur die Seele Frau van Bergens, um sich zum Starverteidiger zu machen, Frau van Bergen sei jedoch nicht Opfer ihres Opfers, sondern schuldig. Dann ist das Urteil gesprochen, die Jupiterlampen flammen auf, Kameras laufen, und die Presse schreibt alles mit. Paar Seiten weiter hat Jürgen Bartsch nochmal geheiratet, bevor er bei der Kastration in der Narkose am tödlichen Narkoseunfall selbst gestorben ist. Er hat mich, heißt es, in den Arm genommen und gesagt, ich bin so glücklich, daß du ja gesagt hast. In der alten Jürgen Bartsch Geschichte von einem ganz anderen geht es um einen kleinen Jungen, gut zwei Jahre alt vielleicht, mit dem in der Geschichte sehr bestimmte Sachen, vielleicht Berührungen und Sachen, die mit Quälen und mit Angst verbunden sind, gemacht werden, wodurch ich immer an die Höhle denke, mit den Kerzen und den Körpern, die da zerschnitten werden mit dem Messer. Schon Erregung sei in dem Fall Schuld, Beichte nicht mehr möglich. Im Feuilleton ist Optimismus Pflicht, Popper fünfundsiebzig, die Memoiren sind erschienen. Der Soziologe Luhmann wird genannt als einzig maßgeblicher Philosoph. Bielefeld lockt, Bonn drängt, Berlin zögert. Kanzler Schmidt weiß, welche Sprengwirkung mit der Neutronenbombe auf uns zu kommt. In München wird ein Hinterhof vorbildlich saniert. Christian liest gerade Kaiser über Butt. Im Vermischten gibt es jetzt ein Poster, auf dem Willy Brandt mit einer Mandoline spielt. Sartre hat mit Guattari und Foucault ein Manifest geschrieben über Kommunisten in Bologna. Plötzlich war es brüllheiß. Ich warf die Zeitung von mir, sprang auf und lief die Wiese hinter dem Zelt hoch. Helles Gehämmer war aus der Ferne zu hören, vielleicht Eisen auf Stein, ein Stahlnagel, der in Granit hinein geschlagen wird. Die Wiese war voller spitzer Stachel, die sich in den Fuß rein bohrten. Manchmal ist man selber so ein harter Halmrest, in der Schienbeinmitte zu spät abgesenst, und steht als Beinreststoppel in der Welt. Als Kind ist man belogen worden über alle zukünftigen Sachen, später wird man einfach abgesenst in Schienbeinhöhe. Normalerweise sproßt von da aus dann nicht mehr sehr viel, woran man sich zumindest schnell gewöhnt. Nur selten noch möchte man die an all dem schuldigen toten Götter, wenn es die irgendwo in den Wolken nur gäbe, aus ihren Himmeln raus und runter reißen, um sie auf der Erde zu zertreten. Doch ist man dann, vom Zorn gerecht erschöpft, kurz eingeschlafen, wieder aufgewacht, hat sich das Problem von selbst erledigt und beseitigt. Ich drehte mich um und sah auf die Wiese runter, in der weiten Mulde klein das gelblichbleiche Zelt, auf den Boden hin gekauert, Gestrüpp am Wiesenrand, rechts Wälder. Die Felswand gegenüber schien gewachsen, obwohl ich sie von weiter weg und höher oben sah. Ein Bauarbeiter schlägt hier also wirklich, wie in Kolik, auf einen Felsen ein, hieß es im hellen rhythmischen Gehämmer. Der Felsen muß aber ein echter Felsen sein. Erst gestern abend hat in einer Zeitschrift Kubrick über die Arbeiten an einem Film gesagt, wie echt ein echter Felsen ist, wird einem erst richtig klar, wenn man einen künstlichen Felsen sieht, wo jede Einzelheit zu stimmen scheint, und trotzdem stimmt der ganze Felsen nie. Unten winkte Christian, und ich ging zurück. Er hatte die Kritik jetzt fertig gelesen, sie wäre wieder mal so supernett, ich müßte das gleich lesen. Die Kritik redete praktisch mit dem Butt, so wie wir in echt, und zugleich wurde man von ihr als neu hinzukommender Dritter mit einer freundlich öffnenden Armgeste der Kritik zu diesem Gespräch hinzu gebeten, als Zuhörer, der in beiläufigen Satzeinschüben und mit gewissermaßen aufmunternd erläuternden Blicken einbezogen und im Nu auf den neuesten Stand des Gesprächs gebracht wurde. Die Argumentation, zugleich leicht und doch mit herzlichem Ernst, wie um den Butt wirklich besorgt vorgetragen, suchte nicht nur den für sich einzunehmen und zu überzeugen, sondern natürlich vorallem einen selbst, den Leser, den die Kritik inzwischen vom Zeugen des Gesprächs zum Richter über die in ihm entwickelte Argumentation gemacht hatte. Alles war voller Respekt für alle, einleuchtend, ohne nötigende Tricks, lärmende Härte oder künstlich simple Klarheit, eine offene Untersuchung, die, reich an Nebenwegen, ihrer Sache folgte und sich schließlich bestimmt nachdrücklich erklärte. Beim Aufräumen redeten wir über den Butt, also den aus der Zeitung, da wir den anderen noch gar nicht kannten. Der echte Butt hatte ja angeblich wirklich sage und schreibe siebenhundert Seiten, so das Kleingedruckte in der Zeitung, wo der Butt genau eine ganze Seite hatte, auch nicht wenig, hin gedruckt noch dazu nicht auf der Bücherseite, sondern im normalen Feuilleton der Beilage am Wochenende. Siebenhundert Seiten, cirka sieben Jahre Arbeit, Opus magnum, die Ziegelsteinidee vom Buch, von dem der Leser sich als erstes mal erschlagen lassen soll. Aber man fragt sich eher, warum. Dann sind die Kritiken schlecht, schon sitzen die Tauben mit ihren verstopften Ohrteilen als dicke Dichterl im Fernsehn in Aspekte und klagen sehr beleidigt, die Kritik sei schlecht, die Kritiker so schlecht gelaunt, hier lägen jetzt erst mal sieben tausend Seiten vor, damit müsse man sich erst mal auseinandersetzen. Aha, sagt man interessiert, warum, klappt den Ziegelstein kurz auf, da stellt sich raus, der langweilige Schundroman über die deutsche Einheit seit der deutschen Teilung ist von der Welt noch weiter weg als das dicke Fernsehdichterl, das seine armselige biedere Zeit paar Jahre lang zufällig nun mal an diese Biederkeit hin verschwendet hat, schelmisch obendrein, ja und, was geht das den normalen Menschen an. Nein, genau umgekehrt natürlich, man müßte die Kritik, gerade wenn sie schlecht ist, als hochbrisante Mitteilung betrachten und behandeln, um zu erfahren, wer man ist. Daß man eine Fixidee im Kopf hat, weiß man schließlich täglich selber, quälend genug. Die Frage ist, ob man sie raus kriegt. Hier entscheidet sich das ganze, und genau das kann man selber nicht mehr kontrollieren. Man muß sich das, wie gesagt, von außen sagen lassen, obendrein im nachhinein. So kommt es auch, daß Mißerfolg einen verblödet, Erfolg verbessert, beides ohne Garantie. Ich schaute mich am aufgeräumten Zeltplatz um und war zufrieden. Die Leere ist eben doch die böse heimliche Sehnsucht im Füllefanatiker. Baader hat sich seine chaotisch wüste Zelle manchmal von Raspe sauber machen lassen. Das vom Radio angekündigte Gewitter blies jetzt einen heißatmigen stetigen giftigen Wind daher, und wir lümmelten uns göttlich ins Gras, und schauten dem Treiben der Sonntagswolken zu. – Radldi radeldö, hier ist der Deutschlandfunk, gdong, zwei Uhr, wir bringen Nachrichten. Bonn. Soeben wird gemeldet, die am vergangenen Donnerstag über Südfrankreich gekaperte, seither von bewaffneten Revolutionären kontrollierte Lufthansa Maschine Landshut ist in Aden neu betankt worden und steht startklar auf dem Rollfeld. Staatssekretär Bölling hat fünf Minuten nach der Erschießung von Flugkapitän Schumann gestern nachmittag vor Presse, Funk und Fernsehn, wie mehrfach berichtet, erklärt, die Bundesregierung ist ohne Unterlaß bemüht, die Leiche Schumanns in dem hinteren Kleiderschrank des Flugzeugs zu verstauen, weil der vordere mit Kleidern voll ist, obwohl das Blut mit Tempo Tüchern prima weg zu kriegen ist, muß das Hirn, das auf dem Teppich liegt, leider mit einer Kehricht Schaufel aus dem Gang entfernt werden, damit der Bundeskanzler weiterhin, betroffen von der Tatsache und unvermindert ernst alle realistischen Möglichkeiten verfolgt, um sie zu vermeiden, daß das Leben der Revolutionäre, der Frauen, Männer und Kinder, bemüht, gefährdet und bewahrt, um zu retten sein wird. Bonner Kreise sehen in dieser Erklärung der Bundesregierung eine Antwort auf die via Video von Professor Schleier dem Bundeskanzler vorgetragenen Fragen. Ich frage mich in meiner jetzigen Situation wirklich, muß denn nun etwas geschehen, damit Bonn endlich zu einer Entscheidung kommt. Schließlich bin ich nun fünfeinhalb Wochen in der Haft der Revolutionäre, und das alles nur, weil ich mich jahrelang für diesen Staat und seine freiheitlich demokratischen Lügen eingesetzt und exponiert habe. Manchmal kommt mir ein Ausspruch, auch von politischen Stellen, wie eine Verhöhnung dieser meiner Tätigkeit bei der Schutzstaffel der Industrie staatlicherseits schon vor. Vor mir habe ich die

Welt vom Donnerstag dem dreizehnten Oktober neunzehn siebenundsiebzig in der Hand. In der Zeitung ist ein Hetzartikel eines Herbert Kremp über den Besuch in Peking, Überschrift, Chinesische Weisheit, Honig im Mund, Galle im Herzen, enthalten, weshalb ich gerne die Gelegenheit benutze, um mich bei meiner Familie und bei allen Freunden und Kollegen in allen Vorständen und Aufsichtsräten, insbesondere den vier Betrügern, die am letzten Dienstag dem Bundeskanzler ihre Besorgnis vorgetragen haben, endlich einmal sauber zu bedanken. Gezahlt wird später ganz diskret im toten Kofferraum im Audi hundert. Grün ist die Farbe der Hoffnung. Erschütterung und Zorn erfüllen uns, erklärt der Sprecher der Regierung, und ich suchte einen neuen Sender. Mein Mann ist Alkoholiker, ich bleibe aber trotzdem bei ihm, erzählte die Geschichte von Werner, vierundvierzig, dem arbeitslosen Stahlkocher, und ich kriegte Hunger. Ich konnte ja nicht einfach alles hinschmeißen, und ausziehen, ich liebte Werner doch, doch er trank in der neuen Zeile weiter. Letzlich nur fürs Saufen fuhr er dann mit zwei Kummer vier Promille den Opel kaputt, Totalschaden, Gottseidank war Werner unverletzt und schrie, daß er wohl zu gar nichts taugt. Im Bett wollte er sich dann beweisen, wenn ich Gemüse war, auch mit Gewalt. Während ich zum Spiegel ging, weil ich davon nichts mehr hören wollte, bekam ich trotzdem während der Entziehungskur noch graue Haare. Tatsächlich, da lag im Waschbecken rosa die nüchterne Stricknadel von früher, um hier auch subito ins Augenhirn gestochert, den Lärm im Radio abzutöten. Die alte Kriegsverwundung juckte, weil ein zu dickes Büschel Nerven als abgehackte Stümpfe in der rotweißroten Narbe über meinem Stirnhirn offen lag. Ein Königreich für eine Badewanne, sagte ich zur Zahnbürste und putzte sie. Kein Sartre weit und breit als Trostbuch auf der Blümchendecke vor der passenden Tapete, Sartre vielmehr klein und in echt in Stammheim, begleitet von Klein und Croissant. Gegen den Hunger schaute ich den Neskaffee an, und er sprach, ich bin ein lebendes erregendes Produkt, voll von Geschmack und von Aroma, spezialgefiltert. Als ich den Wasserhahn aufdrehte, antwortete ungefragt der täglich angeschaute Strick, der innen in der Türe in Johnsons Kleiderschrank im Haus am Meer gehangen ist. Man kann sich aber auch im Alkohol ertränken, anstatt sich an den Strick zu hängen. Seit sieben Jahren hängt bei mir im Schrank der gleichermaßen täglich angeschaute deutsche Herbst, habe ich mir vor gut drei Jahren gesagt, da war Granit im Kopf schon fertig. Es fehlte nur das Dynamit, ein Menschenich, zum beispiel ich, um es gescheit heraus zu sprengen. Ich schnitt deshalb mit der Rasierklinge an meinen Pulsen blutig rum, ohne gleich den Wachehabenden zu alarmieren, sondern hielt lieber selber die tropfenden Unterarme ins kalt laufende Wasser, dann das ganze unklare Gesicht. Triefend hing mir dann der lange Lappen grauer Haare eines fremden alten Mannes aus dem Spiegelglas entgegen und erzählte wieder mal, von Müller zu Müller und Bäcker gesagt, den hierher gehörigen Witz. Kenn ich nicht, rasier ich nicht, hoch, hoch, hoch. Ich tat, wie mir geheißen, steckte die Rasierklinge zurück ins Kopernikusbild, und hatte mich also tatsächlich selbst am nassen Schopf, da an dem tatsächlich von zuvor die grauen Haare und das Waschbecken, so wie an rosa Stricknadel und Zahnbürste daran gehängt waren, derart elegant aus der Rasierklingensache raus gezogen in den nächsten, schon vor zwei Stunden ganz richtig hin gesagten, jetzt erst recht richtigen folgenden Satz. Der Suizid ist Trottelei. Sein Todestag ist mein Geburtstag, sagte ich nur noch, ohne der ganzen Litanei der ziemlich schönen Kopernikusziffern und also der

Revolution die Reverenz zu erweisen, und ging, bewaffnet mit Kaffee, zurück zum Schreibtisch. Sehr geehrter Herr, stand da, in diesem Kopf über den hier befindlichen wohl automatischen Papieren befindet sich der hoffentlich nicht unbegründete Verdacht, daß sich in ihm ein Hirn befindet, möglicherweise augenblicklich etwas überlastet oder überfüllt von zu viel Sachen, die vermutlich nicht ganz richtig angeordnet sind, doch jederzeit bereit, zu jeder Maßnahme, die angezeigt erscheint, um alles aufzuklären. Schweigend las ich diese Nachricht einer offensichtlich überreizten armen Seele, die fortfuhr, ein Stück Schlaf, wahlweise auch Tod, beschäftigt meine Sehnsucht, unruhig, Schweigen hieße Zustimmung. Ich lauschte. Eine Sirene heulte in der Ferne. Einbrecher sind irgendwo, wo vorher Ruhe war, gewaltsam eingebrochen. Eine Höhle schluckt ein Fleisch, das lebt, und stöhnt. Verzeihung, die Störung, das ist mir lästig, was da wer mit mir macht. Kann man mit dem fremden Weichen vielleicht auch an einer fremden Zigarette saugen. Ich habe auch schon Durst und viel zu tun, auch mit der Umkehrung verkehrter Sachen der Chemie, da ich chirurgisch keine Lösung sehe, eher geistig, oder in geistigen Getränken. In der Stille, die einen sehr kurzen Moment lang, als endlich das elektronisch gellend hohe Heulen der Sirene aufhörte, den Raum erfüllte, bis sofort rasend trippelnden Schritts das hysterisch langbeinige Zicken des regelmäßigen Insekts im Wecker hinter mir sich zickezickezickend auf die Beine machte, um blitzschnell vom Resonanzboden der kleinen Bücherkiste aus jetzt zigzigzigfach anzuwachsen, optierte ich in Panik aus den meinetwegen unbewußten kranken Gründen raus gegen diesen ganzen alten tierischen Dreck für meine hochmoderne Zifferuhr, die absolut geräuschlos auch nicht, aber menschlich summend vor mir dämmernd vor sich hin schlummerte. Lange bevor der Morgen anbricht, erwachen in einem innere Uhren, die Stoffe frei setzen, um allen Zellen die frohe Botschaft zu bringen, los Leute, rafft euch zusammen, lang genug geruht, der neue Tag steht vor der Türe. Aber zwischen zwei und drei ist dort in dem Spion das alte böse Auge vorerst noch installiert zur fremden Überwachung. Trotzdem ist mir jedes auch noch so bösartig auf geöffnete Auge in seiner verschlossenen Weise, Zugang zum Fremden zu schaffen, lieber als jede wirklich offene Öffnung am Mensch. Diese Öffnungen riechen bei Fremden so fremd, daß man sich davon weit fort gestoßen fühlt, oft schon von sich selber. Könnte man in dieses Loch vielleicht paar weiße Spritzer aus Odol rein schießen, oder das Loch mit Seifenlauge oder Ata sauber scheuern, daß es nicht mehr so eitergelblich riecht, weil mich das stört. Ein fremdes Auge, das man sieht, hingegen, zieht einen tatsächlich augenblicklich an, da in ihm das Angebot verschlossen vorgesehen ist, mit dem Auge dieses fremden Auges und also auf völlig neue Weise auf die gleiche Welt zu schauen, die man bislang nur vom Schaupunkt aus der Schau der eigenen Augen anschauen konnte. Die hier durch den Spion die Kammer betretenden theoretischen und politischen Konsequenzen dieser Fragen perspektivischer Natur sind, um das abstrakte Gitter, das die wirklichen Geschehnisse hier in der Kammer allseits einkerkert, nicht allzu undurchdringlich eng und so selbstzerstörerisch werden zu lassen, inzwischen hier heraus geschafft worden und in der Theoriezelle Kadaver deponiert. Derart befreit, als habe der von heimlichem Bedarf geregelte Atem, eingesperrt schon viel zu lange im eng gespannten Korb der Brust, im Stoß des Ausatmens ganz automatisch viel Ballast mit sich heraus gerissen und sogleich, kaum hatte er sich selbst erkannt, all das los gelassen und sich so leicht in die Lüfte geschwungen und also richtung Äther befreit, schaute ich dem großen schwarzen Vogel zu, der in der Stille zwischen uns und den Wolken gegen den stetig vorgewittrigen Wind seine ruhigen Kreise zog. Da war ein Stück Wiese neben meiner Hand, wo sich was bewegte, dann ein Tier in dem Gestrüpp beim Bach, im Felsen waren Risse. An der Kante liefen zwei Jungs mit geflügelten Fersen dahin. Am Abgrundrand machte sich ein Stein frei und stürzte tonlos in die Tiefe. Im Haus stand ein Vater mit hoch erhobenem Arm und geballter Faust vor der zu boden gekauerten Frau. Ein dreiunddreißig Jahre alter Mann lag in einer Kammer rücklings flach gestreckt aufs Bett gebahrt. Erstarrt, nicht tot, verharrt das Tier, das wer verfolgt. Der Vogel schießt geballt zum schwarz gefiederten Geschoß zur Erde. Da ist nichts. Der Bann löst sich, schwingt sich hoch, davon, das Gewitter ist jetzt da. Gelassen gewalttätig rollten die Himmel über die Berge dahin, und stürmische Fetzen von Wasser stürzten aus den Wolken aufs Zelt. Hell und immer greller krachend fuhren Blitze aus der Erde in das tiefe Violett, Stille, Lauschen, Explosion. Die schweren durchnäßten Zeltwände rüttelten nur wild in den Halteseilen, aber nichts riß sich los, und kein Blitz schlug ein. Wir saßen nicht im Krieg im Zelt im Hagel von metallisch stählernen Geschossen, nicht im siebten Stock in Stammheim, nicht in einer Spiegelzelle, nicht im Volksgefängnisschrank, sondern aus freien Stücken hier am Ende dieses Tals in einem kleinen südfranzösischen Gebirge im sicheren Gewitter der natürlichen Gewalten und Gefahren. Wir waren nämlich frei, ist Unsinn, aber zumindest war nicht völlig erbdiktiert, ob man aus der Todesgruft Familie sich schnurstracks in die nächste gleiche Finsternis hinein verkroch, um dort etwa krankhaft Seelisches in sich und einem übernah vertrauten zweiten endlos zu bereden, oder nicht doch lieber in die weite Welt hinaus zog, um dort die Fremde zu erkunden. Ich denke an die Reise nach Jordanien, wo man im Sommer einundsiebzig schießen lernen kann im Lager, oder an das amerikanische Jahr mit siebzehn, die Winterreisen nach Paris und Rom, später die hektischen deutschen Fahrten in schnellen Wagen bayrischer Motorenwerke oder im Mercedes, um ein Opfer auszuchecken, eine Geldkiste vorzubereiten, besser als sie in Zimmermanns Aktenzeichen je vorkam, Reisen in Zügen, um Menschen lebend auf Bühnen anzuschauen, oder echte mit Farben auf Leinwand gemalte nach herrlichsten Ölen riechende neueste Bilder, blitzschnelle Flüge zu fernen musikalischen Konzerten, Festen. Gespräche sind langsamer leider als Gedanken, meist jedoch wenigstens lauter zu hören. Und so eilten wir immer noch ganz schön schnell in den letzten sieben Jahren hin und her, während draußen der jetzt ruhige Regen fiel. Dann trödelte ich durch den Spiegel. Christian las aus einem Buch, im Schatten junger Mädchenblüte, eine gute Stelle vor. Ich hatte aufgehört, zu blättern, und schaute im zuhören auf eine dunkelgrüne Fläche, wo im Weiß des Runds von einem Kreis ein kleiner weißer Schwan zu sehen war, ein Füller von der Art vorväterlicher Füller, bis schließlich zwei Worte, die stumm da drüber standen, in mir so laut geworden waren, Harmonie und Präzision, der Souverän von Pelikan, daß ich das hörbar vorgelesene nicht mehr verstand. Christian sah meinen, seinem Kontrollblick zustimmend zunickenden Augen die Abschweifung natürlich trotzdem an und wiederholte, nicht ohne meine sogenannte ewige Zeitung zu bespotten, den letzten Satz. Ich wiederhole noch einmal den letzten Satz. Vielleicht ist das nichts das wahre, aber ich konnte mich nicht konzentrieren, was ebenfalls nichts ist. Wir gehen dahin, sagte Christian, und ich hörte Geiseln, Gefangene, die unser Schicksal teilen, zusammenhanglos. Swann hatte also nicht unrecht zu glauben, fuhr die Geschichte fort und zog mich mit, daß ich dem Geschehen jeder wirklichen Geschichte so fassungslos und automatisch folge, wie jetzt dem Kanister ohne Wasser, der Stunden später vor mir schwenkte richtung Bach und schon retour, hingegen bei Berichten von Gedanken sehr leicht abschweife auf Äußeres und augenscheinlich Sichtbares, während ich umgekehrt mehr als von allem anderen mich von reiner Theorie angezogen und gefesselt fühlte, ein Widerspruch in mir, den ich gerne einmal lösen würde. Plötzlich, wenn es wirklich Nacht geworden ist, ist schließlich auch die Erde heller als der Himmel, auch wenn der Augenblick, in dem das kippt, nicht faßbar ist. Ähnlich stelle ich mir die Geschehnisse in dem menschlichen Gemüt vor, dessen Beobachter ich bin, um es nicht für zu verrückt halten zu müssen. Vor allem Lichtwechsel plötzlichster Art fallen mir immer wieder auf, ohne daß äußere Gründe sie vernünftig erklären könnten. So kommt es notwendig zu ordnenden Prozessen innerer Natur, die leider manchmal recht viel Zeit verschlingen, schließlich aber alles bestens kontrollieren. Dazu muß ich nur alleine sein, hingegen nicht, wie jeder kranke Seelolytiker empfiehlt, in die Hölle der Analyse der Hölle der Kindheit hinein gehen. Katastrophen des Gemüts entstehen nur an Tagen wie dem heutigen, wenn man aus Übermut und Spaß am Sonntag das Gesetz mißachtet, das einem eine täglich feste Stundenzahl totaler Stille vorschreibt, zur Kontrolle der durch lautes Sprechen sinnhaltiger Worte im Gehirn verursachten Verwirrung. Andernfalls läßt sich das nicht mehr zertrennen, ob man selbst man selber, oder eher der gegenüber ist, wo außen ist, wo innen, und was jeweils wo passiert. Lauern, Haß, Vernichtung, im kranken Konsequenzschweigen fällt alles tot zernichtet über einen her, um einen geistig zu zerfleischen, anstatt, wie sonst, zu ordnen. Wohltat der Stille gibt es nur allein, zu zweit ist Stille Tat des Schweigens, das heißt absoluter grauenhafter Terror. So saß ich da und schwieg. Nichts geschah. Die bösen Stunden gingen hin. Irgendwann ist man schließlich vermutlich elendiglich erschöpft, als habe man ununterbrochen aus wundester Kehle gebrüllt, wortlos in den rettenden Schlaf hinein eingeschlafen. Alles muß anders werden, sagte ich anderntags und stand auf, ging zum schrägen Fenster und machte es zu. Mir war kalt geworden, ich turnte, es war viertel nach zwei, ich ging zurück zum Tisch. Die Müdigkeit war unbegründet, in der ersten Nacht nach den gelähmten Tagen wird man wohl paar Stunden Aufmerksamkeit irgendwo in sich zusammenraffen können, um einen ordentlichen Plan vernünftig zu verwirklichen. Psychotrope Drogen sind der Untergang und abzulehnen, jedenfalls für mich müssen Alkohol, Kaffee und Zigaretten reichen. Ich setze eher auf in mir von mir selber freigesetzte Endorphine, als auf Schüsse, Trips und Linien, die von außen zugeführt, in meinem Körper zusätzlich Verwirrung schaffen. Geistig ist mir, was in mir geschieht, sowieso noch fremd genug. Zur Feier der Freilassung aus der Strafhaft für vietnamesisch flambierte Kaufhäuser hat sich Baader sofort Schuß und Gelbsucht gesetzt, neunundsechzig wohlgemerkt. Ich bin für jede Erfahrung dankbar, die ich nicht auch noch selber machen muß. Ich habe sowieso beide Hände voll zu tun mit den Erfahrungen, die ich eh machen muß, um die wirklich zu machen. Die einfachsten Ereignisse, wie denken oder schauen, sind einem imgrunde unklar. Der stundenlange Nichtszustand im Zelt am Sonntagabend war selbstverständlich absolut wortelos auch im Hirninneren gewesen, erst während die wohltuend alltäglichen Verrichtungen des Werktags einen mit sich von einem selber fort zogen, fielen aus dem Trüben die paar spärlichen Worte des alles muß anders werden aus. Aber auch sonst ist der extrem gefaßte Augenblick der Schau des Denkens kein Ereignis wörtlicher Natur. Nichts, sagt deshalb wahrheitsgemäß der im Strom des eigenen Gehirngeschehens hellwach Treibende, bewußtlos nur insofern, als der diesen Vorgang kontrollierende Beobachter oft schläft, erst recht der Übersetzer in die Worte, auf die Frage, was er denkt, denn er denkt in Worten nichts. Nichts ist wörtlich in mir. Jedes Wort im Hirn ist allerletzter Endzustand natürlicher Basalprozesse an den materiellen Grenzen menschlicher Gehirnmaterie, und so weiter. Vielleicht lasse ich mir diesen Tumor doch noch einmal radikal und endgültig entfernen. Das Atemzentrum ist bedroht, sagte ich und wärmte meine Hände über dem Wasser auf dem Gaskocher, das limbische System ist sowieso zerstört. Wir hörten uns also gegenseitig die Litaneien alter Vokabeln ab, um langsam montäglich in Fahrt zu kommen. Schon nach einem Tag Pause war das Lernen ein fremder französischer Hund, Hegel erst recht. Aber das bürokratische Hantieren mit Füller, Büchern und Papier nahm uns freundlich auf, als hätten wir die ganze verdammte Schule nicht gerade sauber verflucht. Die Worte kamen mir als ausländische gleich wieder ganz schön interessant vor, schließlich waren sie dauernd ausgesprochen zu hören, lesbar anzuschauen und zusätzlich mit der eigenen Hand geschrieben buchstäblich zu begreifen. Natürlich kann man auch eine glattrindige Buche oder Platane am Stamm gut abhören nach dem sich in die Höhe bäumenden Geräusch. Aber bei Worten braucht man dazu nicht einmal den Baum, sondern nur das Wort, wodurch Freuden entstehen, die leicht ins Perverse kippen können. Schon liegt man da mit Hirnausfall. Je ne parle pas français, sagte ich und schluckte einen bösen schlundmundgroßen

Schluck Kaffee, auch wenn ich schon fünf Worte kann. Worte sind Staub im Sonnensystem einer Sprache, deren ganzen Reichtum der Staubvermesser nicht wirklich ermißt, Sprache der zwischengalaktische Wind im Kosmos der wirklichen Welt, und so weiter. Ich haute mir mit der flachen Hand mehrmals ins dumm verkrampfte Gesicht. Grammatik der Steine, Sprache des Koyoten, so geht der Tumor nie weg, trotz Antiblockiersystem und Antriebsschlupfregler. Moralisch ist das keine Frage, aber der Fuhrunternehmer denkt in Mark und Pfennig, auch nicht falsch, aber wieder nur die deutsche Zeitung. Ich würde lieber automatisch verstehen, wie zwei echte französische Menschen in französisch über was gescheites reden. Aber anstatt paar europäischer Dialekte hat man von zuhause Wahnenzyme mitgekriegt, in Tischmanieren eingewikkelt. Zugleich hat es auf jedes hilflose das kann ich nicht, ganz richtig nur dann lernst du es geheißen. Kein Anflug keiner Klage war berechtigt, die Montagsunlust war ein Schwachsinn, in wirklichkeit wuchs nur der Druck der Listen der Agenda. Sogar mit Mitte dreißig, meldeten Berichte von vernünftig angepackten Leben, kann man noch völlig neue Sachen lernen, man mußte sich nur immer mehr und länger mühen. Das amerikanische habe ich mit siebzehn im vorbeigehen mitgenommen, praktisch perfekt, das französische hier bleibt ein Vokabelgeholpere, die Sprachstromfremdnis, quälend. Im Radio suchte ich wieder einen französischen Sender, ein Krankenpfleger war am Telefon, der Moderator fragte was, scheinbar eine Hörerwünschesendung, der Pfleger grüßte in die Nacht hinaus, der Moderator widmete das nächste Stück mit tiefer indiskreter Flüsterstimme allen Nachtdienstarbeitern von heute nacht, oder so ähnlich. Die echte Alltagssprache war noch geheimnisvoller, als die Foucaultvorlesung am Kolleg von Frankreich, wo ich allerdings mehr das Schädelhalten mit den nackten Fingern bei dem Mund verfolgt habe als den Diskurs. Lesen ist einfacher als hören, reden leichter als verstehen. Atlantis is calling, sang der Sänger meines Herzens Thomas, anders genannt die schwarze Nora, und ich hörte die gütige kompakte Stimme Casey Kasems, die mit genau richtig gebremster Rührung die Geschichte einer langen Distanzdedikation erzählte. Die Strahlen elektrischer Kraft, die derart die ganze Welt noch ins letzte Loch einer Kammer wie hier herein holten, sind von einem Physiker ausgerechnet namens Hertz vor gut neunzig Jahren ausgerechnet in Karlsruhe entdeckt worden. Der Sonnenstaat, in dem das Bundesverfassungsgericht das Bundeskriminalamt anruft, wird derzeit in Wiesbaden eingerichtet, und aus dem Nest daneben kommt, wie es singt und lacht, das ganze zweite deutsche Fernsehn. Vielleicht hat die große deutsche Enge schlimme Sorgen, die sich nicht ins schönste metropolitan geballte Leben hinein auflösen ließen. Ein Loch wie Hannover hat Leibniz gehalten, und während hier die Feste der Vernunft gefeiert wurden, hat Kant allmorgendlich im Kämmerlein still bei sich gesagt, kann ein Mensch gesunder sein als ich, und dazu den buckelichten Rücken aufgerichtet. Ein Fernfahrer war jetzt am Telefon der nächste Hörer mit den nächsten Grüßen, er nennt sich Klaus und grüßt die Arbeiter der Straße allerorten. Echte Autos rauschten jetzt nur noch sehr selten aus der Ferne hoch, und auch das Beben von im Untergrund dahin donnernden Zügen hatte aufgehört. Irgendwann verschlummert scheinbar auch die schönste größte Stadt. Zwei zwei zwei, verkündeten die Zeitziffern silbrig, eine Runde Schnaps für alle, und wer recht hat, zahlt. Dieses Gespräch führte die Uhr wohl mit dem vertrocknet zerdörrten Magen, und ich gehorchte und füllte am Waschbecken frisches Wasser in die Kaffeetasse, ohne Pulver. Zurück am Tisch saß ich mit den Beinen auf den bißchen klammen Händen, euphorisiert von Hungerstreikgedanken. Ich diktierte, was passierte, kein Hunger, niemand, nichts, nur ich. Oder ein Satz, hier könnte ich ewig bleiben, unvorsichtig übermütig, hochgestimmt, aus der Montagskrise raus gerettet mehr gedacht als wirklich laut gesagt, gab sich selbst korrekt zur Antwort, dann geht es also morgen los von hier. So kam es, daß ich anderntags in der Gluthitze der mittäglichen Sonne mit dem Campingspaten und den bloßen Händen ein tiefes Loch in die steinerne trockene Erde schaufelte, um den Schatz der hier verbrachten sieben Sommer zu vergraben. Das Auto war gepackt, die dichte Zeitbombe des Schatzes lag bereit, in Plastik gehüllt, versiegelt. Wein, Brot, Käse, Marmelade, Tabak Aja Dixsept, Kassenzettel mit gedruckten Daten, Münzen, Noten, Ortelisten, ein philosophischer Kassiber, Seite dreiundvierundzwanzig aus der Phänomenologie, ausländische Worte, Namen naher Menschen, die Dankbotschaft an einen Freund der Lehre altgriechischer Sprache und der vorsokratischen Gedanken, ein Gegenalphabet von Feinden, tot gedrückte Ameisen, der Butt, der Spiegel, die Bild vom gestrigen Mariä Himmelfahrts Montag, alle ersten Seiten der süddeutschen Zeitung der vergangenen Woche, eine Akte Wissenschaft mit paar Artikeln, Abbilder von echten Bildern, eine Taschenlampe, ein Stück Socke, Wolle, Stromkabel, paar Nägel, Erdnägel, Papier mit Batterie und Stift, verlangten, mitsamt der Liste hier, die den Inhalt des Depots auflistete, ein ganz schön tiefes Loch im ganz schön harten roten Bodengrund. Ich schaufelte, so flink ich konnte, und mal um mal zog meine Hand den Oberkörper hinter sich her nach vorne, fuhr immer tiefer in den Schatzschacht, und das zur Seite gedrehte Gesicht drückte sich immer fester ins Gras, als gäbe es wirklich nichts dringlicheres zu tun, als hier, nur dem Diktat der inneren Stimme folgend, ein Erdloch auszuheben, um in ihm die Sommersumme zu begraben. Ich fühlte mich beobachtet, doch über mir war nur die Sonne. Klar ist beim Erddepot im Sachsenwald bei Hamburg im Jogginganzug festgenommen worden. Die Staatsschutzpolizei hat ihn nicht tot geschossen. Das Erddepot hieß Sarg mit Decknamen, aber wozu Verschlüsselungen, da schließlich doch kein Code natürlich nicht zu knacken ist und also auch entschlüsselt wird. Direktes Vorgehen wäre mir, wie gesagt, lieber, siehe Moskau, cirka null Uhr achtundvierzig, aber was soll ich tun, schließlich diktiert doch das Diktat, nicht ich. Der Hungerstreik spinnt, das Hirn dreht in ihm auf Hochtouren, aber oft leer durch. So flog die Erde durch die Luft, Hand für Hand, häufte sich am Boden auf, und wurde schon wieder zurück geschoben und gescharrt, über die endlich versenkte Zeitbombe drüber. Am Schluß trampelte ich alles fest, verwischte alle Spuren, daß hier gegraben worden war, und legte einen Plan an, der exakt genug vermessen, die Ortung des Schatzes jederzeit erlauben würde. Neulich habe ich festgestellt, daß ich diesen Plan verloren habe. Bestimmte Sachen meiner Vergangenheit, in Zahlen ausgedrückt, das meiste, möchte ich möglichst rückstandslos vernichten. Ein Vernichtungsort ist mein so tadellos geführtes Archiv, daß es inzwischen zu einem derartigen Zeitmassiv angewachsen ist, daß alles weitere dort eingespeiste unauffindbar dort verschwindet. So quält mich alles Wichtige doppelt nicht mehr, weil ich es nicht weggeschmissen habe, sondern aufgehoben, prinzipiell jederzeit zugänglich, in wirklichkeit aber im Zeitmassiv verloren. Paradox klingt das nur so gesagt, weil das Archiv in echt auf Anfrage seine eigene interne Struktur zur Antwort entfaltet, und mich so mit was bereichert, was ich weder jemals eingegeben hätte, noch mir selber denken könnte. So stellen sich mir andere, als die meinem Hirn möglichen sehr begrenztzahligen Verknüpfungen aus dem Archivmassiv heraus entgegen. Etwa antwortet auf meine Frage, wann Stalin neunundsiebzig genau, wenn er dreiundfünfzig wie alt genau gestorben ist, geboren wurde, der ausgeleierte Reflex in mir nur wieder mit der uralten Geschichte namens siebzehn neunundachtzig, achtzehn neunundachtzig und allen hierher her gehörigen uralten Namen, anstatt wenigstens schnell mal die ganz schön schönen winterlichen Stalinziffern durchzubuchstabieren. So war im Unauffindbaren das extra aufgehobene Papier des Plans verschwunden aufgehoben, optimal. Ich bin der Bunker, sagte ich, hochexplosiv gefüllt, und schaute auf die Karte, die vor mir auf dem Lenkrad zitterte, ich fahre jetzt mal richtung Westen. Das Spielzeuggebirge mit seinen Engen, Felsen, Brücken, Büschen, Schluchten weitete sich schnell zu waldigem Gehügel. Ein Preßlufthammer brüllte, fröhlich winkte ein Bauarbeiter wichtig mit der roten Fahne, ich bremste, hielt und stellte den Motor ab. Blubbernd brodelte im gelben Schallschutzrock der Luftkompressor vor sich hin. Dann winkte die Fahne wieder, der Wächter grüßte, ich antwortete dem Gesicht, und schon ging es weiter, auf und davon, der Nachmittagssonne, dem Meer entgegen. Im Zeitbunker war das Versteckte natürlich extra grell ins Licht gezerrt, aber manchmal meint man plötzlich, daß das im Lieblingsversteck der Masse offensichtlichster Sichtbarkeit oder immer wieder wiederholter Wiederholungen natürlich am liebsten unverborgen Aufgehobene dort vielleicht zu sehr versteckt ist. Denn der normale Blick, den zu ignorieren Unsinn ist, richtet sich nicht auf die Wahrheit, sondern vernünftigerweise auf das Leben, auf das, was sich ändert, nicht auf das, was da ist, nicht auf Anschau, Schönheit, Trost, sondern auf Drohendes, auf Neues, Sprünge, spähend, um davon fort flüchten zu können zurück ins Selbstverständliche, wo normalerweise Nichtschau ist zur guten Rast. Keiner, der aus irren Gründen nicht mehr aus dem Nichtnormalen raus kann, hat ein Recht, den kranken Blick, der wirklich sieht, wie schön das alles ist, was offensichtlich da zu sehen ist, zum Maß zu machen, oder gar scheinschlau zu klagen, daß keiner sieht, was offensichtlich ist. Echte Menschen haben echte Sorgen, die mindestens so viel Respekt verdienen, wie jede kranke Sehnsucht nach einem ganz normal Normalen, das es vielleicht sowieso in echt nie gibt. Vielleicht fühlt sich jedes Leben im einzelnen von innen her gesehen als besonders gräßlich nichtnormal an, weshalb sich der ins Nichtnormale raus Vertriebene so gut an allem schulen kann, was von außen aus gesehen wie normal ausschaut. Hier schloß sich also ziemlich nichtkurzschlüssig hoffentlich ein ganz schön interessanter Kreis, und wir erreichten gegen Abend nach schweigender Fahrt New York. Paar Haufen wilder Hochhäuser standen da als fremde übermenschliche Menhire aus einer öden flachen Wiesenlandschaft urplötzlich hoch gewachsen, aus der Nähe schon verbraucht geschabt, eine wunde Vorstadtsiedlung, in deren Waben matt die Lichter brannten, und dahinter, wo also keine Stadt sich öffnete, war eben nur das fremde weite leere Meer, abendrestlichtglanzerleuchtet. Im toten Trakt in Köln ist Stillefolter wie Vernichtungslagergas verwendet worden, um Ulrike Meinhof in der Bartschzelle zu foltern. Im Freien wurden angesichts der Stille alle Elemente laut, sogar an einem toten Strand wie hier war die Welt nicht menschenleer. Wir saßen auf der Ufermauer, die Beine baumelten, die Wellen rollten ruhig daher, Arme machten Gesten, die Böen waren im Gesicht. Die Welt des Glücklichen ist eine glückliche Welt, diktierte nachts auf einem Schiff beim Scheinwerfer unter Beschuß der kriegsfreiwillige Soldat in den Gedanken in das Hirn. Jedes Wort schließt nämlich ausgesprochen alle Gegenteile, die es ausschließt, nicht nur so ausgeschlossen ein, sondern schließt sie auch wirklich aus und beharrt auf diesem Ausschluß. Deshalb bedeutet nicht jeder Satz und jede Geste immer gleichzeitig das Gegenteil, sondern umgekehrt das Gegenteil vorwiegend gerade nicht. Erstaunlicherweise hat sogar Wittgenstein seine geheimen täglichen Gmundener Notizbücher in Geheimschrift geführt, neulich von Wissen, der Madrider Zeitschrift, öffentlich gemacht. Dem Fleischvernichtungswillen zugeordnet wäre demnach Hungerstreik in Konsequenz der Kampf um Wahrheit, jedoch tritt bei zuviel Erschöpfung Wirrnis auf, wie bei zu viel Konsequenz. Die Landshut, radeldi rodldu, ist um zwei Uhr zwei, noch eine runde Schnapszahl allseits, von Aden aus gestartet und fliegt zur Zeit vermutlich richtung Kuweit, die nächsten Nachrichten um drei. Die schweren schleppenden Jahre der ersten Hungerstreikjahre waren für mich die wohltuend zeitlahmen lehrreichen Zeiten des Studienbeginns. Dann wurden manche Diskussionen bißchen mühsam, nicht nur intern in der Haft, auch draußen, und der Prozeß zog sich für uns zu lange hin. Zu sehr mit sich selbst beschäftigt erkennt man nichts mehr außer sich, und so glaubten wir auch schon langsam, was wir dauernd hörten, das Gemurmel von bleiernen oder gar finsteren Zeiten. Aber das heurige Jahr der Bewegung hat die ganzen letzten sieben Jahre vernünftig auf den Punkt gebracht. Zeitstillstand ist Lüge, beweist der bewaffnete Kampf, jeder Bericht davon, egal wie brüchig, unzulänglich, hat sich für das Schweigen entschieden gegenüber all den Sachen, von denen er absichtlich nicht spricht. Richtiger Terror heißt für mich wirklicher Terror steht mir vom Wortort her entgegen durch den Stilleterror. Schließlich waren wir Sympathisanten, keine Täter, so gern wir die gewesen wären. Säße ich heute wirklich als Stammheimer in Haft, wäre das genau so richtig, so wie ich als real existierender sozialistischer Schreiber die Republik verherrlichen würde, wenn ich nicht in Deutschland leben würde, wo ich lebe, und konsequenterweise demokratisch realistisch Staatskunst mache. Schon das Wort Staat ist ausgesprochen automatisch Staatsverherrlichung, und so soll es sein, weil es so ist. Terror der Wirklichkeit sagen heißt Terror feiern und Wirklichkeit. Kein Mensch muß Worte machen in der Schrift, wo Wortlogik herrscht, aber wenn er Worte macht, feiert er die Tat und diese Logik und unterstellt sich Wort für Wort dem von ihr diktierten Wortgesetz. In ewigkeit amen, sagte Christian, und wir standen auf und gingen von der Mauer weg zurück zum Auto. Hinter uns war alles schwarz, unten rauh gelackt von Glanzpunkten durchhuscht das Meer, oben matt das sternelose Himmelsfell, und vor uns leuchteten die Hochhäuser gestaffelt wie ein im Verlöschen still gestellter Flutlichtlichterkörper. Da lebten echte Menschen echte Leben, wahrscheinlich geplagt, normal verzweifelt, aber trotz allem nicht überhaupt nicht. Nicht jeder wirft sich aus dem Fenster, nicht jeder erschlägt seine Frau, nicht jeder ist ununterbrochen betrunken, nicht jeder legt sich als Irrer den Rest seines Lebens ins Bett, um bei lebendigem Leib langsam von innen her zu verfaulen. Manche sitzen abends in den Wohnungen und machen, wenn es dunkel wird, das Licht an, kochen sich ein Essen, tuen Salz dazu, machen sich das Fernsehn an und reden vielleicht was mit wem am Telefon, manche schauen einmal einem, der gerade auch da ist, in seine Augen, oder lachen lieber hörbar auf, und manche lassen sich am liebsten in aller Ruhe ruhig vom Fernseher bestrahlen und besprechen und nach paar Stunden gehen sie begütigt in das Bett. Rührung ist Lüge, sagte ich, und ein jähes Verstummen war mir in den Kopf geschossen, ohne zu wissen, wieso, haute ich mit Karacho die Türe ins Schloß und brauste los.

Die Nacht zog vorbei, und Bäume schlugen in den Kurven schnelle Schatten auf die Brustkopfmenschen hinter Glas, dann kam das Gegenlicht von vorne blendend sehr hell gleißend näher, ich bremste, drückte mich zur Seite, weiter, weg. Mein Licht vor meinem Wagen bohrte sich dann wieder allein durch das jetzt gerade Schwarze zwischen dem Doppelstrich der Dunkelheit der Bäume der Allee. Der Reisende im Flugzeug, dem eine kleine Kurve dieses Bild entgegen zeigte, näherte die Augen seiner Fensterluke, ließ die Schläfe an das kühle Plastik sinken und heizte sich hinaus ins freie in die Höhe. Da zogen rote Lichter stetig blinkend ihre Bahn nach Vorschrift durch den ordentlich geteilten Raum der Luft, massenhaft. Nichtsichtbare Wellen trugen nichtsichtbar die Botschaften der Ortung eilends der verantwortlichen peilenden Maschine zu, wo ein echter Mensch in Ziffern und in echter Sprache Mitteilungen seinem Mikrophon diktierte, fast gleichzeitig im All von einem maschinellen Sputnik oder einem Arbeiter in einem Raumlabor über ein Gerät im Ohr empfangen. Hier Erde, hallo hallo Mir, hier Mir, hallo Erde, alles richtig, Ende, okeh, Ende. Und besinnungslos strahlte rauschend das All aus der Tiefe seines uranfänglich endlich doch grundlosen Hintergrundes aller Gegenmassen antimateriellen Materials sein Rauschen allem und also auch der extrem fesselnden Unwahrscheinlichkeit, die auf der Erde lebend da war als der Mensch, entgegen. So fuhren wir im weißen Prinz dahin durch tiefe fremde Nacht. Einmal hatten wir uns sehr verirrt, und schon wieder ging so ein Gewitter nieder. Die Flut warf sich der Scheibe zu, und als ich nichts mehr sah, fuhr ich an den Rand, hielt den Wagen und studierte bei laufendem Motor im Licht der Funzel über dem Innenrückspiegel die vor mir ausgebreitete Karte. Wir sind da, sagte ich. Auf Trip, berichtet die Reise, nimmt so ein Satz monströs grundsätzliche Bedeutung an, wir sind da, es geht immer weiter, und so weiter. Mit Begeisterung lasse ich mir von allen Freunden immer wieder gleiche Tripgeschichten vorerzählen, weil ich gegen sie mein Hirn hirnintern abgleichen kann und so zurück bringe auf Kurs, vom Oktanten am Gestirn bestimmt. Die Todesangst, die ich Klaus mit meiner fahrlässigen Fahrerei mal eingejagt habe, kann ich nicht mehr ungeschehen machen, weil sich Tripereignisse viel äußerlicher rindennah im Hirn so fest verankern, daß sie dauernd bewußt gewußt erinnert werden. Deshalb altert man auf Trip so irr, mit einem Schlag ist man mit fünfzehn nach der Reise durch Jahrhunderte für sich endgültig uralt erwachsen und entweiht, also mit dreiundzwanzig längst schon dreiunddreißig, oder mit neunundzwanzig nach der extra hellwach wiederholten Wiederholungsreise durch Irre in Irre für immer wirklich vierundsechzig, hirnintern praktisch ein Greis. Trotz Hirntumor und folglich nur vernünftig großer Angst hat sich Ulrike Meinhof von den anderen in einer Nacht zum Sonnenschein genannten Trip nötigen lassen, siebzig wohlgemerkt, aber mit Mitte fünfunddreißig, was natürlich automatisch Horror gibt und nichts als Horror geben kann. Die jüngere zweite Frau redet wie rasend ihren elenden Pastorenstuß daher, du mußt töten und dein Kind verlassen, daß man nur wieder und wieder die ganze Elternanenzephalie und erst recht all diese Pastorenverbrecher verflucht, die ihre grauenhafte Christenfinsternis terroristisch über normal vernünftige kleine echte Menschen ausgießen, um die zu zu teeren. Man muß nicht, um nicht auf Trip ein Revolutionär zu sein, auf Trip das man muß töten zur Moral erklären, das ist ein Ensslinschwachsinn, wie ihre Volksschullehrerinnenkleinschrift, die sprachlich eine Lächerlichkeit ist, keine Revolution. Es gibt keine revolutionäre Moral, sagt die Geschichte, die halstief tief im Blut der Revolutionen steht, durch die sie die, die sie ist, geworden ist. Der revolutionäre Mord geschieht, geschichtslogisch notwendig, das heißt nicht zu rechtfertigen vorher, doch im nachhinein gerechtfertigt vom Fortgang der Geschichte durch ihn durch. Die Augen waren geschlossen im Kopf, der im schwarzen glänzenden Leichensack aus Plastik steckte bis zur Brust, die Hände waren hinten auf dem Rücken armverrenkt sehr fest gefesselt hoch gezogen bis zum Hinterrand der Finsterniskapuze geistiger Umnachtung. Schmerzbohrer waren mit grobem Gerät schädelinnen schwer im Einsatz gegen Schädelknochen. Splitter von Licht sprangen durch den von keinem Lidschluß ausschaltbaren Hirnbildschirm. Gesehen waren sie gebannt, erstarrt zu starren Punkten, die über ihre Grenzen traten, um zu Feldern heller Felder auszufließen immer weiter, größer, Brandlöcher im Hirn bei Bildstillstand durch Zeitzerstörung. Kein Schrei, nur die alte Drahtschlinge im Hals beim Kehlenkopf machte die Röhre für die Luft so eng, daß Ängste den Gewürgten weltwund würgten. Ich würde gern noch einmal alle Schönheit dieser Welt dem Reichtum einer solchen einen Seele zugerechnet auseinander dividieren und so integral berechnen, um alle möglichen Kräfte des Gemüts richtig vermessen zu erkennen. Immerhin kamen im Gehirn auf jede eine kleine Nervenzelle, die von außen Welt ins Hirn rein schaffte, im Gehirngewebe selbst cirka millionen Nervenzellen, die zur internen Verarbeitung des einen kleinen Sinnendatums zigzillionenfach vernetzt verfügbar waren. Erstaunlicherweise beschäftigte das Hirn sich trotz dieser Zahlenverhältnisse normalerweise nicht nur mit sich selbst und der Beobachtung der dauernd multizentrisch explodierenden und neue Explosionen anzündenden Explosionen in sich selbst, sondern führte ganz im Gegenteil beim Nichtirren so massenhaft wie möglich neue

Weltpartikel mittels aller Sinne diesem explosiven inneren Geschehen stetig neu zusätzlich zu, um sich möglichst weltentsprechend in der Welt zu orientieren. Angesichts dieses Gedankens sah das Hirn in wahrscheinlich göttlicher Heiterkeit augenblicklich sich selbst als Urweltwunder an. Da schreit der Scheibenwischer, weil er sinnlos auf der trockenen Scheibe wischt, was weh tut. Offensichtlich nämlich war der Regen weg, und wir waren, nach zwei toten Meerwochen am Strand, zwei erste Menschen auf der nationalen Straße sieben endlich richtung Norden unterwegs im Morgengrau, vor uns der Herbst, im Dunst Paris. – Ich erzähle hier die Geschichte des Jahres neunzehn siebenundsiebzig. Heute ist Montagnacht, siebzehnter zehnter, zwei Uhr vierzig. Bevor der Morgen anbricht, möchte ich mit diesen Vorarbeiten hier zuende kommen, um dann die Abschlußarbeit meiner Studien der alten Geschichte morgen endlich anpacken zu können. So was haut man mit gescheitem Schwung in einem sauber aufs Papier, sage ich mir seit Tagen, um mir Mut zu machen, und liege in wirklichkeit gelähmt im Bett. So schaut es aus, ein normaler Mensch liegt praktisch tot im Bett, weil er seine lächerliche Arbeit weder hin schreiben, noch einfach, was doch das einfachste sein müßte, aufgeben kann. Aufgeben hieße aber, das ganze letzte Jahr der Materialarbeiten zum Irrsinn zu erklären, also mich selbst aufgrund der Krise der letzten vierundvierzig Tage für verrückt zu halten. Das mache ich nicht mit, nicht mit mir. Die Nullhypothese war falsch, die Arbeiten gingen in die falsche Richtung, gut, aber das weiß ich nur, weil ich sie nicht überhaupt nicht angefangen, sondern angefangen habe, wenn auch falsch. Insgeheim sollte die Arbeit, in wirklichkeit mit Freunden und mit Feinden des Kaisers Domitian befaßt, berechtigterweise am Schluß der Staat heißen können, so grundsätzlich und umfassend war der

Plan ursprünglich angelegt, vermessen, wie gesagt, falsch. Außerdem kenne ich mich in staatstheoretischen Fragen natürlich gar nicht richtig aus. Aber wenn neulich erst Platon seinen Staat siebenmal, kurz darauf Hegel den seinen schon siebenundsiebzig mal überarbeiten mußte, wie die Wissenschaft der Logik auf der Suhrkampseite dreiunddreißig zu berichten hat, wie soll ich mich dann nicht fragen lassen müssen, warum mich hier sofort die Ziffern faszinieren, in die mir Zeitfragen hinein verschlüsselt zu sein scheinen, derart, daß es hieße, ich sei für meinen Staat bereits zu alt. Als ich dann jedoch den Staat, meiner Natur entsprechend, eher von der praktischen Seite her betrachten wollte, war ich sofort in noch viel kompliziertere Probleme der Konstruktion des Blickpunkts, staatsrealitätsentsprechend maximal vielzentrisch, rein verstrickt, bis diese Konstruktion natürlich kollabierte und mich mit sich begrub. So lag ich da. Das war der Ausgangspunkt. Ein Punkt jedoch ist nichts für sich allein. Also lag ich im nichts verloren in der Lähmung in der Betthaft selbst als nichts nicht tot, so daß es von der einen Zelle Leben, die sich im Nichttoten doch irgendwann mal irgendwo noch einmal regt und eine Nebenzelle, die paar Nebenzellen aufweckt, weckt, plötzlich so weit weiter geht, bis das ganze lappe Fleisch mal probeweise aufsteht. Jetzt steht schon was da, was denkt, ich wäre gerne noch einmal ein Mensch, der schon in seiner Zelle automatisch auf und ab geht, vorsichtig vorerst, dann immer fester, denkt sich dem sein Hirn langsam und Schritt für Schritt in Ordnung. Und so weiter, denn wie es von hier aus weiter geht, ist nur noch eine Frage der äußeren Bedingungen, der Stille, der Sachen in der Kammer, in der alles ist, der Welt im Radio, der Fernsehbilder, Karten, Akten, Notnotizen, der leeren Blätter, die sich logisch füllen wollen mit der Schrift, die eine Hand schreibt, die das Hirn bedient, das ich bin, und so fort. Wiederholt sich jetzt noch einmal alles schnell im Video im Schnelllauflauf, sitze ich mit aufmerksam sehr auf gemachten Augen, die Iris ist aus Bergkristall, die Pupille Ebenholz, im alten Reich da hockend als der Schreiber, der dem Diktierenden sprühend ins Gesicht schaut, um dem die fremden Worte, die er hin zu schreiben hat, möglichst schnell und richtig abzulesen. Identifikation mit einem Fremden war nicht möglich, das war der sogenannte Raspe Irrweg, der seltsamerweise jedoch hinaus ins freie aufs offene Meer führte, wo im Rausch der Winde echte Sachen erstmals wörtlich hörbar wurden, natürlich unsichtbar, im Schutz der Nacht. Als dann der Tag anbrach, und der ganze Dreck auf Land sichtlich zu quälend wurde, ging endlich die Reise los, die mich schließlich hierher in die Kammer brachte. In der Enge dieser kleinen Aktenzelle geht der Blick natürlich umgekehrt besonders ausschweifend umher, um jede Nichtigkeit, die sichtbar ist, ganz richtig zu erfassen, verliert sich dann jedoch sehr schnell im nächsten nichts. Ich darf auch Melancholie zu diesem bösen Auge sagen, das mich vom Spion aus überwacht, jedoch nicht steuert. Wenn ich will, stehe ich einfach auf und mache beispielsweise das Fenster auf oder zu, je nachdem. Von draußen weht Musik herein, die heimliche Aufforderung, sich an den Abiturherbst zu erinnern. Geht einem das Herz auf, ist der Schädel vor mir auf dem Tisch nicht weit, der schwere Stein, beleuchtet von den fernen Blitzen, die im Wetter leuchten. Plötzlich hält man da bestimmte Sachen für irgendwas ganz anderes, der Globus spinnt, man selber ist nicht Erde, nicht einmal Granit. Strang ist Lüge, Pulse schlagen, Rasierklinge ist Unsinn, und so weiter. Irgendeine absurde Rechnung ist dann der erste klare Gedanke, der sich jedoch über Ziffern in die Zeit verflüchtigt. Konsequenz ist der bestialisch kranke Krach im Hirn, natürlich in Begleitung seines bösen Schattens Stillewille. Ist all das endlich unter Kontrolle gebracht, kann auch die Staatsschutzpolizei in Ruhe anfangen, ganz Deutschland nach dem Arbeiterausbeuter Schiller abzusuchen, der schon vor ganz schön vielen Tagen, kurz nachdem er als studierender Faschist die Schutzstaffel beritten hat, aus dem Mercedes raus ins Volksgefängnis in den Schrank gesetzt worden ist. Manchmal darf er in das Auge einer Bildmaschine schauen und dazu diktierte Worte sagen. Lieber Eberhard, ich schicke hier aus technischen Gründen meinen politischen Verbrechen und Freunden ein schwarzes Band aus herzlich besprochenem Kohl und seiner Familie. Wie stümperhaft das Ganze gemacht wurde, beweist der Ablauf des fünften September. Seitdem der Staat die Verantwortlichen durch menschliche Gehirne plant, habe ich nie um mein Leben gewinselt, sondern seit Tagen die Bundesregierung mit Menschenquälerei anerkannt, um mich still um die Ecke zu bringen. Ich bin aber nicht bereit, lautlos aus diesem Leben abzutreten, sondern dick und fett euer fetter Schiller. Schillersohn Hanns Eberhard wendet sich daraufhin mit paar Millionen an das höchste Staatsgericht, um seinen Vater frei zu pressen, aber im Namen des Volkes wird für Recht erkannt, was recht und gut ist, und so wird Schiller immer noch im Schrank verhört. Später trägt die tote Leiche unter dem Emblem von Stern und Waffe immer noch den Titel die Befreiung in der Zeitung auf der Brust. Kontaktsperre und scharfe Waffen dringen zugleich durch das Radio in jede Zelle der in Stammheim wegen revolutionärer Taten schon seit Jahren mittels Haft in Isolation und Gruppenterrorfolter gefolterten Gefangenen. Der Staat macht sich dazu ein in drei Tagen über seine Staatstheaterbühne hin gehudeltes Gesetz, um dem Notstand, daß der Staat dauernd Gesetze bricht, in diesem einmaligen Fall rechtsstaatlich diktatorisch einwandfrei schnell abzuhelfen. Schon fahren die Rechtsanwälte, die sich unter Recht was anderes vorstellen als der Rechtsstaat, in das nächste Staatsgefängnis ein. So werden paar Probleme weniger, andere hingegen immer mehr, weil derartig simple Vorgänge im Hirn das Hirn zu Brei zerstampfen können, der nur noch Dummheiten, wie Kindheitsbilder alter Schultern in Papiergebirgeschluchten vor sich sieht. Was Lüge, Finsternis, Hölle, Familie automatisch addiert bekanntlich ergeben, kann sich dann jeder als Terror in sich im Vitalen anschauen, wo schwarz das Blut das Herz durchschießt. Derart erbdiktierte kranke Todenzyme schafft keine Geschlechtsumwandlung raus aus einem, aber auch kein geistiger Prozeß, nur die Annahme von allem außer einem als Diktat. Das heißt die Schädelbasisuntersuchung dient der Nichtsvernichtung, nicht dem nichts. Diesen Hirntumor kann kein Gas so schnell vergasen, solange man als noch nicht toter deutsch gesagt noch lebt. Alles andere und jedes Gegenteil ist jederzeit zugleich noch möglich, wenn man umgekehrt den so auftretenden Widersprüchen nicht nichtvernünftig deutlich widerspricht. Gedankenstrich. Wahnsinn, wie mich so ein Einzelwort zwischen zwei kleinen engen Punkteaugen eingezwängt fast schon tot zerdrückt anschaut, wird mir wieder klar, daß ich, wie vorhin schon der Konzentratschlaf angeordnet hat, ein völlig neues Tempo vorzulegen habe, silbrig, wie der Silberpfeil, der Rennwagen, Mercedes, Baujahr vierundfünfzig wie mein ich. Ich möchte nämlich gerne hier jetzt möglichst schnell zuende kommen. Die lächerlichen Vorarbeiten der natürlich schwachsinnigen Doktorarbeit, haben mich nämlich inzwischen, auch der lächerlichste Schwachsinn ist, genau betrachtet, grauenhafterweise ganz schön interessant, praktisch schon das ganze letzte Jahr und dreiviertel dieser

Nacht gekostet. Muß das alles wirklich sein, fragt man sich dauernd absolut genervt, aber der Abschlußzwang, noch so ein imbeziler Lächerling, diktiert, es muß sein, weil was sein muß, muß sein. Wenigstens Schiller wird hier eliminiert, weil er in wirklichkeit natürlich Schleier heißt. Das läßt auf unverhüllte Wahrheit hoffen, die das Schleiersche Nichtgesicht enthüllen könnte, wenn mal schnell erzählt würde, wie kompliziert Anfang September die Wohnungssuche in dem riesigen Paris gewesen ist, nämlich ziemlich kompliziert. Dann aber saßen wir, während der herrlichen Wochen, in denen Schleier inhaftiert war, täglich im Park des Luxembourg und träumten davon, vielleicht selber mal als Täter terroristisch tätig zu werden. Da ich Antikritikantikörper in mir habe, war ich dann doch auch in diesem Herbst, wie schon in den sieben Jahren davor, wieder eher von echten poetischen Büchern gefesselt als von der Politik. Die diesbezüglichen Debatten führten universitätsintern in den rigiden Theoriemarxismus Konrads, mit dem ich wieder einzeln lustige Gespräche führte, ohne mich dem konspirativ hochsenilisierten Gruppenquatsch in einer egal wie marxistischen Gruppe auszusetzen. Da verträumte ich die Zeit der Sommersemester schon eher lässig im englischen Garten, immer ein bürgerliches gutes Buch zur Hand, während Nichtkarrieristen Faulheit und Versagen großartig zur politischen Verweigerung zusammenlügen mußten. Aber auch wenn man sich schließlich so prall mit Leben aufgeblasen hat wie Marx, ist man auch als Nymphenburger Privatier nie Marx, sondern nur gescheppert Konrad, wie ein Blick auf mein Fünfmarkstück mit dem Marx Gesicht sofort beweist. Der notorische Angeber und Schwätzer hat es im Leben auf Dauer scheinbar auch nicht leichter als der ganz normale Spast, wobei zu Diedrichs Verteidigung zu sagen ist, daß auch Konrad schon mit elf im

Internat ein phantastischer Lügner und Schnurrenspinner war, von wo aus es zum konkreten Kölner Alkoholikergefasel leider nicht sehr weit ist. Live is life bleibt nämlich live is life. Im so wirklich richtigen Augenblick war die erste Ableitung der Weltformel direkt meine Lebensformel, der gemäß ich nicht nur Wortespeicher war, der sich direkt total erbrechen könnte, sondern Weltkraftwerk im Ichkerker, geballte Energie, in sich zurückgehalten. Das hörte ich, horchte ich in mich hinein, so wie ich meinen Sätzen, hörte ich sie ab, die Wahrheit anzuhören glaubte, daß ein kleinwüchsiger Mensch sie schreibt. Und so ist mir nur zu logisch, daß so wer gar nicht unberechnet und doch plötzlich hoch springt, alles weg haut, was ihn irgendwie behindert, und die ganze Geschichte derart rekapituliert, daß er sie nochmal ganz neu praktisch neu anpackt, Gedankenstrich. Als ich wieder aufwachte, schaute ich entgeistert auf die Uhr und sagte, sauber, gerechnet war es exakt zwei Uhr einundfünfzig, aber in mir schaute es eher sehr uralt wie im alten wirren Mann im Turm am Wannsee aus, nach Shoazeit. Jedem Zügerattern hört man seither an, daß es eine Entdeckung jüngster Zeit ist, daß wirklich jeder Mensch ein echter Mensch ist, den man nicht im Viehtransporter zu der Rampe schaffen darf, wo noch heute aus Gesichtern damals Nichtvernichteter durch die in ganz normalen Worten mit dem Fernseher erzählten wirklichen geschehenen Geschichten nichts als Todesschreie gellen. Ich starrte auf den leer geräumten Tisch vor mir, nichts und Stille, Kälte. Wer sich jetzt drunten am Lagerfeuer auf den Boden legt als ein Granit, träumt Sonne, sommerliches freundschaftliches Reden im Café, wo mit der Zeitung feierlich die Götterwelt gedruckter Schrift erscheint als der im Schlaf also erstmals von mir betretene Bezirk des reinen Glücks. So ging der schönste Mittag hin, und schlüsselgelbe Blumen sprangen durchs

Gespräch im Spiegel um zu Lenins kommunistisch fortschrittlicher Praxis, leuchtend, leicht. Draußen hackte eine Sinnestäuschung mit vogeligem spitzem Schnabel in die helle ferne Gangesleiche, stumme Bilder, denen mein Radio Nachtmusik zuspielte. Streit kam nur auf, weil ich redete, jedoch etwas verschwieg, leider unvermeidlich, wodurch Reden, dem wortintern der Redelogik zugehörig Verschweigen zugeordnet ist, die Folter ist. Insbesondere für Nichtverwachsene ist das anfangs quälend, bis die so gesetzten Impressionen und Läsionen, materialspezifisch unterschiedlicher Natur, sich an sich gewöhnt haben. Schon kommt bald der Tod herbei. Den gewalttätig in einen fremden Menschen rein zu schießen, oder auch nur in einen selbst, kann keine noch so revolutionäre Logik theoretisch postulieren, siehe oben, Krieg und alles. Hier irrt die Theorie der raf, obwohl die Praxis, wie man heute sieht, nicht falsch gewesen ist. Durch diesen Irrsinn, den nur die Geschichte selbst, die ihn verantwortet, erträgt, entsteht vielleicht Tablettensucht nach Barbitursäure und Codein in den konkreten Tätermenschen, die eine Zeitlang ausführendes Organ dieser Geschichte in der Wirklichkeit sein mußten und augenblicklich schlaflos in den Zellen Stammheims liegen, noch nicht tot. Herr Stein war nachtdienstlich in Sachen Schlafmittel gemeinsam mit noch einem Wächter erst bei Raspe, dann bei Baader. Herr Schumann steht schon tot im Schrank, nicht tot Schleier, Rudolf Dutschke ist wie Holger Meins gestorben. Rosa Zahnbürsten mit Neskaffee bei Müdigkeit am Waschbekken zu putzen, läßt Schlingen, Meere, Tavorbäder sich so schwindlig ineinander schlingeln, bis barsch der Condor Pasa Pasing singt. So landete ich immer wieder, wie ich es auch drehte und wendete, in München im Theater bei meinem Theoriegezwängel, das ich Altersirrsinn nenne, seit ich weiß, daß mir das früher wohltätig praktisch fremd gewesen ist. Aber wen man einmal kennenlernt, den kann man lebenslang nie wieder nicht gekannt haben. Könnten sich deshalb einige Idioten draußen in der Welt freundlicherweise von mir bißchen fern halten, damit ich mich nicht auch noch von diesen einigen mein restliches Leben dauernd abwenden muß, ohne sie je wieder ganz los zu werden. Ich schaute aus dem aufgemachten Fenster raus. Wenigstens die Kirchturmsteine standen unbeleuchtet in der stillen Nacht herum, während kühle frische Luft ins Zimmer drang. Erging das Urteil in der Revision, daß im französischen Theater ein Erkenntnismittel vorliegt, das die Erzählung zwingt, erzählerlos sich einfach selber zu erzählen, fühlte ich mich von der Fuge, die sich da auftat, sehr heftig angezogen, ohne allerdings total in sie hinein zu stürzen, machte ich das Radio wieder an statt dessen oder aus, beziehungsweise je nachdem. Beziehungswahnkranke Gedanken können im Normalen durch die Müdigkeit entstehen oder durch toten Schlaf im vierundvierzig Tage kranken Bett. Immer wieder rettend taucht da immer wieder jedes Jahr ein Sommer auf, besonders stark natürlich auch der heurige. Wein trinken nachts am Felswandfeuer kann Tränen auslösen, beziehungsweise großes Glück. Sogar Reisen sind in solchem Zustand zu ertragen, oder dieser Sonntag im August, der entsprechend lustig durch die Zeitung locker und vergnüglich mit den alten Kühen und gescheiten Köpfen praktisch soziologisch losging, sich bücherprügelkritisch noch ganz heiter fortsetzte, um dann doch natürlich katastrophal, aber halt, so weit sind wir noch nicht, weil vorerst Wolken auf der Wiese liegen, um im Radio, Gedankenstrich, gödong, den Deutschlandfunk zu hören, Schanauf. Je schneller es geht, um so wohler fühle ich mich, weil man um so weniger ans atmen müssen denken muß, je keuchender man atmen muß. Was der hirninterne Strom in wirklichkeit natürlich noch viel reißender durchjagt, als daß je irgendeines dieser krüppeligen Wortgestelle, die dem gleich wie schnell doch immer spastisch nachstellen, das mal gescheit zu fassen kriegen könnte, ist bestenfalls zu ahnen aus den Brocken, durch die der Krüppel laufend stolpernd vom einen über einen nächsten auf den nächsten fallend eben nicht endgültig fällt, sondern rastlos von den fortreißend dahinstürzenden uneinholbaren Geröllemassen automatisch mitgerissen, dem allen einfach folglich weiter, logisch außer Atem, hinterher jagt, und so fort. Und bekanntlich fließen auf der Welt gleichzeitig sehr viele Ströme, nicht nur einer. So kam es, daß man sich eher sehnte, nur noch Meer zu sein, wie der stille Ozean, selbst nicht mehr als eine Träne Wasser im ordentlichen Maßstab einer Allsphäre im unendlich vielsphärischen Kosmos des ganz schaumgleich schäumend konstruierten Alls. Kummer kommt von da her in die Menschen rein, der nicht einmal durch Trinken geistiger Getränke aus mit Bier gefüllten Humpen richtig weg zu kriegen ist, höchstens hebt der Kopf bei Komma soundsovielen Promillen sich ein elend kleines wenig aus dem Dreck der Erde, wo er liegt und atmen muß, solang er lebt. Trotzdem ist Alkoholsucht, ich heiße Rainald, ich bin Alkoholiker, ein Unsinn, vielmehr heißt die Parole wie im freien draußen bei den Wetterwechseln, unvorhersehbare Zeiten lang in Biergewittern nur noch und Delirien, dann plötzlich Monate des klarsten ungetrübten Lichts und überschrieben täglich neu mit gleicher schöner Inschrift, die zur Lebensnorm die Nüchternheit erklärt. Denn Suizid ist Trottelei. Jedes kranke Uhrtier, das einen verwirrt, ist da noch besser, als der Sog von fremden Schlünden, wo es doch Menschen gibt, die einem echte Augen im Gesicht zur Anschau auf geschlossen zeigen. Doch kaum glaubt man sich frei von bösartigen Grübeleien, zeigt der Adler meiner armen gelben Schreibmaschine vorgewittrig drohend seine Abgrundbilder, in die man schließlich doch auch selbst, nach einem kurzen Intermezzo fliegend fremde Orte eilig streifender Reisen, die auch durch schöne Bücher führen können, keineswegs plötzlich gräßlich rein stürzt, trotzdem wehrlos. Wer sich nicht ordnet, weil er lustig einen Sonntag lang daher redet, spinnt, und wird in seine alte Zwangsjacke gesteckt in einer Gummizelle, reserviert für Tobsucht, absolut schalldicht verwahrt. Höllische Stunden kamen schlaflos mit ihren Fratzen daher, bis anderntags durch wohltuende Sprachmühsal der Verdacht, daß alles anders werden muß, vermutlich zur Entscheidung führte, endlich die Sommerwildnis zu verlassen. Im Handumdrehen war der Schatz der Zeitbombe im Erddepot vergraben und vermessen, und unbelastet von Archivwahrheiten konnte man sich endlich wieder im Auto richtig gehen lassen richtung Meer. Indes, kaum fühlt man sich ein bißchen wohl, steht einem schon wieder eine Theorie im Weg entgegen, lästig, gleich wie schön der Kreis ist, den sie normalerweise schließt. Dadurch war es schon Abend, als wir in New York am Meer saßen, und mit den letzten sieben Jahren praktisch die hier behandelte Jetztzeit rekapitulierten. So ist man einen ganz schön weiten Weg durch ganz schön viele Worte durch daher gekommen, bis man wortlogischerweise vor der Wahrheit namens Staatsverherrlichung sich nicht mehr stumm abwendet, sondern wiederholt, was offensichtlich ist. Das Spiel war aus, das Flutlicht wurde abgeschaltet, im Fernseher sagte in einer Wohnwabe die Stimme des Erzählers dieser jetzt zuende gehenden Begegnung im Licht des immer noch grün leuchtend grünen Rasens, ich glaube, dieses Tor war sehenswert, meine Damen und Herren, in letzter Minute. Eine gute Ausgangsbasis für die Deutschen für das Rückspiel, obwohl ich nicht verstehe, warum der Unparteiische, da kommt noch eine Kerze, die Spielzeit ist bereits Minuten überschritten, das Spiel nicht endlich abpfeift. Ein in der Schlußphase vielleicht etwas konfuses Spiel, mit zugegebenermaßen glücklichem, jedoch nicht unverdientem Ausgang, eine über weite Strecken spannende Begegnung mit vielen Höhepunkten, vorallem in den ersten Minuten nach Beginn, dann die Schlußoffensive vor der Pause, und jetzt natürlich in diesen letzten Minuten, wo die deutsche Mannschaft eben doch druckvoller auf Angriff spielte, die Räume aufmachte, der glückliche Treffer, gut, aber wer fragt morgen nach dem wie, bei diesem Resultat. Eins zu null, meine Herren, und in diesem Augenblick pfeift der Unparteiische, er schaut noch einmal auf die Uhr, nein, ein Freistoß, mir ist das unbegreiflich, über zwei Minuten nach meiner Zeit über die Zeit, aber nein, er pfeift ab, er pfeift ab, das Spiel ist Geschichte, eins zu null, und aus einem Olympiastadion in natürlich bester Stimmung hier, gebe ich einstweilen zurück ins Studio nach Deutschland. Da rülpste die Kanalisation aus dem Abflußrohr unter meinem Waschbecken in meinem Rücken einen Schwall widerwärtigsten Geruchs aus sich heraus, als würde in der Kammer nebenan, wo tagelang nichts, dann einmal bellender würgender Husten zu hören war, eine alte oder inzwischen schon total tote Leiche ihren modernden Odem mittels metallener Rohre direkt in meine Nase rein atmen, und ich stellte das Radio ab oder an. Am Schluß verschläft man noch die drei Uhr Nachrichten, die satellitenlos vom Sender über langwellige Wellen ausgestrahlt unsichtbar in meine Zelle dringen. Vor allem visuell gesteigert zeigt sich die Welt auf künstlich induzierten Reisen, noch viel besser in normalen deutlich starken Augenblicken, wenn man nichtblind einfach schaut. Natürlich kann man auch auf Horror kommen, weil irgendeine Störspannung, größer als der unbekannte Schwellenwert, das ganze System umkippen kann und schlagartig ins Chaos stürzt. Die krumpeligen Resultatstrukturen haben trotzdem, zahlentheoretisch konstruiert, schließlich natürlich Sinn. Ich stand erschöpft am kalten Fenster. Ich war am Ende, aber noch nicht fertig. Von draußen schlug es drei, tiefste Nacht, keine Morgenahnung war zu sehen, nichts. Nie wieder sich richten müssen nach den Nachrichten und Zeiten, hörte ich ins Dunkel taumelnd, ewig schlafen. Der Körper sank aufs alte tote Bett, zog Schlaf auf sich, der Schlaf die Bilder, Bilder Kraft. Die Lider flackerten. Leise, sagten die Wächter, er schläft.

Diktat

»You gotta
fight for your right
to party.«

1987

Systematisch erzählt sich hier die Geschichte des Jahres neunzehnhundert siebenundsiebzig. Heute ist Sonnabend, der erste erste, Neujahr. Ganz Deutschland lag heute unter einer festen Schneedecke, hieß es mittags im Berliner Radio nach den Nachrichten in den Verkehrshinweisen. Fahren Sie bitte besonders vorsichtig. Kein Problem, der Wannsee ist eh zugefroren, der Turm besetzt, weil in ihm der alte Schreiber hockt, möglicherweise überreizt. Die Augen sind nämlich jetzt grün in rot gefaßt, als würde da eher ein nackter Schädel sitzen, von dem Strahlen ausgehen, weißgelbweißlich winterbleich. Scheinbar stimmt die Grammatik extrem langer Sätze, in dem Hocker im Moment ganz besonders trickreich konstruiert, was den Schädel zur Verzweiflung bringt. Je besser die Grammatik stimmt, umso weniger stimmt wirklich von der Mitte her die Wahrheit von den Sachen, ganz zu schweigen von der Melodie. Außerdem würde sich der Schädel, solange um ihn herum noch ein Fleisch ist, das lebt, bezogen mit der alten Haut, die allseits an das außer ihr der kalten Luft hin stößt, innen lieber ein Gehirn wünschen, das als Hirn Gedanken denken könnte, um den Verdacht zu prüfen, daß es draußen außer Sachen auch noch echte Menschen gibt, mit denen man vielleicht sogar Kontakt aufnehmen kann. Nur fragt sich, wie. Die Stille ist nämlich sehr vorherrschend in diesem Turm seit Monaten. Vielleicht hat das den Schädel so entrindet, daß er sich schon fast am Hals ganz abgehackt vorkommt, oder eingenickt von hinten aufgehängt. Bäume, die im Wasser als schon tote Stämme liegen, frieren, wenn das Wasser friert, mit fest. Wann Wind ein Tauwetter her weht, ist nicht bekannt. Das Radio lügt nämlich. Dann hört wer was im Radio und bringt sich um, was dann, wer übernimmt dann das Gewehr. Das geht nicht, daß immer keiner schuld war, und ein eines Hirn das alles derart übernimmt, daß es es zerreißt. Zerfetzte Hirne können nämlich nicht mehr richtig wörtlich denken, dann hat man den Salat. Wenn Hunger aufkommt, ist normalerweise auch ein Magen da, natürlich oft in Hungerstreik, bei Schlafentzug und Haft vor allem, wenn man friert. Der Turm steht ziemlich exponiert auf einem Berg bei minus soundsoviel Grad in der totalen Kälte, innerlich wie außen. Außen sind um den Turm die noch nicht toten Bäume nackt, und können deshalb nicht mehr, wie die ganzen Monate im letzten Herbst, nach dem Turm und in den Turm rein greifen. So fühlt sich der Turm von innen bißchen klarer an als seinerzeit, als er noch im toten Stillstand dieser Herbstzeit lag. Auch postmortal gibt es Vitalprozesse, von der die Leiche gottseidank nicht mehr betroffen ist, weil sie davon, tot ist tot, natürlich nichts mehr weiß. Ist das Gehirn zum beispiel tot geschossen an die weiße Wand gespritzt, interessiert sich keine Zelle dieses einst mal höchst komplex vernetzten Materials, wie dreckig dieses Bild jetzt ausschaut, das so eine Gehirnzelle jetzt bietet, mit Blutbaatz an die Wand gehaut. Auch wenn die Wand im Turm nicht weiß ist, sondern mit einer braunen Strohtapete überspannt, vielleicht Importware aus Vietnam, weiß das Hirn, bevor die Hand mit einer Waffe im Genick, den Griff praktischerweise himmelwärts gedreht, man kann das Ding bekanntlich auch in seinen Mund rein stecken, durch eine Minimalbewegung gegen diesen Eisenhahn den bleiernen Schuß auslösen, der das Gehirn zerstört und so das Hirn vernichtet, daß der Suizid der allerletzte Schwachsinn ist. Jede Trottelei kann nur gedacht gefaßt werden und so gebannt. Vernünftig kontrolliert bietet das Hirn nämlich den Anblick absoluter Schönheit aller natürlich komplex konstruierten nichttoten und toten materialen Weltpartikel. Nur der Geist geht in die Irre, nur die Seele scheuert sich sehr wund, lauter

Sachen, die es gar nicht gibt in wirklichkeit. Ich beziehe mich hier auf Erinnerungen an vor Jahren von mir selbst im Studium einer zunächst ganz intakten, schließlich vollkommen zerlegten männlichen Leiche angeschaute Bilder und der im Lauf dieser immer berechnender alles wägenden und vermessenden Untersuchung von mir selbst erhobenen Befunde. Das Fleisch existiert, sonst nichts, aber das reicht. So wie in einen ganzen Tag normalerweise mehr rein paßt, als ein ganzes Leben echt ertragen könnte, ist jeder eine Mensch in wirklichkeit exakt genau so groß, wie das gesamte All. Nicht unermeßlich groß also, jedoch bestimmt nicht leicht in seinen Grenzen richtig zu vermessen, müht sich menschlich jedes nichttierische Leben ziemlich schwer belastet durch das alles durch sein Leben. Deshalb nennt sich, was hier praktisch wissenschaftlich vorgeht, aus Dichtegründen des spezifischen Gewichts, automatisch selbst Granit. Zwei Jahre lang mit nichts als Krieg befaßt, was imgrunde gar nichts ist, wenn man bedenkt, daß andere dieses Jahrhunderts die ganzen dreißig Jahre Krieg Jahr für Jahr total mitmachen mußten, dachte sich der Krieger sehnsüchtig zurück ins dunkle Bergwerk jener tiefen Finsternis, in der gescheiterweise der Roman der tief gebückte Hauer ist vor Ort, wo er nicht stumpfe Kohle, nicht glanzvoll Marmor, sondern eben wirklich Stein für Stein Granit erbricht. Aber nicht Kristall stand dem Alten nach Kolik am Ende, gefoltert vom Terror des Lichts der Bühne, aus tröstlichem Schwarz entgegen, sondern nichts. Der nackte Schädel sah nichts außer sich, das rot war rot der trostlos injizierten Skleren, das grün das tobend animalisch wuchernde der natürlich bösen Blätter, Gräser, Pflanzenschlingen. Und dennoch verging doch, so unglaublich das ist, wirklich Schlag für Schlag die Zeit. Täglich war der Schreiber lächerlicher Angestellter dieser

Firma namens Dienst nach Vorschrift, in der er sich zwar bereit zu halten hatte, um plangemäß und ordentlich diszipliniert einfach nur wie immer hin zu schreiben, was er hörte, aber es rührte sich nichts, nichts war zu hören, er hörte buchstäblich nichts. Der Schreiber ist eben ein Schreiber, nicht der Vorsteller, der Ausdenker oder Phantast. So füllten sich die Seiten Wort für Wort, und Wort für Wort stand da endlose male nichts hoch nichts. Nach einem Jahr ergibt jedoch auch diese absolut absurde Praxis, trotz allem konsequenterweise praktiziert, nicht nichts, sondern ein Resultat, in einem für mich revolutionären Umsturz. Im Konsequenzirrtum war ich nochmal gut und gern ein Jahr im hochmodernen Wolkenkratzer des Staat genannten Großkonzerns, der über komplizierte Holdings, Schmiermodelle, Stiftungsaktien, Börsenbanken und so fort bekanntlich der ebenso hochinteressanten Weltfirma Kapital gehört, angestellt im ersten Stock, Parterre war da Passage, herrliche Architektur übrigens, befaßt vor allem mit systemkritikkritischen Gegengegenkonstruktionsarbeiten. So lehrreich das privat für mich natürlich war, das Resultat jedoch, ergab die Revision, rechnete sich dummerweise nicht. Nicht mehr als vierundvierzig Tage, imgrunde keine Zeit, irrte ich danach haltlos pennermäßig überall herum, mehr von einem in den nächsten rein gerissen, als zielstrebig die Wüste zu durchqueren, Durststreik kommt nicht infrage, sagte schon wieder ein nächster nähester Stehausschank, rein damit, Prost Genossen, weiter und so weiter, bis ich urplötzlich mitten unterm gehen auf der rechten Ferse kehrt machte, mich umdrehte nach links, und einfach zurück ging, jetzt pfeilgerade von dem allen weg hierher. Nicht viel mehr als gut drei Stunden waren seit den ersten Nachrichten vergangen, und von der Insel aus, inmitten der mir leider fremden Republik, sah ich, als ich jetzt aus den Papieren aufschaute, dort drüben das arme wundrandschmale Band von Deutschland, unter der weißen frischen Schneedecke geschützt, den Neujahrsfeiertag begehen. Ich indessen saß, wie jedes Jahr um diese Zeit, auch heuer wieder an den Vorarbeiten meiner Bilanz des letzten Jahres. Um mich herum lagen die alten Zeitungsstapel, und die neueste heutige Zeitung trug schon das geradezu sensationell ordentliche Datum, eins eins sieben sieben. Aber nicht nur in meinem Zimmer auf meinem Exemplar von meiner Zeitung, oder gar nur in meinem Hirn, sondern wirklich überall da draußen war dieses Datum heute wirklich für alle gleichzeitig in ganz Europa gültig. Schon hatte der Abend seinen Vorhang über die vier großen Fenster des Turms gezogen, und die Schreibtischlampe machte das schwarze Glas zu weiten Spiegeln, in denen vielfach gebrochen, verdoppelt und mehrfach doppelt verdoppelt, der Kopf zu sehen war, der da im Archiv saß, konzentriert im Studium seiner Akten. Ulrike Meinhof ist tot aufgehängt an einem Strick in ihrer Zelle aufgefunden worden. Selbstmord ist nicht beweisbar, Mord ist möglich. Aber auch wenn der Staat sich noch so billig selbst entlastet und so automatisch sehr verdächtig macht, glaube ich trotz allem an das ganz normale, was natürlich immer Selbstmord ist. Jedes Hirn muß schließlich all das denken, was jeder täglich denken muß. Und wenn man zu den derart alltäglichen Suizidgedanken noch den toten Trakt addiert, das Alter, Jahrgang vierunddreißig, Stammheim und die Vernunft, die Meinhofschriften gut bezeugen, ist es von der Idee Strangwerkzeug zum selbst gedrehten Strick am Zellenfenster exakt ein Schritt, und noch einer vom Hocker runter, in den Tod. Gegenbeweise, die beweisen, daß der Tod nicht durch Genickbruch, sondern durch Erwürgen eingetreten ist, und Wunden, die am Mund, am Rücken und an beiden Beinen vom hinreichend bekannten Staatspathologen Rauschke problemlos weggeschnitten wurden, beweisen trotzdem nur, daß Logik tödlich sein kann, Leben mörderisch, der Suizid ein Unsinn. Daß es auch Fälle gibt, in denen Nichtirre diesen unwiderruflichen Unsinn wirklich zur Tat machen, war mir in jenem Mai sechsundsiebzig von März her bekannt, wo mir fast so viele Lügen über Irre bildlich vorgehalten worden waren, wie in all den parteilich sauber festgelegten Schriften über den Staatsterror der letzten sieben Jahre. Natürlich muß die Linie stimmen, aber die wirkliche Linie, nicht schön blöd eine utopisch ausgedachte, sagte Faust tags darauf zu Clemens und mir, weil zur Feier der Hochzeit einer meiner väterlichseitigen Cousinen im Burgtheater die Premiere war, wo dem Stehplatz für zehn Schilling mehr geboten wurde als ein richtiges Programm, nämlich das Leben. Wie im Kalkwerk, in dem ich beim Skifahren in Achenkirch war, war ich im Studium winters lange Nachmittage kursbedingt der Präparator in der Anstalt an der Pettenkofer Ecke Goethestraße, wo ich noch zwei Jahre früher täglich morgens um acht Uhr die erste Vorlesung, die der Student der Menschenmedizin besucht, besucht hatte, Anatomie eins. Ein Einschnitt natürlich, was sonst, die Leiche hieß Josef, aus naheliegenden Gründen, da ich Maria heiße, und das Gesicht mit dem slawischen Goldzahn am einser links oben vergißt man nicht. Erst hat es einen erschreckt, dann gleichmütig aus halb offenen Augen die Arbeit der akribischen Zerlegung des dran gehängten Körpers ignoriert, sich dann selbst die Haut abziehen, die Gesichtsmuskeln zerfetzen und die Augen raus reißen lassen, und so klaglos, wenn auch brutal stinkend, unvergeßlich mir seine Lektion erteilt. Ausgerechnet das Hirntestat habe ich im ersten Anlauf nicht bestanden. Zum Sondertermin angetreten, verloren sich im sonst von Studenten wimmelnden Präparationssaal, ein Kleeblatt von Raum, voll gerammelt mit den Hüfttorsoskulpturen der überhochbeinigen Liegen, auf denen sich die Plastikplanenleichen wölbten, paar armselige lebende Studenten und ein sehr zartgliedriger, junger, schmal hoch gewachsener Professor, der seinen wohlklingenden adeligen Namen nannte und mit freundlicher Strenge das Nachtestat Hirn abnahm. Seine helle Stimme sagte, Sie haben das Testat bestanden, ach, sagte ich, ja, dann kann ich also gehen, bitte sehr. Schon stürmte ich die Treppe runter, warf eine Freiheitsstatuenhand am hohen Arm dankbar richtung Adel und Gelehrsamkeit, und mußte draußen auf der Straße, als mir eine Brathuhnleiche ins Gesicht flog, erschreckt feststellen, daß ich meinen dicken schwarzen Pulli vergessen hatte auszuziehen, und der war nach einer Stunde wandelnde Anatomie. Eine Ecke weiter war die böse Irrenanstalt, dreihundertdreiunddreißig Blatt im Buch des dreiunddreißig Jahre alten Lebens, aber am Kreuz der Straßen grüßte von der Ecke gegenüber die altvertraute medizinische Lesehalle einladend daher. In der brüllheiß überheizten Lesehallenluft habe ich schon mit vielen fremden Menschen in weiten lichten wortelosen Räumen an mächtigen Tischen beisammen gesessen und in dieser überheißen Stille die wohligsten Studienstunden meines Studiums verbracht, jahrelang, am liebsten im Januar. An den Wänden die Bücher des Wissens, endlose Meter im Quadrat, Atlanten, Abrisse, Indices und Handbücher, und man selber saß am angestammten Platz, lernte oder schrieb was ab, und nach paar Stunden legte man die Schläfe auf den ausgestreckten Arm, oder die Stirn auf einen Rücken einer Hand, und schlief. Der schläft ja, hörte man jemanden flüstern, und dachte, genau, wo ich auch gehe, stehe oder bin, wenn ich schlafen will, haue ich mich hin und schlafe auf der Stelle ein. Auf dem Leintuch einer grauen Leinwand schwebte mir wieder das Schweißtuchantlitz des nackten absoluten Schädels entgegen, der im Gegensatz zur fest stabilen Ruhe des freundlich schwarzäugigen doppelten Kantschädels, drohend aus dem nichts seiner Zeit getreten im nichts stand, nichts im Blick. Heidegger, auch Jahrgang neunundachtzig, ist letztes Jahr gestorben, zwei Tage nach meinem zweiundzwanzigsten Geburtstag, am Tod des Jenseits der Moral. Mao ist am neunten neunten gestorben. Zwischen uns und dem Feind einen klaren Trennungsstrich ziehen, heißt im Konzept Stadtguerilla in der ersten Schrift der raf nach einem ersten Jahr der Praxis das erste Maomotto. Der Glanz eines richtigen Anfangs kann erblinden, aber ganz verschwindet er nie. Längst war es Nacht im Turm, und die Papiere am Boden, bei denen ich saß, waren eher zu Gebirgen hoch gewachsen, anstatt, ordentlich in Listen und Rubriken rein verstaut, tot da zu liegen. Vor allem die Akte Feuilleton plapperte so lustig daher, daß ich ewig in ihr lesen könnte. Jeder Artikel, auch der debilste, war vollgestopft mit Informationen, die man in der Schule einfach nicht beigebracht gekriegt hat, warum, war unbekannt. Nur wenn man sich irgendwo ein bißchen besser auskannte, war der Spaß nicht mehr so groß, weil manchmal Zorn dazwischen kam. Aber man konnte ja sofort zum nächsten Thema taumeln, auf einer nächsten Seite paar tausend Kilometer weiter durch ein Staatsmuseum gehen, weil der Film um die Ecke einem, war man gerade ernst gestimmt, vielleicht zu läppisch war, und umgekehrt. Die Zeitung brachte so die Wunde der Gleichzeitigkeit, die ein eines hier und brutal weg gerissen davon gleichzeitig ein anderes woanders irgendwo geschehen ließ, heilsam und gütig wieder in Ordnung, täglich neu. Gleichzeitig unterdessen, aber fern von hier, sagte auf jeder Seite immer wieder wiederholt die Zeitung, ist das und das passiert, doch fern von dort zur gleichen Zeit das diese, das die Nachricht hier berichtet, und fern von allen diesen Fernen übrigens zur gleichen Stunde das und das, das war der Trost der Melodie auf jeder Seite jeder Zeitung. In ihr wurde der Leser selbst, bei sich, während echte Stunden irgendwo hin fort flogen, wohl nickend eingenickt, zum Dornenbusch, der brennend den Befehl im Feuer hörte, von allem Rechenschaft zu geben in der Zeit.

Am nächsten Morgen, Wochen waren vergangen, in denen die alte Brühe des Scheiterns dumpf über alles weg gewaschen hatte, trottete ich blind vom Hauptbahnhof in richtung Klinikviertel durch die armselige eng gedrückte Schillerstraße hin. Die elenden Schuhspitzen schleiften wie nicht zu mir, sondern in die Kinderzeit gehörige überdrüssige Lappen hinter mir her, und der offene Mund hing mit der schweren dicken Zunge des Debilen in den selber schwachsinnigen Gehwegboden rein und schleppte da tiefe Töne der Unlust dahin. Plötzlich haute der Zorn einen Fuß in den nächstbesten Randstein rein und die Faust wie immer an den Kopf. Daß alles falsch war, wußte ich auch so, das braucht mir keine Wut mehr zornig ins Gesicht zu hauen mit der harten Faust. Lieber soll mal wer die Krankheit abschaffen, die sich im Genick versteckt und von dort den Geist betrüblich tief umnachtet, wenn sie will. Dann friert die ganze Welt, das stört. Trotzdem braucht man nicht zu klagen, weil andere andere geistige Krankheiten haben, viel schlimmere zum Teil, es gibt auch echte Blinde, oder Leute mit tierischem Paarzwang, Verschlampte, die faul sind und stinken, Totalversager in der zweiten Analyse, alles, die Hälfte hat von Geburt an das falsche Geschlecht, nicht zu vergessen krankhaft Glückliche, Stumpfe, die toten Götter lassen sich nicht lumpen und schmeißen in jeden ein vollkommen neues einzigartiges Schicksal hinein, nur eines wird allen gleich zugemessen, Unglück und Glück. Da winkte ein nacktes Knie von einem komischen Mann aus einem der Schillersexshops raus, und ich sah im vorbei gehen kaum eine tiefe rote Höhle voll Musik, an die hingehängt das Bein den Takt des Stampfebeats nach draußen kickte, und als ich mich, schon vorbei, doch noch einmal umdrehte, lachte mir Fräulein Bolan mit dunklen Locken und blitzlichtstarrem Mund, zum Witz hysterisch aufgeworfene Lippen, einladend unobszön aufmunternd zu, und ich zuckte erschreckt das Gesicht wieder nach vorn und ging weiter. Dann aber mußte ich mich doch noch einmal umdrehen, aber der fleischliche Fremde war jetzt verschwunden. Über der Türe schrieb die natürlich rote Lichtstafette im Aufleuchten und gleich Erlöschen immer wieder Barbar doppelt kreisend an die Wand. Laschfarben ging das Haus paar Stockwerk hoch, und oben war dahinter ein genauso matter neongrauer Morgen. Ich trödelte weiter, und erst im Nachbild sah ich am Boden die wieder rote Zunge des alten Teppichs, der unten am Boden aus der Höhle stummelig und abgetreten raus geleckt hatte. Auf die Minute pünktlich betrat der Energiestumpen Professor Heberer den chirurgischen Hörsaal und sprang, wie er das zu tun pflegte, mit einem Satz auf die erste Bank, um mit hoch gerissenen Armen, auf auf, meine Herrschaften, auf auf rufend, die Vorlesung gescheit zu eröffnen. Tolle Hunde wilder Triebe saßen zu dieser Stunde wohl übernächtigt in der Barbar, ich nicht, weil jeder leider da sitzt, wo er herkommt und hin gefesselt ist. Gegen die wachsende Blödheit im Hirn muß man sich als Bürgerling denkend behaupten, dagegen kann man nichts tun, der Zutritt zum Leben, direkt paradiesisch proletarisch lockend, bleibt doch verriegelt. Nur die Sehnsucht dorthin, von wo die, die dort sind, weißderteufel warum, fliehen, kann man als Dorn in sich zum denken nutzen, gegen sich Partei zu nehmen, denkend, etwas anderes ist nicht zu tun. Baader ist natürlich eine faszinierende Abscheulichkeit, als herrschsüchtiger Angeber und Schwinger harter Schlägerworte, mir nur zu gut verständlich, wie vielen kunstsinnigen Nichtproleten, schönheitssüchtig, denen Baaders Fleisch als Twen in München und Berlin den Kopf verdrehte. Aber um eine Moral der Erniedrigten und Beleidigten in so einem vorbildlich verkörpert zu sehen, dazu muß man, den Germanistikbrei im leeren Nichtkopf, rigid frigide Gudrun heißen. Trotzdem geht auch diesen Weg korrekterweise jeder, der nicht mit einem Loch, wo Menschen Herzen haben, sondern als normaler auf die Welt geboren wird, und so hatte auch ich den Schröderirrweg richtung Untergrund gern angetreten, noch so eine Märzgeschichte, bis sich im Zusammenbruch der Mammutkrise wirklich rausstellt, daß ich da, wo ich nicht herkomme, nicht hin kommen kann. Rettend ist im Zweifelsfall oft natürlich schnell die Zeitkontrolle, die einen richtig orientiert. Was, sagt da die Uhr, neunzehn Uhr siebenundachtzig, eben war es doch noch einundachtzig, oder sogar achtzig, vor nicht mehr als siebenhundert Jahren, ein Katzensprung, denkt man, und in wirklichkeit war jeder Bruchteil jeder einzelnen Sekunde eine Ewigkeit. Der noch nicht Tote, den da die Vorlesung fulminant sensationssicher zum letzten Patienten ausrief, hing schlaff aus dicken Wolldecken sehr hager schräg im Rollstuhl. Ich wachte aus meinem flachschläfrigen Vorlesungsschlaf auf und hörte dem jungen Mann zu, der mit papierernem Gesicht und brüchiger Stimme extra munter seine Geschichte erzählte. Die Sache wäre folgendermaßen die gewesen, vor paar Jahren wäre ihm so matt gewesen plötzlich, beim Fußballspielen beispielsweise, oder im Amt, wo er schon am Schreibtisch eingeschlafen wäre, daß alle nur noch dahergespottet hätten, was er für ein wildes Leben führen würde nach dem Dienst. In wirklichkeit habe er das normalste Leben geführt damals, was man heute, er nickte sich selbst grinsend zu, ja wohl nicht mehr sagen könne. Kurzum, der Krebs war nun mal da, was macht man jetzt damit, hätte sich praktisch die Frage gestellt. Erdauflegungen, Empfehlung eines Freundes, hätte er gemacht, alles ausprobiert, jedes Kontrafakt und Artepakt, jedenfalles, schließlich und aus Gründen, die im einzelnen jetzt nichts zur Sache tun, weshalb er diese Jahre übergeht, hätte ihn dann, praktisch die Rettung, Professor Hacketal hierher in die Nußbaumstraße zu Herrn Professor Heberer geschickt, wo er sich imgrunde prima fühlen würde, gute Betreuung, Pfleger und so. Seit letzten Februar wäre er also ein Jahr im Endstadium, käme immer wieder gerne, wie gesagt, hierher in die Vorlesung zum Herrn Professor, der ja auch, wie er auch, ein zaacher Deifi wäre, der ihm sauber taugen würde, zu den dappigen Studenten, die auch nicht alle dappig wären, und in diesem Sinne, servus pfiatseich machtses gut. Während die Studenten auf die Bänke trommelnd applaudierten, wackelte übergroß der zu knöcherne Kopf aus dem Rollstuhl raus, was ohne Rede allerdings nicht mehr so lässig, sondern eher monstermäßig rüberkam. Die Medizin macht keine Prognosen, sagte Heberer, als der letzte Patient draußen war, der Verlauf verläuft anders, als die Erwartung erwartet. Dieser Mann ist seit zwei Jahren tot, lebt aber, wie man sieht, damit gar nicht schlecht. Je eher man das begreift, Herrschaften, desto früher ist man der bessere Arzt. Guten Tag und schöne Ferien. Draußen haute es den großflockigen Schnee vom Himmel. Im gehen las ich, vom fernen Boden automatisch orientiert und schrittweise gehalten, in einem Buch voller Gedichte zwei antike Strophen über Alkibiades. Das Papier strahlte hell. Eine Flocke setzte sich auf eine freie Stelle neben das Wort Äther hin und taute da zum Tropfen, den ich vom Papier weg schnippte, munterer Dinge.

Schlag acht Uhr saß ich vom nächsten Tag an täglich im Institut an meiner Arbeit, wie geheilt von allem, sehnsuchtslos. Ohne mich um den Terror der Launen des Wetters zu kümmern, ging ich nur noch der ebenso logischen wie absurden Beschäftigung mit meinem Zettelkasten nach. Ich wußte nicht, wie man eine Doktorarbeit schreibt, und schaute deshalb einfach, wie es alle anderen machten. Mit einem Zettelkasten, interessant, aber warum, war die Frage, die schon der Zettelkasten selber beantwortete. Also um Überblick zu kriegen und sich zugleich an Einzelheiten ganz verlieren zu können, fing man an, die aus Büchern und Zeitschriften abgeschriebenen Exzerpte sachlichen Stichworten zuzuordnen, die man alphabetisch ordnen konnte, wie die Personen, um die es ging, oder die Forscher, die das geschrieben hatten, was man abgeschrieben hatte. Da gab es viel zu tun. Der sprunghafte ungeduldige Mensch sitzt also mitten drin im denkbar lächerlichsten Unsinn, massenhaft schon geschriebene Texte auszugsweise auf Karten abzuschreiben, noch dazu den althistorischen Wissenschaftsschwachsinn, den ich doch gerade endlich hinter mich bringen wollte, und zwar expreß. Aber der Wille zum Expreß ist gar nichts, wenn in wirklichkeit die Praxis seit dem letzten Herbst an vielen Nachmittagen und seit Beginn der Ferien jeden Tag den ganzen Tag endlose Stunden lang vom Tempo nicht einmal des Schneckentempos, sondern Echsenstarre ist. Irgendwann hatte sich der Protest dagegen wohl müde gebrüllt gehabt und gelegt, und die Ruhe selbst saß seither am Institutsschreibtisch als fröhlicher Knecht des Zettelkastens, der verfügte, was als nächstes abzuschreiben war. Ich hätte auch gerne was gescheites studiert gehabt, Philosophie, Soziologie, wenigstens Kunst, wie die anderen alle, aber wenn Konrad mit seinem Nebenfach Deutsch ankam, wo es nichteinmal einen Gegenstand gab, dann war ich doch wieder ganz zufrieden mit dem Materialirrsinn meines abseitig altertümlichen Fachs. So steckte ich auf meine Art genauso tief in der Finsternis des neunzehnten Jahrhunderts drin, wie die Freunde, die im vergangenen Semester mit der Marx Lektüre angefangen hatten, komischerweise in einer Gruppe. Marianische Kongregation, Zeltlager, Gruppenführer, all das hatte mich mit zehn und elf schon so terrorisiert, daß ich vor lauter Liebe zu stottern anfing, wie mein Gruppenführer, und seither automatisch Abwehr war gegen Termin, Kader, Konspiration und organisierte Agitation. Kaiser Karl, der schöne Held, stotterte zwar nicht, aber das fränkische Idiom und die lockeren Sprachmanierismen hörte ich mich selber schon wiederholen, wenn ich nur einem einstündigen Revolutionsvortrag dieses letzten lebenden deutschen Marxisten zugehört hatte. So war es nur normal, daß auch die etwas besser imprägnierten Freunde bald die Melodie der Heldschen Sprache in ihrer Rede führten, vor allem wenn sie gerade neu gelernte Argumente präsentierten. Schon damals hat Konrad, wenn ich ihn abends nach der Arbeit im Institut in seiner kleinen Schlauchwohnung direkt hinterm Hauptgebäude der Universität besuchte, moniert, daß ich mich immer nur für das äußerliche an den Leuten interessieren würde, anstatt endlich mal die reine harte Sache der Theorie zu prüfen, das hieße die wirklich studieren, nicht die zufälligen Leute. Ernst gemeint gelobte ich Besserung, und doch fand ich mich dann immer wieder von einzelnen Gesichtern in Bewegung mehr angezogen, von Gesten fleischlich lebender Gestalten, Händen, Armen, Klängen echter Reden, egal was ich mir theoretisch vorgenommen hatte. Konrad ließ einen solchen Fatalismus, der sich einfach abfindet mit sich, wie man nun mal ist, in Dingen des Denkens nicht gelten, was mir gleich noch einleuchtender schien. Und nur lebenspraktisch betrachtet, nicht theoretisch, waren Konrads Hungerkuren, jeden zweiten Tag ging eine neue dreiwöchige Nulldiät heute abend endlich los, immer noch das letzte Mars im Mund, ein kleiner netter Widerspruch, nur ein Idealichnichtproblem der Stellgröße des Idealgewichts, das Konrad, längst unterwegs zur respektablen Tonne, theoretisch königlich amüsiert betrachtete. Irgendwie ging scheinbar fast alles bei wohl jedem seinen ganz automatischen sozialistischen Gang, ganz egal, was man sich selbst als solch ein einer jeder bei sich dazu dachte. Auch in meiner Arbeit, deren Thema ich mir nicht einmal selbst ausgesucht hatte, war ich wieder mit einzelnen Leuten befaßt, nicht mit einer Theorie, sondern mit Karrieren höchster Spitzenfunktionäre, Beamter und Soldaten, die im römischen Staat zur Zeit der Herrschaft des Kaisers Domitian in heraus gehobener Stellung Dienst getan hatten. Der Betrug, auf den ich die Arbeit hin zu organisieren hatte, ging genau da los, wo ich aus all diesen einzeln zum Teil sehr gut rekonstruierbaren Viten allgemeine Schlußfolgerungen ziehen sollte über den Kaiser, seine Persönlichkeit und den Stil seiner Herrschaft. Ohne zu wissen, was meine Forschungen ergeben würden, wußte ich, was sie zu ergeben hatten, aufgrund der allgemeinen Forschungslage der mit den Flaviern befaßten Forschung, Erbstück aus dem neunzehnten Jahrhundert, wie praktisch das ganze Fach. Aber was kümmerten mich vorerst solche Fragen wissenschaftskritischer metatheoretischer Natur, wo mein Zettelkasten eine Person nach der anderen anspülte, quellenlogisch automatisch, Textstelle um Textstelle, eine Inschrift nach der nächsten Inschrift, Stein für Stein. Die Folianten des Körpers aller Inschriften der lateinischen Sprache waren gigantischer organisierter Irrsinn, in den hinein gebückt man phantastisch von sich weg schrumpfte, Buchstaben zu fremd verhunzten Zeichen wurden, abzuzeichnen, bruchstückweise, und dabei atmete man zug um zug die Schlafvergiftung ein, die die toten Leben ungezählter Forscher dort hinein gespeichert hatten. Was waren da Monate oder Jahre, weniger als nichts, und zeitvergessen wie im schönsten Dämmer tat sich ohne zutun irgendeines ichs die Arbeit ganz von selbst. Zur Sicherheit, daß man nicht nicht da gewesen war, wurden abends die Stunden am Schreibtisch einer ordentlichen runden Uhr über der Türe abgelesen und in der Liste auf der Zeitkarte verzeichnet, zu stetig wachsenden Kolonnen. An guten Tagen stand hinter dem Datum eins null für zehn oder eins zwei für zwölf, und die Betrachtung dieser Ziffern, in die sich mein Leben so automatisch verwandelt hatte, erfüllte mich mit vollkommener Zufriedenheit, obwohl in der Arbeit selbst nicht der mindeste Fortschritt zu erkennen war. Am Schreibtisch gegenüber saß bärtig und gemütlich ein niederbayrischer Maurer, ab nachmittags um vier die Bierflasche zur Hand, immer guten Muts, und erst seit knapp drei Jahren mit seiner Magisterarbeit über Sklaven, im Licht eines numismatischen Spezialproblems betrachtet, befaßt. Manchmal haben wir angestoßen, er mit Bier, ich mit Kaffee, Flasch Bier, Tass Kaff, olé. Anfang der Woche hat er immer gern vom Fußball erzählt, und wenn die inzwischen am Magenkrebs verstorbene Institutssekretärin unser von der Bibliothek eigentlich gut abgelegenes Zimmer betrat, um uns mit irgendeiner überflüssigen Arbeit zu behelligen, wozu sie das ausgiebig mißbrauchte Recht hatte, ließ er begeistert seine Münzen und Sklaven stehen und tat, was aufderstelle getan werden mußte, abstauben, Karteileichen, kuvertieren, was eben gerade anfiel. Morgens kam er später als ich, aber wenn ich abends zwischen sieben und acht zusammenpackte, ging es bei ihm, auch brennstoffbedingt, gerade erst so richtig locker los. Soundsoviele Seiten würden heute wieder da stehen am Schluß, aber erste Sahne, Wissenschaftsprosa, ob ich wissen würde was er meint. Neulich habe er Professor Schlamper kennengelernt, auch ein Mensch erstaunlicherweise, dumm wie die Nacht, aber nett, man glaubt es kaum. Das fachliche hier, er deutete auf seine sogenannten Bücher, sei nun mal nicht alles, er selber publiziere kreuz und quer inzwischen, ein Gedanke sieben Seiten, Kunst des Essays, verdünnt durch zwei gibt fünfzehn mal zwei, fertig ist die Stunde Rundfunk. Das nudele er dann über mehrere Sender, die Redakteure wären dankbar, Briefe kommen, Anrufe, Einladungen, alles. Er wäre früher gräßlich elitär gewesen, aber jetzt fahre er gerade nicht mehr nicht, sondere fahre hin zu den Kongressen, Podium, dem müsse man sich auch mal aussetzen. Eisern wäre er in Diskussionen, wenn er dann schweige, er als er, mein lieber Scholli, dann sei dicke Luft. Man müsse sich die mal anschauen, die sich da großartig verweigern, die würden ja bloß darauf warten, daß sie sich wo verweigern dürfen, fiebern würden die, nicht er, er wäre der Star, intern natürlich, äußerlich Pokerface, aber höflich, zugänglich, mehr noch, seit dem ersten Hirnschlag, dachte ich ungeduldig, was redet der dann da dauernd auf mich ein, mein armer Mitstudent, der mich da vollspeit mit seinen Berufserfahrungen. Fürchterlich, wie das riecht, so Erfahrungen, die ältere Menschen jüngeren in das Gesicht spucken im Schwall. Gerade deshalb läßt man sich das alles nur zu gut gesagt sein, vergißt kein Wort und macht sich einen Reim daraus, sagte ich, den Redeschwall meines Gegenüber vielleicht ein wenig unfreundlich unterbrechend, ich packe es jetzt also, und war endlich draußen in der wunderbaren Stille. Die Treppe nahm ich in schnellen Sätzen von jeweils vier, fünf Stufen und kriegte dabei so ein Tempo drauf, daß es mich im laufen und springen weit nach links in die Kurve legte, bis ich schließlich am Pendel eines ziemlich länglichen Seils, das oben hoch oben in der Kuppel über dem steinernen Treppenhaus und unten bei mir im Genick befestigt war, baumelnd in Spiralen vier Stockwerk tief nach unten kreiselte, sehr wunderbar. Erst in den Semesterferien wird der Bau der Universität zum wirklich lieben freundschaftlich vertrauten Gemäuer, wie das ganze Mietshaus, in dem man die letzte Dachkammer bewohnt, einem gehört, weil man darin wohnt. Während also die Medizin gar nicht in der wirklichen Universität, sondern hinterm Rotlichtdistrikt hinterm Hauptbahnhof unterrichtet wurde, war wenigstens die alte Geschichte im Hauptgebäude bei den Springbrunnen beim Siegestor, ganz hinten oben, wo in der Irrenanstalt des Professor Hippius Elektroschocks vergeben wurden, bestens untergebracht. Da war ich zuhause, wo von den Göttern der Arbeit beschützt die Arbeit war. Sie sind unbestechlich, schließen keine Pakte, kaufen nichts, auch keine Seelen, denn sie sind selber nichts, seit hundert Jahren tote Diktatoren, grausam willkürlich, unwahrscheinlich zufällig, ist die Arbeit also nicht da, oder schutzgewährend da. In den Semesterferien des vergangenen Frühjahrs war ich gut einen Kilometer nördlich vom Hauptgebäude in der ebenerdigen Institutsbibliothek des gläsernen schon gar nicht mehr so neuen Neubaus der neuen Geschichte mitten im uralten zur Sache Schätzchen Schwabing mit drei Seminararbeiten hintereinander beschäftigt. Das Wissen war eine uneinnehmbare Festung, aber nach drei

Wochen, wenn die Arbeit fertig war, wußte man zumindest, wie man sie nehmen könnte. Da redete ein debil schlaumeierischer Ton der Kontroverse, der aus all den wissenschaftlichen Aufsätzen zu einem sprach, auch schon aus dem eigenen Stift heraus auf das Papier, scheußlich, aber egal. Schaute ich auf, spazierten draußen die Menschenköpfe in der echten Jetztzeit am unteren Fensterrand entlang, was vielleicht wichtiger war als das ganze neunzehnte Jahrhundert, und schon sank ich zurück in die finsteren Bücher. Vom Genickgehenk im Treppenhaus befreit, stürmte ich durch die leere lichterlichte Universität, richtung draußen, feierabendlich erschöpft und so erleichtert. Die Luft war mild, ich schloß mein treues Rad vom Pfosten los, und im Anfahren riß es, dem stählernen Ritter zum Gruß, den vorderen Reifen hoch. Ich warf paar Arme hinterher, und freihändig sprengte ich los. Minuten später saß ich im Theater, künstlich eng im starren Sitz, links neben Christian, dessen Ellenbogen mich manchmal leicht zusammen zukken ließ. Normalerweise ist die Ellenbogenspitze das äußerste, was man am fremden Mensch durch Kleider durch geschützt berührt. Und dennoch weiß man nicht, was der so Berührte, der man selbst nicht ist, in diesem Augenblick in seinem Hirn drin denkt, denn mit den Ellenbogen, sagt das Sprichwort völlig richtig, sieht man leider nichts. So kann man das Berühren fremder Menschen, um sich diese Folter zu ersparen, am einfachsten gleich völlig bleiben lassen, und so nur noch mit den Augen schauen, die im eigenen Kopf nervös hervorragend verankert sind. Schließlich war ich im Theater als der Zuschauer, wo nicht die Handlung, sondern Worte das Geschehen fort und unausweichlich ins Verhängnis rissen. So mußte ich die Kinder töten, um mich an meinem Mann zu rächen, im Resultat absurd, doch Wort für Wort entwickelt reine Logik. In der Pause redeten wir über Sachen, die die angebliche Liebe in den Menschen, die man kennt, bewirkt. Früher haben die Götter den Rasenden nach der Rachetat zur Flucht noch einen Drachenwagen hingestellt, der die dann gerettet hat. Heute mühen sich die armen Seelen durch die zweite große Analyse, und es nützt ihnen noch weniger als ihre erste, die schon nichts genützt hat, also weniger als nichts. Christian schaute interessiert an meiner Schläfe haarscharf vorbei in die Ferne und faßte mich erst wieder in den Blick, als er selbst wieder sprach. Manchmal kann man sich besser konzentrieren auf die Rede eines zweiten, wenn man in den Boden schaut, aber in der Ferne mit den Augen rum zu streifen und zugleich der nahen Rede eines anderen zu folgen, das geht nicht. So wanderten wir lieber durch die Pause und freuten uns am Wohlgeruch von eleganten Leuten. Ich finde schöne Menschen schöner als nichtschöne, sagte Christian, als wir wieder auf unseren Plätzen saßen, und in mein, ich auch, hob sich schon der Vorhang. Danach standen wir draußen auf der Treppe des Theaters, den Bau im Rücken, und ließen den Strom der dunklen Rausgeher ruhig an uns vorbei ziehen. Natürlich ging das Gespräch wie immer darum, wie man alles besser machen könnte. Im Nu hatte sich das Theater in die Nacht hinaus verströmt, und ganz zum Schluß kroch noch elegant gekrümmt ein dürres schwarzes Männlein die Treppe runter und auf dem Vorplatz den Taxis entgegen. Von hinten links kam aus der Oper flott ein mantelloser dunkler Münchner Stenz, blond gelockt, blonder Polizistenschnauzer, Schultern vom weißen Schal betänzelt, und machte dem Männlein quasi im Vorbeigehen, nicht zu höflich, nicht zu lässig, die Taxitüre auf, nickte, wartete, drückte die Türe sacht zu, und verschwand in richtung Residenz. Glücklich schaute ich dem Baby hinterher, das war der Baby, sagte ich, ein makelloser Auftritt, jetzt muß er sicher noch die Nachtkritik schnell schreiben. Am Himmel saß ein Standbildfürst auf seinem hohen dunklen Thron im heimatlichen Himmel, vielleicht ein Franz, ein Xaver, Maximilian oder Josef, keine Ahnung, man kennt die Stadt nicht mal, die man so liebt. Was denkt sich so ein Mörder eigentlich, sagte ich im gehen zum hohen Herrscher hoch, was denkt er sich, wann er die Stern siecht und die Grillen hört, glaubst fürcht er sich. Hinter der Feldherrnhalle zeigte der Fernsehfinger vom Innenministerium ruhig zuckend sein Wächterauge seinem Hofgarten, den wir vorerst mal rechts liegen ließen. Gehen wir noch wohin, sagte Christian, klar, sagte ich, aber wohin. Die Autolichter zogen glühend rot nach Norden. Schauen wir einmal, dann sehen wir es schon, sagt der deutsche Teamchef gerne, und wir folgten.

Über den eiligen erdnahen Wolken stand unsichtbar still der große kalte weiße Mond und wärmte sich an allem, was er auf der Erde sah. Am siebten April wurde Buback tot geschossen. Ich saß nachts im großen Krankenhaus am Rand der Stadt endlose Stunden neben den Betten irgendwelcher Intensivpatienten, um Geld zu verdienen für die Reise im Sommer nach Aix. Den nächsten Blutdruck könnte man genauso gut ohne ihn zu messen in die Tabelle eintragen, weil es irgendwann wohl sinnlos war, seit vier Stunden alle viertel Stunden den immer gleichen Blutdruck zu messen. Aber am Schluß versäumt man dann die Supernova, Protonen im Mont Blanc zerfallen, und ein Geistesvater stirbt am Tod, so sinnlos wie der Stein aus Galle, den er sich im Krankenhaus von Ärzten raus hat schneiden lassen in New York. Außerdem war über mir das Auge, das mich nachts in allem sieht, dachte ich nicht, da normalerweise das Hirn nichts explizit denkt, was es für Irrsinn halten muß. So war ich ganz von selber schon wieder im Geruch von Schweiß und Anuspraeter, um die Manschette aufzupumpen für die nächste Messung. Also hält einem die Sprache das Hirn vielleicht doch gütig zusammen, indem sie das meiste, was man so denkt, lieber nicht im Hirn Wort werden läßt. Was sowieso Wort wird, ist eh schon mehr als genug. Zweimal ließ ich die Luft an beiden kritischen Punkten pochen und ging zurück zu dem Tisch drei Schritt neben dem Bett. In echt ist die Medizin das Fach des Ekels, am schönsten, sogar beim Schwerkranken wie hier, sind immer noch die Gesichter. Ich versuchte zu lesen, aber hörte nur komisches Gegrübel über Wahrheit und Lüge der Worte, der dauernde Verdacht, den sie gegen sich selbst, indem sie sich sagen, erheben und so fort. Draußen läutete das Telefon, und ich ging ins Nebenzimmer. Ein Pfleger wischte den Tablettenschrank, ohne sich vom Läuten stören zu lassen. Der diensthabende Arzt erkundigte sich nach dem Befinden eines mir nicht bekannten Patienten, und ich gab den Hörer an den Pfleger weiter. Bei meinem Kranken im Zimmer brannte bläulich gedämpftes Licht, neben dem Tisch stand als Sitzhilfe mein Stuhl. Dann saß ich wieder beim unleserlichen Buch, schaute auf die Uhr, um den nächsten Blutdruck nicht zu verpassen, schaute zurück ins Buch. Da stand, im Anfang war das Wort war Lüge, denn in wirklichkeit war, wie die Malerei beweist, ursprünglich nicht stille, aber wortelose Welt. Das Wort ist das letzte, wie der Mensch, entsprechend kompliziert gebaut. Deshalb konnte es auch richtig, trotz aller Widersprüche, heißen, sprich nur ein Wort, und mein Hirn wird gesund, weil die Lösung das letzte war, nicht der Ursprung, und so weiter. Nachts krochen die falschen Fragen von hinten an mir hoch, um sich von unten hinten in den Schädel rein zu fressen und sich in kaum zu kontrollierenden hinteren tiefen Hirnregionen einzunisten, Viren, die wuchern, wenn die Abwehr schläft, ältestes der alten Lieder. Ich schreckte hoch, war eingenickt, es war genau zwei vor halb, der nächste Blutdruck war schon wieder fällig. Ich saß nahe an der nackten kalten feuchten Haut des Oberkörpers, der sich lautlos hob und senkte zu den Atemzügen der zylindrischen Maschine neben ihm. Die Intensivmedizin ist auch nicht absurder als das Leben selbst, das leben will, solange es lebt, weil jede Zelle Leben, die nicht tot ist, darum kämpft, dem Zustand Leben, in dem sie sich befindet augenblicklich, aus dem nichtsie um sie rum Zeug zu entreißen, das diesem Zustand richtung Anschlußaugenblick die Fortsetzung der Unwahrscheinlichkeit ermöglicht, die er lebend der Zelle, die sich so in ihm befindet, solange diktiert, bis dieser Zirkel endlich reißt. Wenn Ruhe ist, ist Ruhe, fertig, der Sargdeckel wird fest geschraubt. Nicht der Tod ist nicht normal, sondern das Leben. Das Leben ist nicht human, es brüllt tierisch im Sterben, wie der Patient in den Nächten der letzten Woche gebrüllt hat, denn das Leben ist älter als der Mensch. Der hippokratische Eid stimmt, das ergibt die Thanatologie, nicht die Theorie der Sterbehilfe, die der Praxis vorbehalten bleibt. Der Patient wird bewacht, wie hier, und trotzdem wird bei Herzalarm nicht mehr reanimiert. Nur der Schwätzer widerspricht der Lautlosigkeit der Vernunft lautloser Lösungen. Das Licht wird auf gebrochenere Weise heller in der Welt, als der durchschnittliche Redakteurskopf, der meist nicht einmal einen gescheiten handfesten Beruf erlernt hat, sich mit seinen dürr getrockneten papierernen Geraschel in sich, das er, weil er sonst nichts weiß, für seine meinenswerte Meinung hält, so vorstellt und so weiter. Draußen trennte sich hinter schwarzem weitem Glas tief unten hinten in der Ferne der Waldrand schwarz vom Schwarz der Finsternis der Nacht, bald nach viertel nach, elfter Stock, Neurologie. Trotz allem drehte sich täglich neu die Welt ins Licht, und mit rosenen Fetzen wehte der Vormorgen horizontweit daher, leuchtete eilig, schönstes versprechend, und verschwand, bevor das erste weiße Grau des Tages da war, lange, bis viel später erst die Sonne selbst aufging. Buback ist hingerichtet worden, hatte Konrad vormittags am Telefon gemeldet, und wir verabredeten uns für später bei ihm um die Ecke im Café. Ich war erst kurz zuvor ins Bett gegangen und schleppte mich zerhaut zum Tisch. Der Generalbundesanwalt und sein Fahrer verstarben am Schauplatz des Überfalls. Sauber, sagte ich zum Radio, mitten am Gründonnerstag ein echtes österliches Blutbad, und stand schon, zisch, unter der Dusche. Im Café ging es um die Suzuki an der Ampel in der Moltkestraße, die Heckler und Kochsche Vollstreckungslösung, und die sofort eingeleitete ergebnislose Ringefahndung, die das Kommando Ulrike Meinhof wegen der Ermordung von Holger Meins, Siegfried Hausner und Ulrike Meinhof durch Siegfried Buback, erklärte Bundeskanzler Helmut Schmidt ungehindert, den entschlossenen Terrorismus ohne wenn und aber zu verteidigen, um die Grundordnung der Obrigkeit im Rechtsstaat als ein Diener dieses Staates zu bekämpfen, um dem Volk zu dienen, wie es in der raf Schrift hieß, im Alfa Romeo nie mehr passieren durfte, nur noch einmal heute, fertig, so weit so gut, so weit der Mescalero. Richtige Kritik am staatsbürgerlichen Rechtsfanatismus demokratischer Terroristen war sowieso Konrads leichteste Übung, und so beschäftigte er sich lieber mit den kriminalistischen Details der Ausführung strafbarer Taten. Normalerweise würde der Suzuki Fahrer vom gepanzerten Mercedes tot gefahren, anstatt umgekehrt erschossen, aber das Resultat läge am Schluß genauso tot im Rinnstein, das kann die raf nicht sehen, weil der Staat es nicht begreift. Das Problem, an dem die ganze raf zerbricht, ist weder der Mercedes, noch der Buback, sondern sein Fahrer Wolfgang Göbel, so ging die Rechnung hier ganz klar, da halfen keine Worte revolutionärer Herrlichkeit und Härte. Deshalb wurden im Namen des Volkes drei Wochen später die Revolutionäre am Ende des natürlich kriminellen rechtsstaatsterroristischen Prozesses von der ganzen kriminellen Vereinigung zu mehreren Morden und Mordversuchen konsequent verurteilt. Die Politik saß im Gerichtssaal, nicht die Revolution, nicht ihre Gefangenen. Ich drehte mich um, der Pfleger steckte sein Gesicht ins Zimmer, verschwand, und die Türe schloß sich wieder. Für jedes Versteck hieß es irgendwann, das Spiel ist aus, weil es irgendwann nicht weitergeht, und jedes Ende das extremste Nichtversteck ist. Draußen klapperte die Morgenwäsche, und ich ging ans Fenster, öffnete und stand wieder in der kühlen Luft, jetzt die Sonne vor mir. Wenn die Zeit die Worte wirklich wägt, wird der Betroffene beinahe verrückt. Irrsinn ist abzulehnen, wie der Zeitstillstand, der ihn diktiert. Am ausgestreckten Arm maß ich mit hilfe meines roten Füllers die Höhe der Sonne über der Waldrandlinie. Ich ging zurück zum Stuhl, auf der Blutdrucktabelle stand von fremder Hand, Samstag, dreißigster April, geschrieben, es war gut zehn vor halb. Die letzte Zeit geht auch noch ganz normal zerhackt vorbei. Das sicherste Versteck war immer noch ein ich. Ich war aufgestanden und ging im Zimmer hin und her, vorwärts und zurück.

Taumelnd kamen die ersten warmen Nächte im Mai. Das neue Semester hatte angefangen, endlich, die schrecklichen Ferien mit ihrem täglichen Institutsstumpfsinn waren vorbei, der Nachtwachenhorror vergessen, und neue Tage mischten sich zu einem völlig neuen Leben. Die grau lackierte Baadertüre stand offen in die Straße, und lederne schwarze Männer gingen da raus und rein, ich auch. Drin gab es helles gutes münchner Bier zu trinken, von Christian und mir spastisch im Glas gehalten, weil ich zu gescheit über Beckmann daher redete. Trinken und schweigen wäre auch keine schlechte Kunst, aber wie schweigen, wenn es tausend Dinge zu bereden gab. Hieße die Parole also, nicht nicht anfangen und doch aufhören im richtigen Moment zu reden, wäre aufhören und zuhören zur schwierigsten Übung ernannt für den Explosiven. Florian kam dazu und durfte sich als schönster Mann der Stadt die Frechheit erlauben, dem Gespräch so interessiert zuzuschauen, daß es sofort zerbrach. Er wolle nicht stören, sagte er, warf seine Don Johnson Haare zurück, und als er mich anschaute, hatte Roland Kaiser das Wort. Dich zu lieben, dich berühren, mein Verlangen, dich zu spüren, deine Wärme, deine Nähe, weckt die Sehnsucht in mir auf die Melodie zu diesen Worten. Prost, sagte statt dessen jeder von uns dreien dreimal, und es wurde sauber klirrend angestoßen. Bier wird bekanntlich nicht getrunken, sondern rachentief durch die mithilfe zungengrundseitiger Muskeln sperrangelweit aufgeöffnete Öffnung schlucklos im Schwall direkt in den Bauch hinein geschüttet. Mühelos stellt der Geübte binnen weniger Minuten derart zwei bis vier Bier hinter und hinunter, prost. Da im südländischen Deutschen dort hinten in der Tiefe auch das Sprachesprechen fest gefesselt eingekerkert sitzt, befreit das Bier auf denkbar direkteste Weise dort die Rede aus dem Krampfbann. Wenn das laute Sprechen echter Worte für ein Leben, das sich lieber ohne einen zweiten ruhig alleine lebt, um in der Stille stille Worte deutlicher zu hören, sowieso schon eine Sensation ist, wird es vom sich plötzlich haltlos aus ihm raus ergießenden Geström der Wortefluten nur natürlich aus sich raus und von sich fort getragen in die freie Luft, wo Köpfe durch den Weihrauch schweben, Augen Augen treffen, Spiegel Lichter spiegeln, wo die ferne Ecke nahe rückt, die nahe Glut der Zigarette fern, das fremdeste sich trifft und höflich aneinander stößt, wo man sich sogar berührt, die eigene Hand an einer fremden Wange sieht, völlig irre Sachen können da passieren, tänzerisch grazil, vollkommen leicht, da die helle Echofläche massenhafter Wortatome, jedes hallend wie ein ganzes Universum, den Raum im Planen in wunderbare unzerstörbar heile blitzerasch bewegte Ordnung bringt und in der alles hält. So schaut es also aus, man trinkt und redet, und jeder fühlt sich richtig wohl, dem Ruhigblütigen wird gemütlich, den Hektiker zerreißt es fast vor Glück. Prometheus Pyrphoros stand da auf der griechischfarbenen Streichholzschachtel in meiner Hand, die Florian gerne Feuer geben wollte. Ich rauchte auch, und er sagte zu Christian etwas über unser sicher wichtiges Gespräch. Noch so vorsichtig kann man daheim die Themen eingegrenzt und mehrfach heftig durchgestrichen haben, die es streng bei sich zu halten gilt, aber die Leichtigkeit, in der man da steht, hat sie einem längst geraubt, gesagt sind sie kurz störend nahe um den Kopf, im Nu jedoch in alle Richtungen gestäubt diskret verschwunden, wie die Ahnung eines fremden Dufts von einem fremden Menschen, von dem geheimen Film von Parfüm, das man sich extra fremd in minimaler Dosis den eigenen Pulsen aufgelegt hat, evoziert, wenn die Hand kurz stark die Stirn erfaßt, und sofort wieder verweht. Weiter hinten fiel ein Glas zu Boden. Der alte Mensch hat sich zu mühen, zu begreifen, was der Nichtalte ihn lehrt, Erfahrungen verstopfen einem mehr mit jedem Jahr das immer enger zu verstellte Hirn. Draußen auf der Straße sah ich den durch eine doppelte Spiegelung der Fensterwand und eines gegenüberliegenden Wandspiegels aus dem Baader raus in die Mitte der Baaderstraße gehängten Kronleuchter hängen, der mir plötzlich sagte, ein richtig gescheiter Text müßte praktisch als Programm der Poesie der Welt einmal wirklich zwei mal in ein Buch rein schwarz auf weiß gedruckt buchstäblich wortwörtlich wiederholt erscheinen, wie so vieles echte in der Wirklichkeit der Welt. So gingen mir schöne Dinge durch den Kopf, während die anderen beratschlagten, wann der Ortswechsel stattfindet, und schon hatte ich neben dem Glas mit meinem Norgerl noch ein zweites volles Bierglas in der zweiten Hand. Florian hatte sich verabschiedet, und so konnten wir noch einmal ins Haus der Kunst zurückkehren, wo heute nachmittag ein dunkelblauer langer Mantelmann seinem achtjährigen springinkelig staunenden Sohn die Madame Soler von Picasso eigens als besondere Berühmtheit vorgestellt hatte. Leider kann man nicht erfahren, was im Sohn dadurch passiert, was der Mann sich denkt, und aus welchem Leben raus gerissen diese Szene ihre Logik hat. Es bleibt ein Rätsel, wie künstlich echte Bilder in wirklich echte Leben eindringen, und was sie dort bewirken. Deshalb richtet sich die Kunst im zugesperrten Kosmos ihrer selbst nur auf sich selbst, um zu erforschen, was sie weiß. Und trotzdem unterscheidet sich im Idealfall die Madame Soler nicht vom Herr Skeletor, beides gleichermaßen zugänglich und brauchbar auch für das schon fest verwachsen strukturierte und sich deshalb immer wieder mit Gewalt entordnende und selbst zerschlagende System der Wahrnehmung von wahrem. Hinter Dünen vieler Schöpfe fremder Köpfe taucht Florians Gesicht noch einmal auf, blitzte hell und war endgültig weg. Das letzte Bier schütteten wir uns doppelt schnell ins Gesicht, um endlich auch hier raus zu kommen. Auf deinen Geburtstag, sagte Christian, auf Deutschland, ich. Deutschland war nämlich am Tag vor meinem Geburtstag fünf Jahre alt geworden und seither jährlich automatisch fünf Jahre älter als ich, heuer achtundzwanzig. Ein ziemlich scheußliches Alter, hörte ich, die krisenhafte Schwelle kurz vor dreißig, an der sich endgültig entscheidet, was aus einem Leben wird. Der brutalste Fall, den ich da kenne, ist der von dem von mir hier sogenannten Kennich Nennichnicht, der mir mit Anfang zwanzig erst in seinen Schriften und dann leibhaftig tatsächlich als der goldene Engel erschienen war, luftbeschwingt beflügelt, am einen Tänzerfuß die schlanke lange Säule, mit der er pünktlich fest die Welt berührte, den weiten Blick vom hohen Punkt auf die da vor ihn hingelegte alte Stadt gerichtet, neugierig und klug, und der sah plötzlich was völlig neues da und sprach es einfach schriftlich aus, eine für mich tatsächlich zauberhafte Melodie. Aber leider gingen die Jahre gräßlich böse ins Land, und kaum sieben Jahre später war aus dem goldenen Engel eine von Alkohol und Lebenslügen brutal entstellte Textmaschine geworden, die aus dem finsteren Loch von Beifall und Bewunderung fast nur noch haltlos arbeitsscheues Zeug verspuckte, Monat für Monat ein Trauerspiel, natürlich nur für mich. Deshalb machte Christian einen guten Einwand geltend, den ich aber nicht verstand, weil der Lärm im Tanzlokal, wo wir inzwischen waren, frenetisch dem gerade aus den Boxen raus fahrenden highway to hell antwortete, und ich stürzte mich in den brutalen Tanz. I'm on a highway to hell, on the highway to hell, und nirgendwo sonst, und wann, wenn nicht jetzt. Rosafedern winkte eine Füllerspitze aus einem fernen Tagleben die Frage her, wie manchmal dieses sonst so bleiern schwer in das Papier gefesselte Wortelend sich plötzlich hoch erhebt und einfach selbstverständlich mit bestimmten Schritten durch die Wortwelt geht, wie durch eine echte Welt. So wie nicht ich, sondern der Tanz mich tanzte, stand zur richtigen Musik, fight for your right, sogar die Schrift in glücklichen Momenten von den Toten auf. Jea, kick it, you gotta fight, rumps rumps, for your right, to party, you gotta fight for right to party, fight for your right, fight for your right, party, party. Also flogen Biere naß herbei, Glas sprang splitternd durch die Luft, und der Boden war verkantet schräg gekippt, bis man nicht mehr konnte. What watch, wahrscheinlich time, okeh, dann geht es heim. Auch der Vollrausch kann gelehnt an eine Schulter eines zweiten normalerweise noch auf beiden Beinen durch die Vorhalle des Parkcafés sich langsam richtung Ausgang tasten, wo sich das Portal von selber öffnet, um die beiden Helden raus zu lassen in die frische Luft des herrlich anbrechenden Morgens. Da saßen wir also zufüßen dieses Tempels des Vergnügens auf der letzten Treppe fast am Boden, Säulen um uns, vor uns Rinnstein, Taxis und Geschrei der Vögel. Ein halber Turnschuh lag am Gehweg, verbogen an das Ende einer Jeans gehängt, die vor mir lag, wahrscheinlich mit meinem Bein darin. Fern wieherte mein Rad von halblinks hinten. Hauptsache, man weiß noch wo was steckt, wenn man seine Schachtel Habe sucht. Rauchen wir noch eine, sagte ich, Christian sagte, haargenau, und schon rauchten wir ein jeder eine. So waren wir beinander, daß der Rauch die Bodenplatten nochmal kurz ins Schwindeln brachte, aber nur beim ersten Zug. Dann lag eine flache Zeitung mit der einen Seite ungelesen auf dem Gehweg, aber mit der anderen auch nicht viel gelesener nach oben in die Luft, schon vom Abfallbesen als was falsches hier erkannt. Leuchtend grün fluoreszierend tanzte der fegende Reisig daher, den singenden Izmir im Schlepp. Weg war die Zeitung, im armen Abfalleimer mit den großen Rädern. What watch, time. Ein Schwall Musik wehte mit praktisch nackter schwarzer Atemluft von hinten durch die aufgemachte Türe aus dem inneren heraus, und mehrere Beine gingen seitlich ziemlich senkrecht bißchen nah durchs Bild. Rasend schnell wurde es hell. Schicken wir uns, sonst sticht uns die Sonne gleich die Augen aus mit echten Strahlen. Stracks standen wir da wie zwei einsen im Sturm. Ein Lindenblatt torkelte mir zum Abschied vor mir durch die zärtliche Luft ganz nach unten und lag dann allein am Boden. Christian saß wohl schon im Taxi, winkte dunkel aus dem Fond, der helle Wagen zog davon. Ich stand am Rad. Jetzt wäre der Schlüssel beispielsweise zu gebrauchen, um das Schloß der Kette aufzumachen. Dann fliegt man ganz schön durch die kühle Luft. Und irgendwo liegt plötzlich Schlaf herum, und die Zeiten ruhen.

Eiserne Disziplin hatte anderntags natürlich ihr Regiment errichtet, und der schlottrig durch und durch Vergiftete war im Straflager des Zimmers einer Putzkolonne zugeteilt, später Schachtarbeiten zwischen bösen schwarzen Zeitungsbergen. In der Zeitung stand etwas von Zukunft, die in London Jugendliche in Konzerten wild beschimpfen und mit Bier bespucken würden, sogar die sogenannte Königin. Im Fernsehn wurde öffentlich ein echtes Schimpfwort ausgesprochen, alles englisch, ein Skandal. Am Schluß schwappt das nach Deutschland rüber über den Kanal, und hier sagt irgendjemand mal zu einem soigniert gepflegten adeligen von Präsident von was was richtig deutliches, oder schießt auf einen echten Weizensack, was spritzt dann außer Weizen aus dem grauen Sack heraus, möglicherweise nichts, ein nürnberger Prozeß, ein Lebkuchen, der Tod und solche Sachen, die alle dauernd in der Zeitung stehen, kaum zu fassen, aber wirklich. Ausländische Quellen wurden nicht genannt seltsamerweise. Man wird gezielt getäuscht entweder, oder kennt die Regeln nicht, die so selbstverständlich sind, daß die Erwähnung sich erübrigt. Konrad hatte das Sounds Heft von seinem jüngeren Bruder neben sich ins Gras gelegt, und während ich darin blätterte, redeten wir über journalistische Manieren, die manchmal fast schon so debil wirkten, wie die institutsinterne Geheimniskrämerei an der Universität. Jeder lächerliche Aufsatz, jeder letzte frei werdende Lehrhocker im letzten Nest, jede kümmerlichste Neuigkeit wurde von jedem armseligen Assistenten als hochbrisante Sensation behandelt, die es dringend zu kaschieren galt. Jeder andere noch elendiglichere Assistent war ja ein möglicher Mitbewerber, ältere Studenten, Hilfskräfte, von allen Seiten drohte Konkurrenz, die man lieber ausbremste, als endlich einmal selber gescheit vorzupreschen, vollgas voraus. Nein, die erste beste blöde Seilschaft muß es sein, mit deren Hilfe hangelte es sich dann so langsam aber todsicher durch die Universität dahin, ein Hohn auf die Idee der Wissenschaft, ein ganzes Leben praktisch in Pension. Und immer flüstern, die Gerüchte wittern, ein offenes Ohr im richtigen Moment, die vorgehaltene Hand, und die meiste Arbeitszeit darauf verwenden, sich innerlich von sich selbst zu distanzieren, und die geheimen Drähte auszuspähen, an denen alles hängt und so gesteuert wird. Aber das, was wir, weil es uns so nahe war, für universitätsspezifische Verblödung hielten, war wohl gleichermaßen im inneren anderer Anstalten, etwa im Asyl für Penner und Gescheiterte, das sich Journalismus nannte, herrschendes Gesetz. Was raus kam, war von außen aus betrachtet für den Fremden herrlich, die Gebirge all der Zeitungen und Zeitschriften, die Bilder, buntes Fernsehn, echte weit strahlende Rundfunksendungen, nur zu genau durfte man nicht hinschauen. Gräßliche Geschwüre zeigten sich da an allen Stellen, die verlottertsten Verhältnisse, was wie Vernunft aussah, und natürlich schaute man genauer hin, weil man fasziniert war, war eine hohle Lüge, abgeschrieben, irgendwo gestohlen, herzlos verwurstet, vom Täter schon vergessen, wenn man selbst als Leser gerade erst davon zur Begeisterung hingerissen worden war. In Sounds stand nicht aus welchen Zeitungen aus England welcher Gedanke übernommen war, es wurde nicht gesagt, an welchen intellektuellen Tränken so ein besserer Musikschreiber untertags noch bißchen hingenippt hatte, mit wessen Hilfe. Genauso stand im Spiegel und im Stern in den Musikartikeln kaum mal die Zeitschrift Sounds erwähnt, obwohl man sich ganz offensichtlich mehr als nur ein wenig an ihr orientierte. Im Klima der Hehlerei und Hochstapelei, intern eh allen bekannt, wurden die Dinge aus dritter und vierter Hand dem, der es glauben wollte, immer wieder wie neu angedreht. Aber da man vom normalen Menschen, der eben glaubt, was man ihm sagt, nicht zum dummen Skeptiker sich machen lassen wollte, hielt man sich ganz einfach aus den Innenwelten dieser Welten so weit raus und davon so weit fern, daß man anstatt all der Geschwüre, Pappmachéartikel und der trüben Fäulnis lieber wieder mehr die großen bunten Bilder, Lichter und in allem das Versprechen auf die herrlichsten Vergnügen sah. Wer weiß, wie krank die Weide ist, die da mächtig und licht am Eisbach ihr hauchhelles Gehänge im ruhigen Wind bis hinunter ins Wasser wehen ließ, wenn man bösartig nah ein einzelnes Blatt untersuchte, oder dem Stamm eine gestanzte Probe entnahm. Ich ließ die Zeitschrift sinken und legte den Kopf auf die Bücher hinter mir. In der Stille hörte man das Flötengedudel eines trüben Hippies, der in einiger Entfernung bei den Sträuchern am Rand der Wiese hockte. Ich setzte mich wieder auf, mir war heiß, es war hoher Mittag. Weiß gleißend glänzte über dem fernen umlagerten Hügel das Lusttempelchen des Monopterus aus dem satten dunstigen Grün, Juni, absoluter Juni. Ich haute Konrad auf seinen dösenden Bauch und zeigte ihm gerade die kleine Monopterusperle vor uns, als von hinten urplötzlich mit Pauken und Trompeten das unvermeidliche Filmteam über uns her einfiel. Schon kasperte der Filmer daher und meldete im nur zu bekannten Idiom, dingens duä drehen wichtig. Dann wartete er ratlos, die traurige amerikanische Filmermütze über den sensiblen Filmeraugen und dem halb offenen Zahnarztsohnsmund. Hört mal ihr, ich bin doch euer Wim, nicht hauen bitte, sonst fault der letzte Hoden auch noch weg. Ein ähnliches Gewimmer könnte vielleicht noch ein Bodo oder Botho abgelassen haben, die geistig auch nicht viel undichter als so ein Filmer in der Landschaft stehen, und ich sagte zu den Wims und Bodos dieser Welt, haut mal ab hier, ich fühle mich gestört, Dummköpfe belästigen einen normalen Menschen an einem schönen Tag wie heute. Da war die fürchterliche Erscheinung der Filmer wieder verschwunden, ein Hase hoppelte über die Wiese, aufgeschreckt, der Hippie spielte immer noch auf seiner Flöte, und der Mittag döste wieder sauber vor sich hin. Dem Sonnenberg haben sie den Kopf kaputt geschossen mit einem hochrasanten Projektil. Susanne Albrecht war bei Pontos zu Besuch, dann war Herr Ponto tot, obwohl Susannes Freunde ganz manierlich waren und extra Blumen mitgebracht hatten. Spirale der Gewalt heißt, man versteht sich gegenseitig von Ereignis zu Ereignis, weil sich automatisch alles auf dreißig Jahre deutschen Krieg bezieht. Höfliche Terroristen, die beim Kunstmaler Sand in Karlsruhe vorsprechen, können die installierte Stalinorgel am Schluß auch selber sabotieren, damit die Stenotypistinnen in der Bundesanwaltschaft gegenüber nicht erschrecken, wenn sie plötzlich aus heiterem Himmel durch den Fensterkaktus durch tot geschossen werden. Das taugt mir, sagte Konrad und legte sich auf seinem schwarzen Philosophenrucksäckchen zum schlafen. Ich riß einen Grashalm aus dem Boden, stand auf und ging zum Eisbach. Die Menschen, die da nicht sehr bekleidet in der Wiese lagen, konnten, wenn sie wollten, anders als Bäume oder Steine, aus eigener Kraft sich hoch erheben und rum bewegen. Gemalte Schönheit hat die gleiche Zudringlichkeit, aber zusätzlich die noch einmal schön gebannt. Ich stand auf der Brücke über dem Bach, da kamen zwei milchgesichtige Jungs in toller Punkmontur daher, ziemlich beschriftete metallene lärmende Irokesen, in der Hand die Wunderwaffe, Marke Augustiner. Eh Alder, haste mal ne Mark, sagte hell der eine wilde Krieger, ich stutzte, und die beiden lachten sich kaputt und zogen weiter. Ich drehte mich um und schaute in den Bach, und ich drehte mich wieder um und lehnte wieder mit dem Rücken am Geländer. Die Gleichung mit den fünf nicht Unbekannten Haß, Kunst, Terror, Schönheit, Punk löste sich im ich zur Lösung, ich bin, was ich bin, kraft Kraft des Punk, alles, was ich weiß, weiß ich im Namen des Wissens des Volkes vom Pop. Trotzdem ging ich gar nicht wunderbar befreit auf dem Kiesweg dahin, weil ich nur zu nüchtern wußte, daß auch die richtigste derartige Formel nicht einmal so lange stimmte, wie es dauerte, sie auszusprechen. Was eben noch eine Wahrheit war für einen, ist in einem so schnell verbraucht worden wie die Luft, die sich hungrige Alveolen aus dem Atem hellrot ins Blut gerissen haben, zu Gift verfallen, das es schleunigst raus zu schaffen gilt aus sich. Man hält den Atem an, aber danach geht er umso heftiger. Für einen anderen aber ist, was sich in einem längst zur Lüge zersetzt hatte, in der frischen Luft zwischen grünen Blättern wieder zur schönsten Wahrheit erneuert worden und so fort. Ich war schon fast beim Monopterus, wo in munteren Gruppen schlaff die Seligkeit des Haschischs lagerte, und kehrte um. Als ich kam, schreckte Konrad panisch hoch, er hatte auf seinem schwarzen Rucksäckchen von scheußlichen toten Kadavern geträumt. Ich erzählte von meiner Begegnung mit den echten Menschen auf der Eisbachbrücke und von der Halbwertszeit der Wahrheit, bestimmt im Umkehraugenblick des Atems. Der nachmittägliche englische Garten hielt unterdessen eine ganz andere Vorlesung über die unverrückten Weiden am Wasser, das Licht in der Luft, die weite Wiese, fern rauschenden städtischen Lärm und die bebende Ruhe der Stunden. Zum spielen waren genügend gescheite Bücher da. So kam der hohe Sommer.

Die geistige Lage ist praktisch sehr südlich, schrieb Christian, gelb, lodernde Felder, blaue himmlische Wirbel außer mir, dennoch alles imgrunde in mir gefaßt. Ich mühe mich sehr mit der fremden Sprache, nachmittags gehe ich raus richtung Stadtrand. Das ausgedörrte versengte Land tut den Augen gut. In wirklichkeit sehnte sich Klar nach einem silbernen Fingerzeig des Wetters, Wolken, Schatten und innerer Ruhe. Aber der Wind war heiß und staubig. Ich sitze hier am offenen Fenster, vor mir ein Tennisplatz. Ich benutze ein Brett aus dem Schrank als Schreibtisch. Die Tage verlaufen sehr geregelt. Ich stehe früh auf, um vor Beginn des Kurses die wichtigsten Büroarbeiten zu erledigen. Zur Zeit schreibe ich die Ordnung der Dinge ab, um mich zu beruhigen. Man muß bedenken, daß die Sterne, die längst erloschen sein könnten, nachts immer noch leuchten. Ich glaube nicht, daß das Werk die Totenmaske der Idee ist, sondern umgekehrt, die Idee ist das tote Konzept, das Werk schließlich Welt und so weiter. Mein Fenster geht nach Osten, eine Wohltat morgens. Wenn ich draußen bei den Bäumen bin, kommt es mir manchmal so vor, als könnte sich gleich etwas in meinem Genick verhängen, und dann sehe ich gleichzeitig nach Norden und nach Süden. Herzstiche kommen nachts zu Besuch. Vielleicht muß man sechzig Kilo Fleisch beseitigen, daß Ruhe ist. Manche Tiere verharren mit dem Kopf ganz starr in richtung Wind. Vögel können wenigstens fliegen. Atome würden auch einfach zerfallen, wenn die Einzelteile nur ein bißchen weiter voneinander weg entfernt wären. Aber die Distanzen sind auf die Kräfte, die im Spiel sind, genau abgestimmt, und umgekehrt. Natürlich kommt man sich normalerweise ziemlich isoliert vor, aber man kann ja raus gehen, wo man sich vergißt. Solange die Patrone schreibt, nicht schießt, die Tinte nicht versiegt, bin ich nicht tot. Gestern war ich im Café. Der Füller hat paar Ichnotnotnotizen auf Papier notiert, damit ich sie vergessen kann. Bitte zahlen, der Ober bringt den Kassenzettel, man zahlt, dann schleunigst weg von hier. So ein Platanenkirchenschiff kann einen auch beängstigen. Die Füße fangen an zu laufen. Ein schwarz glänzender prall gepackter großer Hund kam zielstrebig auf mich zu, roch an mir mit seiner feuchten Nase, herrenlos. Möglichst langsam ging ich weg. Ein zu vernageltes Schaufenster in einem runter gekommenen Haus in einer menschenleeren Seitenstraße kam mir plötzlich wie der Inbegriff für meine ganze Welt vor, oder sogar für mein ganzes sogenanntes Leben. So ein Unsinn, am Schluß höhnt einem aus jeder lächerlichen Scheußlichkeit irgendeine Fratze irgendeines selbsts entgegen, mit dem man selbst gar nichts zu tun hat. In wirklichkeit denke ich über verschiedene Dinge für mich völlig neu. Mir schwebt ein Dreibildbild vor Augen in ganz und gar menschlichen Maßen, zwei Meter auf zwei siebzig etwa, natürlich umgerechnet in normale Wortbildflächen. Aber auch das schönste Format kann einen erschlagen und erdrücken. Ein Tag hat vierundzwanzig Stunden, gut, aber was heißt das schon in echt. In echt ist auch jeder Schritt vermutlich nicht gleich lang, keine Zahl schafft Ordnung, Desinformationskampagnen, denen ich entgegen trete. Eben habe ich zwischen zwei Häusern eine dunkel hoch flammende Zypresse gesehen, jetzt hier direkt vor mir drei nackte wunde blaue Stämme von drei arg nahe nebeneinander hin gestellten Bäumen, in der Ferne Häuser, klein verhaut wie Kindersärge. In der Rinde schauen runde Wunden automatisch aus wie hohle Augen, raus geschnitten aus entkerntem rundem Knochenmaterial, aber nur im Zustand zeitbedingter Krankheit. Wenn ich so weit raus gegangen bin aus der Stadt, kehre ich wieder um und gehe zurück ins Heim. Die Anlage besteht aus mehreren Häusern, die meisten sind leer, dazwischen hügelige Wiesen. Die echten Studenten sind zur Zeit in den Sommerferien, die Sprachkursleute aus ganz Europa hat man in zwei Häusern zusammengepfercht. Abends sitzen sie mit ihren Gitarren rum und grölen ihre Saufgesänge aus sich raus. Man möchte dann lieber weit weg gehen, als sich dazu setzen. Neulich hat einer der Jungs zum Spaß einen rot weiß rot gestreiften Minirock getragen. Sogar hier kommt man auf abwegige Gedanken, obwohl eigentlich alles der Konzentration dienlich ist. Ich möchte mich nur noch mit schönen Dingen beschäftigen und alles Unruhige in meiner Nähe möglichst ausschalten. Manchmal tut einem schon der Hocker leid, wenn er so alleine dasteht, nach Stunden. Auch im Zimmer, auch abends, hitzige trockene Luft, alles wartet auf Regen oder irgendeine Linderung, aber nichts geschieht. Dann kommt plötzlich Post am nächsten Tag, das macht einen vollkommen wirr, dann wieder Tage nichts. Vielleicht habe ich mir eine Sommergrippe zugezogen, irgendein Virus, Hirnhautentzündung oder so. Die ganze Post kann mir gestohlen bleiben, ich schaue mir lieber nur die Bilder an. Nachts liegt man schlaflos da, schließlich steht man endlich auf, um kalt zu duschen. Raus auf den Gang, da hat sich ein Vogel hin verirrt, der wild um sich schlägt und schreit und da auf und ab fliegt in der Enge. Ich weiß auch nicht, was ich tuen soll. Kaum liegt man abgekühlt wieder im Bett, natürlich überwach, kleben die Laken erneut vor Hitze. Man ist gerade eingeschlafen, da läutet der Wecker. Wenn man jetzt nicht aufsteht, kommt alles durcheinander. Ich hoffe, daß ich bald wieder bißchen vernünftigere Sachen zu berichten habe. Bis bald und herzliche Grüße an alle. Zuhause haben wir Christians Ansichtskarten aus Südfrankreich, weil wir selber so turbulente überdrehte Wochen erlebten, eher von der heiteren Seite gelesen. Außerdem hat Christian sich selbst nie für einen Matador des zurückgezogenen Lebens gehalten, eher für einen Fanatiker des Gesprächs zu zweit. Schon zu dritt war ein Gespräch für ihn kein richtiges Gespräch mehr, sondern eine komplizierte unkontrollierbar offene Situation, in der ganz andere Dinge verhandelt wurden als der Gegenstand des Gesprächs. Konrad hingegen kam überhaupt erst richtig in Fahrt und zu seiner ganzen Geistesgegenwart, wenn mindestens drei Leute ihm zuhörten, wobei man sich als Zuhörer erstaunlicherweise selten überfahren fühlte, sondern eher animiert und begeistert. So hatte Konrad als einziger von uns dreien an der Universität neue Leute kennen gelernt, während wir uns immer noch im sicheren Kreis der alten Freunde aus der Schule bewegten, nach außen hin entsprechend arrogant. Für den Fehler, die eigene Stadt nach der Schulzeit nicht verlassen zu haben, mußte man als Asozialer später büßen, wovon Christian wohl gerade einen Vorgeschmack bekommen hatte. Gleichzeitig hatte in München in diesem weiten Kreis aller alten Bekannten und Freunde ein tatsächlich fulminanter Sommer seinen Höhepunkt erreicht. Intern waren einige Freundschaften in Bewegung gekommen, was ein dauerndes wildes Festefeiern mit sich brachte, weil jedem Fest drei neue Feste automatisch folgten. Man konnte sich alle paar Tage im Garten um das Hexenhäuschen treffen oder die Bierträger an die Isar runter schaffen und das Feuer nicht ausgehen lassen, bis es Morgen wurde. Am Wochenende enterten wir in größeren Gruppen die gepflegten Buffetgartenfeste bei irgendwelchen Reichs, von irgendeinem Fest hatte irgendeiner immer gehört, und wenn das ausnahmsweise nicht klappte, war die nächste kleine Seitenstraße nicht weit, die mit Autos blockiert und sauber beschallt dem Straßenfest solange als Schauplatz diente, bis die erste freundliche Polizeistreife zum dritten mal kam. Dann fuhr man woanders hin. Natürlich ging es auch um die Musik, für die irgendjemand immer sorgte, aber vorallem um die vielen Leute, die man alle kannte, und die sich gegenseitig in diesen besonderen Wochen immer noch mehr aufschaukelten zu einer automatisch manisch guten Laune. Bier trinken konnte jeder selber. Das nächtliche Eindringen in die städtischen Freibäder, wo dann ohne Badehose gebadet werden mußte, war das Spezialvergnügen der besonders Lustigen, zu denen ich eher selten gehörte. Meine Spezialität war der Festschlaf, in den ich mich, irgendwo auf dem Boden zusammengerollt, nach paar Stunden in hellster Aufregung so langsam hinübertaumeln ließ, die perfekte Erlösung. Am Schluß zog mich Peter unter irgendeinem Billardtisch heraus, aus einer Ecke, zwischen Sträuchern, neben Stühlen, wo ich eben lag, und munter ging es heim. Spätestens übermorgen war schließlich das nächste Fest, und dazwischen ging man noch schnell ein bißchen in die Universität studieren. Natürlich war für mich die Zeit zusätzlich gesteigert durch meine eigene Abfahrt, die für Ende des Monats geplant war, die ganze Reise und die Ungewißheit, ob man sich zu zweit verträgt und obendrein die Arbeit hinkriegt, wie erhofft. Seit der zehnten Klasse hatte ich immer wieder gesehen, wie die besten Freunde in den großen Ferien auf ihre Interrail Bahnreisen gegangen waren und gräßlich entzweit und von einander enttäuscht als geschiedene Leute zurückgekommen waren. Und weil ich es daheim eh immer am schönsten fand und nicht das mindeste Fernweh hatte, war ich in all diesen Sommern davor immer zuhause geblieben, wo im August die ganze vertraute Stadt durch die Leere seltsam verändert war, ein eigenes Sommervergnügen, das ich mit Andreas, der aus ähnlichen Gründen zuhause geblieben war, teilte. Jetzt schrieb ich an Christian natürlich nicht, daß er den tollsten Sommer seit Jahren hier versäumt, sondern berichtete eher aus dem Kosmos unserer gemeinsamen Welt, die es schließlich auch noch gab, Universität, Arbeit, Gedankliches. München ist heuer ein Fest, das Licht kommt einem abends italienisch vor. Dauernd ist was los, und wir waren viel unterwegs. Kaum politische Gespräche, eher Gespräche über die Musik, die ich kaum verstehe, weil ich die Sachen nur vom Hören kenne, nicht die Gruppen oder Titel. Ich fühle mich wie befreit aus einer jahrelangen innerlichen Starre, als könnte man einen alten Raum doch noch einmal verlassen, um Sachen zu sehen, die man nicht kennt. Alles, was jetzt nicht geschieht, oder nicht jetzt, nützt einem schließlich nichts, weil man nicht jetzt nicht leben kann. Vorallem für die Schrift hat das verrückte Konsequenzen. Nur was jetzt stimmt, stimmt, weil der Augenblick der Wahrheit einen höchstens jetzt erlösen kann, unmöglich nicht jetzt. Mir kommt es richtig komisch vor, daß man so etwas so logisches so lange nicht richtig beachtet. Das Schriftgesetz hieße folglich einfach wie das Leben Jetztgesetz, eher silbrig anzuschauen, nicht so überreiztfarbig wie diese Postkarten. Das alte Jahrhundert hört vielleicht doch endlich langsam auf, unserem ganzen jetzigen seine ganze Krankheit nochmal aufzuhängen. Aber natürlich stecke ich durch die Arbeit selber viel zu tief in seiner ganzen Scheußlichkeit drin. Man müßte sich mal eine Art Überblick verschaffen, was augenblicklich alles vor sich geht, ich glaube, ganz schön viel. Nächste Woche sind noch mal paar Feste, alles voll gepflastert. Hoffentlich macht das Auto nicht schlapp, das Motorrad habe ich für hundert Mark verkauft, ohne es nach dem Unfall noch einmal zu sehen. Nachmittags trage ich das weiße Kleid, abends die Chirurgenmontur mit schwarzer Krawatte und so weiter. Neulich hatte ich einen schlimmen Schwächeanfall meiner Urteilskraft, der mich total verwirrt hat. Vielleicht stimmt mein Urteil, das mir so unbestechlich vorkommt, in vielen Dingen überhaupt nicht im mindesten, ein sehr irritierender Gedanke. Wenigstens können wir über alles gut reden, wenn wir uns richtig darauf konzentrieren. Letzte Woche hatten wir ein irres Gewitter, jetzt seit Tagen wieder absolute Sonne. Natürlich grüßen alle, ich besonders herzlich, alles weitere, wie immer, mündlich.

Und wirklich waren die beiden am ersten Abend derart übermütig und ausgelassen ins Reden geraten, daß ihre beiden Schädel die glänzenden stählernen Silberglocken hoch oben auf der Baustelle im Turm zu Babel waren, an deren Klang die Arbeiter sich stündlich freuten. Redend mit der Sprache erklärte sich buchstäblich sogar der Mensch. Man muß sich mal vorstellen, sagte einer, man ist ein Mensch. Jetzt geschieht etwas gewaltiges, man sieht selber als ein Mensch noch einen Mensch. Meine Güte, macht es da in einem, ein Mensch, das wird wohl noch ein Mensch sein wie man selbst, und man stutzt. Gleichzeitig stutzt der andere, der die gleiche Ungeheuerlichkeit sieht, sich einem ihm gleichen gegenüber zu sehen, und stutzend geben beide gleichzeitig den Laut des Wohllauts kund, so daß keiner den anderen versteht. Eh, Mensch, macht folglich fragend der eine Mensch zum anderen, was war das eben für ein Laut. Und die Melodie des Wohllauts, die der Mund gesummt hat, wird mit nicht mehr zu gemachten Lippen offen dem anderen entgegen gerichteter Gesang der Nachricht. Nein nein, sagt aber der andere, der die Nachricht versteht, schließe den namenden Mund zum Schluß, sei still und schweige, jetzt rede ich. Sprache bricht so buchstäblich logisch aus dem Mensch raus raus, trifft er auf den zweiten Mensch, was einem gut gelaunt ganz schön wunderbar vorkommen kann. Entsprechend agitiert war jeder der beiden nach Stunden, in denen die zwei ordentlich getrennten Hirne mittels mündlich ausgesprochen selbstverständlich redender Sprache einander absolut vernünftig zugeordnet gewesen waren, wieder ganz alleine für sich in erschöpften Schlaf gefallen, Klar auf seiner schmalen Studienzimmerpritsche, Raspe daneben am Boden auf der Luftmatratze. Ihm träumte altes böses Zeug in bunten Farben, anfangs ruhig. Ein neuer Stern erschien urplötzlich hell in einer fernen Sternenwolke. Oben stand wieder der Bauarbeiter fest auf dem Gerüst am Dach, ohne zu stürzen. Bricht sich der Lasterfahrer, der neuesten Beton ins deutsche Stammheim bringt, jetzt nicht das Genick, raucht er eine frische Zigarette, die man kaufen kann, in seine schwarz geteerten Alveolen rein. Rosa atmend können außenrum die Kleider sein, oder der Gummi für die langen Haare, auch eine rosa Guillotine vor einem fernen Tempel wäre logisch. Nicht jeder Sohn eines Chirurgen schlachtet später als der Metzger kleiner Kinder kleine Jungen. Kinderhunger ließe sich auch anders unterdrücken, damit die fürchterlichen Vorgänge in engen Wohnungen der Menschen in den Häusern endlich mal zuende kommen. Wann ist Schluß, ist keine Frage, sondern ein Stück Holz in Leder, rot bedruckt, von den Tätern so gedacht. Von Gelb ist via Gold zu Braun nicht weit, von schwarz zu blau, von rot zu rot. Herr Hitler ist gestorben, Deutschland erwacht, Herrn Schleier wird ein Kreuz mit Bundesadler für Verdienste an den Hals gehängt. Zur Zeit trägt er im Fernsehn nur das nackte schwarze Männerunterhemd, die Kehle ist sehr sichtbar. Dann quillt der Bauch im Hemd im toten Kofferraum. Der Bundesadler spricht, hoch auf dem gelben Wagen sitzt er beim Schwager vorn. Mit den Verwandten aus dem deutschen Krieg wird man aber auch mit einer Panzerfaust nicht fertig, auch nicht mit der schwarzen oder roten Robe. Schließlich kommt doch der böse Strick herbei, und die Rache rächt sich bis ins letzte Glied der letzten kleinen Zehe, die tot am toten Mensch am Fensterkreuz in Stammheim hängt. Raspe schreckte hoch, ihm war, als hätte er keine Luft mehr bekommen vor lauter Hitze in dem engen Raum. Er setzte sich auf im dunklen und atmete tief ein und aus, der Kragen am Hals war so eng, und unter dem Unterhemd alles naß auf der Haut. Die Luftmatratze war ein wackeliges Bett, rechts war die harte Wand schön kühl. Raspe war müde, sah das Fenster vor sich voller Nacht und erkannte jetzt darunter das Brett, von dem Christian berichtet hatte. Der lag da, ruhig atmend, mit abgewendetem Gesicht. Er träumt, dachte Raspe und sank selber schlaftrunken zurück, wie nicht erwacht, in seine engen Bilderschluchten, fliehend, gehetzt gejagt. Klar unterdessen sah im hellen Raum des Ateliers, wo Schweigegebot herrschte, seinen Maler mit dem Griffel einen jungen Stein auf seinem Knie beschreiben, ein Büschel Pinsel vor dem weiten Fenster, halbiert von einem Strich. In der Ferne deutlich Bernstein, plötzlich rapid verfallen, großporig gesichtig, hager, schwer betrunken, lallte lachend Elendsworte. Dem Herzinfarkt läuft unten kraus die alte rostgedörrte Öse offen aufgehakt aus richtung junger Freund, tropft zäh den grauen Eiter aus der Leere, die sich wörtlich bildet, wenn das Loch im Herz die Seele nicht mehr hält. Weltzuständig ging statt dessen der Bilderhauer kupfern mit dem Stab in Wien durch einen hohen Raum, den Bildkopf in Bewegung richtung großer Isolator. Staunend sah die Sprache, wie sich im Sein von Sachen zunächst sanft summend singend wesentlich das Staunen zeigt, dann im Punkt der Sicht erschrickt im Fall des Seins, bei Sachen kraß zurück faucht mit dem Rachen, sodaß die Frage sich wieder dem Sein zuwendet, wo der Sprache namentlich die Nachricht, daß da nicht nichts ist, sondern Sein, tröstlich vorkommt, da so alles Sein buchstäblich schwingend klingend endet und so weiter. Im Traum wußte Klar natürlich, daß er die Fortsetzung des abendlichen Gesprächs träumte, und es war ihm das normalste und angenehmste der Welt, nicht irgendwelche unerklärlichen finsteren Fratzen oder Geschehnisse zu träumen, sondern ganz normalen Alltag, und dieser den Traum begleitende Gedanke gab ihm zusätzliche Helligkeit und Luft. So flog der Schlaf dahin, licht und leicht, als habe die große dunkle Nacht selbst sich zu einem solchen Traum ans Bett gesetzt, um da, wo die Zeit weg war, zu ruhen. Und im freien brannten punktuelle Sterne, bis der vorfrühmorgendliche Wind sie löschte. Kaum ein Riß trennte deshalb für Klar den neuen Tag vom alten, während Raspe sich von der Tortur der jahrelangen Stunden auf seiner tarnfarbenen Kampfmatratze gerädert und zerstückelt fühlte, heillos. Kein Kaffee, dem Griesgram ins Gesicht geschüttet, kriegte den wieder in Ordnung, keine muntere Geschichte Klars und keine Selbstbeschäftigung. Das Gift der schlechten Laune faulte aus jeder Pore in die Luft, und Klar ging ans Fenster, öffnete es, und sehnte sich nach der Ruhe, gleich wie melancholisch oder überreizt, seiner einsamen Wochen hier im Studienheim. Trotzdem war jede Ruhe bestenfalls das Fundament, von dessen Grund aus schöne Wolkenkratzer nur der nicht immer Isolierte hoch errichten konnte. Ganz abgeschlossen war man hochgradig gefährdet, in einem kleinen Bruchstück seiner selbst, ganz ohne Irrsinn, nur kümmerlich verkümmert, zu verschwinden. Man war ein komplizierter reicher Kosmos, plötzlich ist man nur noch Krümel irgendeiner Obsession, umso besser begründbar, je enger sie ist. Man war in Unruhe in sich, zwischen weit entfernten Sachen in sich dauernd hin und her bewegt, und dann glaubt man, von zu viel Ruhe oder Alter infiziert, sich endlich zu kennen, und steht schon da als simple eindeutige Lösung einer in wirklichkeit so gar nicht auflösbaren Rechnung, deren Unbekannte man gestrichen hat, anstatt sie zu erforschen. So sammelten sich im Nu im Klar alle Argumente dafür, warum er hier nicht mehr allein war, sondern gestört von Launen eines anderen, und daß das genau so richtig war. Dann drehte er sich um und räumte in Ruhe das Zimmer auf, während Raspe blind auf eine Zeitungsseite schaute. Der sah nichts da hin gedruckt, fühlte nichts und dachte nichts, nichts, dachte er in diesem Augenblick, ist der aus dem Hirnwust der Verwirrung hervorrückende erste Grenzen schaffende Gedanke, der nicht nichts ist. Er hatte auf der gestrigen Fahrt hierher alle Sensationen der Unlust und des Mißmuts in grundundboden und zunichte gedacht gehabt, weshalb er hier so kontrolliert und heiter angekommen war, obwohl die ganze Reise ihm ein Greuel war. München war ihm als die schönste Stadt der Welt vorgekommen in den letzten Wochen, er selbst sich selbst so frei, wie nie zuvor. Jetzt mußte er, nur weil es so ausgemacht war vor Monaten, dieser Zwang empörte ihn am meisten, in die scheußliche Unfreiheit der Fremde fahren, zurück in den alten Knast des einen zweiten, wo alles denken viel zu reibungslos aufeinander bezogen war, als daß einer dem anderen wirklich noch geschockt zuhören konnte. Ich weiß besser, was er denkt, als das, was ich selber denke, obwohl ich in wirklichkeit nicht die mindeste Ahnung habe, was er wirklich denkt. Genauso denke ich für ihn nur einen minimalen Bruchteil aller meiner wirklichen Gedanken, die ich alleine realisiere oder sogar im Gespräch mit anderen, fremderen. Trotzdem war unser Reden nicht die Lüge einer absichtlichen Verheimlichung bestimmter Gedanken, sondern die nicht beiden gehörigen wurden zuzweit von mir von vorneherein schon gar nicht mehr gedacht. Umso besser konnte in diesem engen Raum blitzschnell der Spaß totalen gegenseitigen Verstehens ausbrechen, aus dem plötzlich ein so noch nicht gefaßter und beiden völlig neuer Gedanke springt, wie gestern abend. Raspe sah in einer Überschrift das französische Wort silence automatisch englischsprachig ausgesprochen an, schaute auf und sagte zu Klar, Redeverbot, und Klar sagte, genau, und alles war gut. Dann war Klar im Sprachkurs, und Raspe schaute in Ruhe die an den Wänden aufgehängten Bildpostkarten an. Kunst kann auch Vernunft bedeuten, nicht nur Farbe, Sprache, Dreck und alte Leiern. Leider kann man sich durchaus nicht jeder Frage stellen, weil aus der falschen Frage schon die Antwort aufsteht, die einen in die Irre drängt. Ich glaube, am richtigsten ist es, sich immer wieder die gleichen alten Fragen vorzulegen, und immer wieder neu zu untersuchen, wie es kommen konnte, daß sie einem früher die Antworten gaben, die einem jetzt entweder unbegreiflich oder dumm, absurd oder schlicht falsch vorkommen. Plötzlich erscheint dann aus der Beschäftigung mit den früher für Wahrheiten gehaltenen heutigen vermeintlichen alten Fehlern die neue augenblicklich richtige Wahrheit, die von nirgendwoher sonst kommt, als aus dem jetzt der Zeit. Vernünftigerweise läßt diese neue Wahrheit die Frage offen, welche Art von Fehlerhaftigkeit die Wahrheit hatte, die einem aus einem damaligen jetzt als Wahrheit auf die gleiche Frage entgegen getreten war. Diese Frage ist nicht beantwortbar, weil eine Rückkehr in das nichtjetzt dieses damaligen damals nicht möglich ist, und so weiter. Deshalb ist Selbstkritik nicht möglich, deshalb wird der Revisionist an die Laterne hin geknüpft und so vor aller Augen tot gehenkt. Natürlich nur in einem selbst, da all das nur für einen selber gilt, andere haben bekanntlich andere Sorgen, da sie in anderen Gefahren sind. Nur weil es einem selber eilt, weil man phasenweise praktisch tot ist, weil man enzymbedingt an Lähmung leidet, fordert man als Zeitausgleich für tote Zeit doch nur für sich den dreiunddreißig Stunden Tag, nicht für einen echten Arbeiter der werktätigen Massen, denen in echten bösen Malochejobs täglich vom Ausbeuter die Zeit gestohlen wird. Sogar vom langsamsten Hippie will man als Gelähmter lieber noch was lernen, als den zur Eile zu bekehren. Gerade vom für einen völlig falschen lernt man oft das meiste. Raspe ging ans Fenster und setzte sich an Christians sogenannten Tisch. Nähe ist Lüge, man kennt kaum sich, drumrum Wüstenei, sonst nichts. Alles muß anders werden. Raspe wollte endlich ein Leben, das stimmt. Die Arbeit, die er im Auto hierher mitgebracht hatte, erschien ihm jetzt, obwohl er sich vor ihr sehr fürchtete, wie das Versprechen auf den letzten Zufluchtsort des wahren Lebens, und sofort fiel ihm ein, daß er längst wußte, daß auch dort die Lüge alles durchherrschte und so weiter und so fort. Klaus Croissant hat in Paris der Presse zum Fall Ponto nichts gesagt, aber alles, was man nicht sagt, wird natürlich gegen einen verwendet. Christian und seine brache Sprache, sagte Raspe und stand auf, ich und die

Lähmung, alles nicht Lüge und doch nicht wirklich wahr. Prinzessin Silberhaar ging dann weiß gepudert fahlhäutig und rotlippig in dem Gesicht im fremden Reich des fremden Zimmers rum und legte sich dann auf die Pritsche. Natürlich gab es Momente der Erschöpfung, in denen durch Wortsprengung im Kopf die Explosionsschmerzen so brüllend wurden, daß man Stirn und Augen automatisch schützend abdeckt mit der Hand. Trotzdem redete, hatte Christian gestern berichtet, der Stumpfe, der auf einen einredet, ganz einfach weiter. Wie ist das möglich, was denkt der Stumpfe, der auf ein zum Schutz schon zugehaltenes Gesicht einredet, man kann sich als Gefolterter doch nicht die Ohren auch noch zuhalten. Sehr viel Rede wird wahrscheinlich nur geredet, daß der Redende sie los ist, nicht damit einer, dem der Redende sie um die Ohren haut, sie hört. Das Gegenteil wäre vernünftiger, daß man die keinem wirklich zugedachte Rede gleich bei sich behält, und andernfalls das kleinste Zeichen im Gesicht des Gegenüber, dem die Rede gilt, zur laufenden Berechnung nützt, ob die Rede von der Hirnmitte des Angeredeten auch noch erwünscht ist, oder ob sie dort die Langeweile auslöst, Gleichgültigkeit oder Überdruß, oder ob sie vielleicht nur zu ausführlich ist, oder umgekehrt zu schnell. Ist es einem nicht egal, ob man verstanden wird, hieße Verstand die Fernensinnenschärfe, die der Untersuchung dient, wie sich zeigt, ob man verstanden wird. Wenn einem alle sagen, daß man schreit, wäre man ein Trottel, wenn man unter Hinweis darauf, daß für einen selber das sich wie Geflüster anhört, in der Mitte des Gebrülls, das in einem in dem Hirn den Ton angibt, sich weigern würde, noch leiser zu sprechen, auch wenn man seine eigene Rede selbst dann nicht mehr hört, versteht man sie ja hoffentlich trotzdem immer noch, weil man sie schließlich selber redet. Wahrscheinlich tauchen so allerdings neue Probleme auf, die eine Nachregulierung in Gegenrichtung erforderlich machen, anschließend umgekehrt. Hat man endlich die richtige Lautstärke gefunden, ist das Trommelfell des anderen schneller oder langsamer gealtert als das eigene, oder ein Sturm reißt einem die Worte fort in eine andere Richtung, oder das Interesse, zuzuhören, ist schon längst erloschen, ach was, das Gegenüber ist inzwischen wieder eine Wand, die man ziemlich laut normalerweise anbrüllt, damit sie sich ein bißchen rührt. Alles käme demnach auch hier auf die Richtigkeit des augenblicklichen Befundes an, das heißt die Richtigkeit der Richtung, in die man mit den Augen schaut, und auf die Richtigkeit der Schärfe und Geschwindigkeit des Blicks. Zu scharfe Schärfe kann durchaus, siehe sommerliche Weiden, den falschen Befund erheben, und zu hohe Geschwindigkeit die gütige vitale Trägheit eines Körpers von menschlichen normalen Maßen falsch vermessen. Zur Übung kann man beide Hände bitten, ganz nah her zu kommen zur erst jetzt, wo man die kühlen flachen Innenflächen seiner Hände als die Wohltat fühlt, bemerkten Glut in dem Gesicht, und so seinen Pulsen leise flüsternd gut zu reden, es ist alles gut. Später, als Raspe schon schlief, trudelte Klar einmal kurz aus der wunderbaren Routine des Sprachunterrichts weg in sein Zimmer, das er sich selbst zum Trost gegen von außen herein stürzende Verwirrungseinfälle zum Ort des inneren Friedens in Ordnung gedacht hatte, und sah, daß auch der dort jetzt wirklich eingedrungene echte fremde Mensch, der lärmend sein Zeug um sich geschmissen hatte, seine lauten Worte und stummen bösen Launen, sich mit der Zeit beruhigen würde. Keineswegs muß man alles redend ordnen, meistens muß man nur der Zeit ein wenig Zeit geben, schwierig, das richtige Quantum zu packen. Läßt man der Zeit zu viel Zeit, kommt schon die Totenstarre angekrochen, die sich anfangs sehr lebendig tarnt mit schönem Leben. Ein Beruf ist plötzlich da, jetzt ist die Rente nicht mehr weit, hell bimmelt schon das Friedhofglöckchen, der Ministrant kriegt ein Stück Geld, das silbrig glänzt in seiner noch nicht toten elfjährigen Hand. Wenn alle weg sind, wird das Grab schnell zu geschaufelt. In kleinen Orten ist nicht jeden Tag Beerdigung, an manchen Tagen zwei. Der Ministrant darf wieder Schule schwänzen und mit dem Freund durch Laubwälder die Würm entlang nach Gauting radeln. Klar hörte in sich die alten Psalmen wieder klingen, das Kiesgescharre, das Gebimmel. Wirklich tief im Mittelalter gelebt und dort gefoltert worden, all die Jahrhunderte der Kindheit lang, Lebenshaß in sich hinein geatmet derart massenhaft, daß es für mehrfach lebenslänglich reicht, und doch auch das natürlich nicht umsonst und nicht für nichts. Descartes ist überflüssig und unschlüssig, sagte der Sprachlehrer, was sagt Pascal mit diesem Satz, Fragment aus den Gedanken. Auf der babylonischen Weltkarte liegt Babel natürlich in der Mitte der Welt der Erdscheibe. Seither sind aber knapp viertausend Jahre von echten Menschen auf der Welt durchlebt worden, und im Jetztweltalter dieses augenblicklich hochmodernen jetzt sieht kein ich, was vor dreieinhalb Jahrhunderten die Rettung war, sich noch im Zentrum einer Schau des Universums stehen. Logisch führt die konsequente Theorie der Welt in bestimmte Widersprüche des Anfangens, später der Darstellung ihrer komplexen Konstruktion, die den Widerspruch als Impfung nützt, sich flexibel zu stabilisieren. Man kann auch Befunde im Leben erheben, wo echte Menschen sich natürlich Mitte ihrer Welt, die sie beleben, sind. Im Denken hingegen ist an der Stelle, wo kurze Zeit Mensch war, dann ein Jahrhundert lang Abgrund, jetzt endlich nicht mehr nichts, sondern normaler das tote nichts zu betonierender Beton der normalen Welt. Wenn man die Totenstarre der Widersprüche, in der die frühmoderne Schau des toten Geistes mitten in den toten Leiberbergen, selbst nicht tot, zu stehen hatte, als die Hölle des Denkens, wirklich ausweglos peinigend und unentrinnbar wahr, erlebt hat, verneigt man sich heute vor den jetzigen Zeiten, am liebsten neu vor jeder Sekunde. Wieviel Uhr, sagte Klars Nebenmann auf amerikanisch, what time is it, und Klar deutete auf seine Uhr und machte mit dem Kreuz aus Zeigefinger und Lippen das Schweigezeichen, obwohl er sich an diesem Ausländisch mehr freute als an allem, was er den ganzen Morgen im kopfhoch überspannt geflöteten Französisch gehört hatte, in das er trotzdem sofort wieder einzutauchen sich mühte. Blutrichter Freisler, sagte Raspe, nachdem er sich Puder und Lippenstift abgewaschen hatte, um sich zu rasieren, hat den vorsitzenden Richter Prinzing aus der Hauptverhandlung ausgeschlossen, notfalls mit Gewalt. Daraufhin hat der Staatsschutz des dritten Reiches, in dessen Tradition die Bundesanwaltschaft hier sitzt, Herrn Baader natürlich das Wort entzogen, um zu verfügen, daß unsere Gerichtshöfe, die das Palladium der Freiheit sind, ungestraft respektlos behandelt werden dürfen, bis der Angeklagte Prinzing ausdrücklich angeordnet hat, Blutrichter Freisler habe gelacht, weil die Bundesanwaltschaft mehrfach festgestellt hat, daß Sie ein faschistisches altes Arschloch sind und ist, sagte Raspe, so eine Rasur nie falsch, dann watschte er sich das Parfüm so lange ins Gesicht, bis der Schmerz nicht mehr weh tat, sondern erfrischungsblutrot war. Das ist kein dreckiges Manöver, meine Lieben, sondern die Strafprozeßordnung, die jeder deutsche Mann als morgendliche Pflicht, auch wenn er in Südfrankreich ist, einmal vor dem Spiegel durchzukonjugieren hat, so wahr ich hier stehe. Dann machte Raspe Schattenboxen, um sich abzukühlen. Als Klar aus seinem Kurs zurückkam, erklärte er die Bilder an der Wand. Die Gesellschaftslehre sei heute der Ort der Wissenschaft richtung Meisterschaft im Philosophischen, wie in früheren Jahrhunderten die Sternenmeßkunst, die Physik, das Mathematische, die Wirtschaft, schließlich sogar die Wissenschaft von der menschlichen Seele habe in dem zeitbedingt hysterischen Augenblick, den diese Bilder hier zeigten, die Last des Denkens zu tragen gehabt. Nur zu Zeiten dieser luftig sittenlosen Badenden und der Plastiktheatralik so eines Horatierschwurs, als das Jahrhundert des Lichts auf französisch Revolution sagte, war die Philosophie selbst der Ort des Philosophischen, natürlich im deutschen Kant. Das Denken spricht deutsch, so wie die Bildkunst automatisch spanisch, niederländisch und amerikanisch denkt und so weiter und so fort. Christian drängte jetzt zum Aufbruch, um nicht zu delirant in Fahrt zu kommen. Draußen war es heiß, der Kasten des Studienheims gegenüber beschallte aus mehreren offenen Fenstern den frühen Nachmittag mit verschiedenen Musiken, am markantesten war das langsam dümpelnde Schwingen eines uneinschlägig holpernden Reggaebasses zu hören, und im vermutlich dazugehörigen Fenster saßen prompt zwei lustige Kakaos mit nacktem Oberkörper, rauchend und lachend, und als wir hoch schauten, winkten sie uns mit den Ellenbogen und den im Takt bewegten Schultern zu. Man sagt auch nicht, der Neger hat Musik im Blut, um etwas allgemeines über schwarzhäutige Menschen festzustellen, oder über die Musik, sondern um im Wirrwarr des unendlich vielgestaltigen Beobachtbaren zwei Beobachtungen gleicher Art an dem Pflock von einem allgemeinen Satz probeweise einmal festzubinden, damit man Übersicht gewinnt und Orientierung. Ohne das Interesse, eine noch so abstruse theoretische Spekulation zu bestätigen oder zu widerlegen, erkenne ich die Sachen, die ich anschaue, nicht richtig, weil ich sie überhaupt nicht sehe, sagte Klar, ohne den nach Indizien fahndenden Blick bin ich praktisch blind. Nicht das bewiesene, das nichtbewiesene drängt deshalb zur Formulierung im feststellenden Satz, der seinen hypothetischen Charakter auch ohne jede Sicherheitsvorkehrung einer Distanz schaffenden Floskel sowieso viel tiefer, als ihm lieb ist, in sich eingebrannt hat durch das Wortgesetz. Auch die Wissenschaft der Sprache sei schließlich einen kurzen Atemzug lang, in der kleinen Pause, die der deutsche Krieg gemacht hat, der Ort des Denkens gewesen. Und Raspe sagte, ja ja ich weiß, die arme Sprache, bestellte zwei Expreß Kaffee, und so übernahmen die Platanen des Cours Mirabeau endlich ihr ruhiges Regiment, natürlich lässig, schattig und kühl. Rauschten die Blätter leicht im Wind, war eine andere Rede zu hören, deren Zwietracht wir nicht kannten, weil wir noch nicht wußten, was die Blätter denken. Noch war alles möglich, hochsommerlich offen. Die Ferien haben endlich angefangen.

Paris, Anfang September, Hauptstadt des alten Jahrhunderts, was haben wir ausgerechnet hier verloren, ausgerechnet jetzt. Seit Wochen saßen wir im Regen im knöcheltiefen Schlamm auf dem teuersten, verlottertsten, heruntergekommensten Zeltplatz dieser ganzen gräßlichen Reise, außerhalb der Mauern des äußeren Rings einer von Autos und Menschen zu verstopften, stinkenden, widerwärtigen Stadt, ausgeschlossen, im Wald, hin gefesselt an tropfende, dreckige Abwasserrohre im verwahrlosten Waschraum, inzwischen schon selber Verwahrloste, an denen ausgeleierte Kleider klebten, stinkend. Ich habe nie behauptet, daß ich abenteuertauglich bin. Ich will nur zwei Dinge, eine saubere Dusche, täglich frische Unterwäsche und einen Nichtschlamm vor dem Bett, das von mir aus eine Matratze voll Luft sein kann in einem Zelt, das bitte dicht sein soll. Statt dessen regnet es hier rein, anstatt daß man geschützt wäre, und draußen reden alle ausländisch und Hundedreck steigt einem dwatschig auf den Turnschuh. So schaut es aus, seit Tagen, kein Zimmer, nichts in Sicht, jeden Morgen in der Zeitung endlose Kolonnen angeblicher Zimmer, endlos Telefongestöpsel, Staugestehe, und dann alles nur Betrug. Ich habe nie behauptet, daß ich weg will von daheim, im Gegenteil, ich will daheim sein, wo es sauber ist und im Bad nach besten Seifen und Essenzen riecht, verstanden. Ich hasse Dreck und Schlamm und weichen Baatz und alles das. Ich brauche Ordnung um mich rum und möglichst weite Ferne vom nächsten Nähesten in einer möglichst fernen Ferne, alles andere macht mich verrückt. Das muß doch zu begreifen sein, auch noch vom allerletzten Trottel, oder etwa nicht, oder was, wie, was, Ruhe hier, sonst mache ich hier einmal Ordnung, daß es kracht. Dann hat es sich gleich ausgekötert und gewinselt, dann werden hier die Namen nicht mehr nicht genannt, sondern genannt, dann schauen Schlamper, Lügner, Diebe und Betrüger genau so alt aus, wie sie wirklich ausschauen, und sie schauen sehr alt aus in wirklichkeit, heruntergekommen und verlottert, vom Alkohol verweichlicht, Lachfiguren, die längst zum Abschuß freigegeben sind. Gemessen an denen bietet unsereiner noch im hiesigen Zustand des scheußlichsten Elends ein Bild der menschlichen Würde, und so weiter und so fort. Hält man hier mal kurz die Luft an, um sich schnell zu fassen, redet der Zustand der Erregung problemlos weiter auch mit ohne Luft, man kann auch einatmend die Stimmbänder benützen, alles, die Wut macht alles möglich, das ist das wunderbare an der Wut. Trotzdem muß man die meiste Wut in sich rein runter schlucken, nur nicht alle, sonst erstickt man. Das richtige Quantum, auch hier entscheidend, studiert man am besten an vorliegenden Fällen exemplarischer Wutexistenzen, die bekanntlich vorführen, daß Wut sehr schnell zum Witz verelendet. Unter Witz stelle ich mir aber lieber Witze vor und unter Wut Wut, weil der Widerspruch als Automat zur Schnellbeseitigung aller Probleme nicht besonders lange funktioniert. Ich würde alles eher durch meine Logikautomatik jagen wollen, die aber auch nicht unendlich belastbar ist. Am besten wäre sowieso im richtigen Moment der Rückgriff auf die Wirklichkeit, sagte Raspe und drehte sich um, ich habe mich jetzt so weit beruhigt, daß wir in Ruhe abendessen können. Klar legte sein Buch zur Seite, und aus der Essenskiste in der Zeltapsis packten sie gemeinsam Brot, Milch, Butter, Käse und Tomaten aus, und nach einem Tag wie heute war dieses Essen natürlich ein Fest. Im Namen der angeblich heiligen Familie, muß man sich vorstellen, in deren Mitte der brutale Einfall steht, daß das Kind der Gott ist, nicht der alte Mann, sind an einem in der Kindzeit alle alltäglichen grausamen Verbrechen, die in der Familie automatisch auf der Tagesordnung stehen, in urüblicher unweigerlicher Weise verübt worden, geheiligt, geweiht und gerechtfertigt vom mörderischen, todessüchtig siechen Todgebot der Liebe. Nieder mit dem Staat, heißt deshalb immer noch als erstes, Tod der Familie, wobei man sich nicht um die Alten zu sorgen braucht, die sterben von selber oder sind schon erschossen, sondern um das unmenschlich besinnungslose stumpfe fürchterliche neue Kinder machen. Hat ein normaler Mensch bei Sinnen je den Wunsch gefühlt, die ganze hochvitale Urfolter des Lebens, mit der er notdürftig sich abzufinden lebenslang sich abzumühen hat, einfach einem wirklich echten neuen kleinen Menschen aufzuhalsen, oder ist da nicht doch die Grausamkeit am Werk, und Rache. Ist der neue Mensch erst da, diktiert natürlich wieder nur die alte elend enge Unlogik der Lebenslogik, gegen die jeder klare Gedanke nicht einmal nichts ist, weniger als der menschliche Fingernagel am Kleinfinger der vollkommen neuen kleinen menschlichen echten Hand, hellrosafarben, alles. Aber der Terror des Zarten ist nicht als Schicksal dahergeschickt worden wie ein stürmisches Wetter im Frühling, sondern gewollt erzeugt gemacht von alten Menschen, deren ganzes Leben beweist, daß sie durchaus nicht nicht wissen, sondern wirklich wissen, was sie tuen. Neun Monate sind eine lange Zeit. Der tödlich Infizierte denkt nicht mehr, wie noch als Junger, sondern will lebenssüchtig leben, und steht natürlich, nicht anders als das denken, mit dem Rücken richtung Zeit, die noch nicht in das jetzt herein gestürzt ist. So kann es also wohl geschehen, daß sich für einen Augenblick zwei Augenblicke kreuzen, und im Schutz der Nichtsichtbarkeit der noch nicht passierten Zeit beginnt sofort das rücksichtslose Wachstum neuer Zellen, tobend wuchert schon der Tumor, ein zur Kreatur entstelltes unförmiges Wesen geht als ein monströser kranker Leib, fast ohne Beine, völlig ohne Kopf, erdnah schlürfend durch die Welt, vital debilisiert. Alles das ist schrecklich genug, aber der echte Irrsinn geht erst in der Klinik los, wo man, bisher hat einen nichts gestört, jetzt plötzlich raus getrieben wird, ohne daß man weiß, warum, man will nicht raus, wird aber mit Brutalgewalt raus in die Welt gepreßt und gezerrt, todkrank, voll Leben, absurd. Klar hielt inne, weil es plötzlich so still war, er deutete hoch, und tatsächlich, nachdem tagelang ununterbrochen der Regen auf das Zelt geprasselt hatte, war es jetzt so merkwürdig ruhig, als würde gleich die endgültige Sintflut niedergehen. Ich turnte am provisorischen Tisch der auf den Kopf gestellten Essenskiste vorbei zum Zeltausgang und machte ihn auf. Zwischen den beiden nahen Baumstämmen sah man in der Ferne, wir konnten es in der Düsternis von unserem immer noch tropfenden Zelt kaum glauben, drei kleine eingezwängte Stücke hellen abendlichen Himmels, gelblich weiß, also nicht ungiftig leuchten, aber das Licht auf den zwei in die Waschraumzinnen gebückten Rücken von zwei anderen Zeltmenschen vielleicht siebzehn oder dreiunddreißig Schritte weg von uns war eindeutig nachgewitterlich, und genauso gereinigt war das Gehügel der Vorortdächer dahinter, im blaßbläulichen Dunst die horizontenen Hochhausketten des andersseitigen Randes der Stadt. Wo kommt so ein Licht her um diese Zeit, als wäre es etwa halb drei, höchstens vierzehn Uhr fünfunddreißig, aber es war genau neunzehn Uhr vierundfünfzig, und das Licht kam seitlich von hinten von unten. Ich tastete zurück und zog meinen Parka hoch über die Schultern, weil es ganz schön kalt war im offenen Zelt, wenn der flach über uns dahinjagende gewittervertreibende Wind kurz mal einen Arm fallen ließ und seine umgebogene Hand heftig ins Zelt rein wirbelte, riesenmäßig. Alle Besonnenheit und konsequente gerechte Rache der Sprache wollte ich viel lieber Christian überlassen, der mir so lebensschwer vollgepackt davon und lebensmüde vorkam, wie die alten Verwachsenen, von denen er geredet hatte, die sich zur Heilung ihrer Todkrankheit die Kinder machen, um sich an denen so zu rächen. Aber was einem einer einmal sagt, kriegt man, hat es einem eingeleuchtet, nie mehr aus sich raus, vielmehr wuchert das in einem bösartig herum. Dagegen hilft normalerweise, wenn der Gütekrebs zu wild in einem tobt, immer wieder die Erinnerung, wie das ganze Elend angefangen hat, und unter wessen Herrschaft und Verantwortung. Dann ist man wieder reif für jede raf Parole jeder Staatsfeindschaft und gleichzeitig immun paralysiert zum Nichttatmensch. Der Zorn redet in einem, meist nicht einmal aus einem raus, schießen tut er nicht. Außerdem ist eine Woche Wohnungssuche und Zeltplatzhaft, auch im verschärften Schlamm von unatlantisch trägem Regenwetter, eine Woche und nicht Wochen. Wirkliche Wochen zuvor, am ersten Tag nach meiner Ankunft in Aix war mir in der morgendlichen Verwirrung nach komischen Träumen der ganze Plan dieser Reise ein einziges Greuel, bis ich mich plötzlich, ich weiß nicht mehr durch welche Gespräche und Sachen, wie eine uralte Platane am Kaffeetisch sitzen sah, von oben Sonne im Geblätter, Luft und Menschenblicke spürte, sichtlich glücklich. Wir saßen endlos da und haben den ganzen Juli richtig beredet, Christian hat seine Karten erklärt, und wie er sich gegen die Überreiztheit der ersten Wochen allein schließlich erfolgreich zur Wehr gesetzt hat, geistig, mit Hilfe seiner Studienkammer. Und ich erzählte von München und der Musik, von den Festen, dem ganzen freien Leben, eben dem Ausbrechen aus meiner alten engen jahrelangen Zelle, der praktisch fleischlichen Revolution meines Lebens, von der ich ihm nie hätte schreiben können, während es sich dort mündlich ganz von selbst erzählt hatte. Die Geschichte mit Konrad war ja imgrunde eine reine Sache des Redens, eines plötzlich vom Sommersemesterspaß rasant beschleunigten Austausches zweier gegensätzlicher Konzepte vom Leben, natürlich um den anderen zu gewinnen, ankämpfend gegen die Enge der Ahnung, daß das nicht geht, um so heftiger im Kampf miteinander von anfang an forciert. Im übrigen hatte der ganze Sommer heuer eben fulminant begonnen, das heißt hier alkoholbefeuert wie noch nie. Ich würde mal sagen, das Baader war mehr oder weniger unser Wohnzimmer, das Parkcafé die Veranda, wo wir praktisch allabendlich Gäste hatten, nur schöne junge Menschen, bis in die frühen Morgenstunden oft, oft ist man aus Gründen der Trunkenheit möglicherweise gar nicht mehr ganz nach hause gekommen, sondern hat eher im Rinnstein übernachtet, ohne daß ich mich erinnern könnte, daß ich dadurch einen echten Schaden abbekommen hätte, eher im gegenteil war dieser Mai wie endlich überhaupt normal geboren werden. Schließlich bin ich lange genug an toten Betten sterbender Menschen gesessen, nicht von gütig klarklar alkoholisierten, sondern den absolut nackten Gedanken der Tiefe der Nacht terrorisiert, im Rücken das Gehacke mit dem Beil der sich minutenhaft zerhackstükkenden Zeit, Sekunde für Sekunde, nächtelang. So trieb die Zeit mich ins Theater, wo getrieben von der Zeit, die auf der Bühne echt vergeht, der Blick sich schärft für die Geschichte, die einem in Gestalt der Wissenschaft bisher eher ein Witz gewesen ist, das dasitzen im Seminar als Wissenschaftshilfskraft, am Schreibtisch gegenüber die Mithilfskraft, neben sich den Trost des Zettelkastens, in sich in jeder Zelle das Büro der sogenannten Doktorarbeitarbeit, das war die Zeit für mich für viel zu viele Jahre, neunzehntes Jahrhundert, Hölle, nichts. Erst abends im Theater explodierte auf der Bühne wirklich augenblicklich jeder Augenblick im jetzt. An einem der ersten warmen Abende des Jahres, wohl im März, sind wir danach noch lange auf der Treppe des Theaters gestanden, in einem heftigen Gespräch. Daran erinnert man sich, seltsam, sehr genau. Blind hingegen das ganze Semester im Winter, schrecklich, gut, die Chirurgievorlesung, morgens eine Stunde ist ein bißchen wenig Sensation für einen ganzen Tag, viel geschlafen, scheint mir, überall, bevorzugt in den Vorlesungen selbstverständlich, in der Lesehalle, manchmal auf der Heizung bei den Physikern, großer schwarzer glatt polierter Stein, vielleicht Granit, man weiß es nicht, es ist einem auch eher egal, der Grabstein wärmt einen von unten, im Dämmer wuselt es von vielen Menschen, und man liegt da und schläft und träumt. Tief unter Tage war ich, scheint es, sehr zugange, eine Stirnlampe am Helm auf meinem Kopf, nicht sehr viel Licht für so viel Enge in dem dunklen Schacht, zurück, nach links, retour, den dünnen Faden in der Hand, damit ich mich verirren kann und dennoch nicht verliere. Die Stelle kenne ich, da bin ich absichtlich in einen Nebenstollen seitlich ausgewichen, wo es zunächst immer enger wurde, stand ich dann plötzlich in einer geduckten Kathedrale fast, erschrocken, weil ich hier schon so oft war, daß der Geruch so urvertraut nach jenem Sänger roch, der den Schlafenden zurück in Schlaf gesungen hat. Wer da, sagte ich, ist da wer, nichts antwortete, das war beruhigend. Menschenleere, imgrunde eine Höhle, Keilschrift an den Wänden, ich soll wem eine Nachricht überbringen, einer sei am Herzinfarkt erkrankt, weil sein Loch, mit kalten Glassplittern verstopft, aus Tücke seine Trunksucht in der Blutfettwurst so niederträchtig hoch getrieben habe, heimlich, die Drogen hätten ihn betrogen. Bücher machten Kranke kränker, Eppendorfer Psychiatrie sei Irrweg, Vesper solle sich um Felix kümmern, anstatt sich den Tod zu nehmen. Ich wisse wohl, die Mammutkrise spreche die diesbezüglich klarste Sprache, wie von den Lügnern dann mit Lügen alles umgekehrt in Dreck gezogen werde, das Leben, heißt es dann, hat er sich selbst genommen, in wirklichkeit war ich der Tod. Im Kopf tobten die uralten Schmerzen, nicht nichtkrank natürlich, aber vital triumphierend, zerrissen, aber begnadet, das Hirn, die wunde Stelle, und Sanftmut im Blick. Ich sah jetzt endlich Leute mit der Stirnlampe im Zitterlicht erscheinen, kurz, Gesichter, ja, sagte einer mir, hier geht es raus. Das kriechen und hauen hatte ein Ende, man konnte jetzt gehen, ich fing an zu laufen, immer schneller, Wände, Hallen, Treppen, hohe Gänge, die ich durchstürzte, und ich jagte dahin wie der helle Sturm. Über der Stadt hatte sich frei der Abend ausgebreitet, Zelte wurden wieder zugemacht, das Gaslicht brannte. Echte Menschen schauten in die hellen Seiten echter Bücher, ich im Turm in meine Zeitung. Ich muß wohl eingedämmert sein, mir war schon richtig nächtlich fröstelig zumute. Neben mir schlummerten die Berge der Bilanz des letzten Jahres, erwachender Sklave genannt. Hinter den weiten schwarzen Fenstern war frischer Schnee gefallen möglicherweise, wahrscheinlich auf die Welt, um da als dichter weißer Pelz zu ruhen, Kristalle sternnah an Kristallen. Ich stand auf und ging ans Fenster richtung See, und als ich die Spiegelung durchbrochen hatte, berührte schon die alte Stirn das Glas. Ich lehnte mich fest dagegen und schaute raus. Im Augenwinkel stand der arme treue Hocker wartend in der Ecke. Unverrückt thronte endlich ruhigäugig schwarz der Schädel auf dem schwarzen Tisch, in der Mitte weiß das nicht beschriebene Papier, und links war buntfarben mit vieldurchgrenzten Kontinenten und noch mehr blauen Meeren ein Modell der Erde, auf der in echt der Mond die Menschen leben sieht. Der Schreiber lauschte, alles, hörte er, war so gefaßt. Ich könnte die ganze Nacht am Fenster stehen heute und da raus schauen, sagte ich und ging zurück zu meinen schlafenden Gebirgen. Ich setzte mich wieder zu ihnen auf den Boden und haute freundschaftlich auf jeden Packen drauf. Der Kampf hat erst begonnen. Draußen gingen die Wächter auf und ab, die Uhr war verhängt, die Schrift erhört.

Im Namen des Volkes

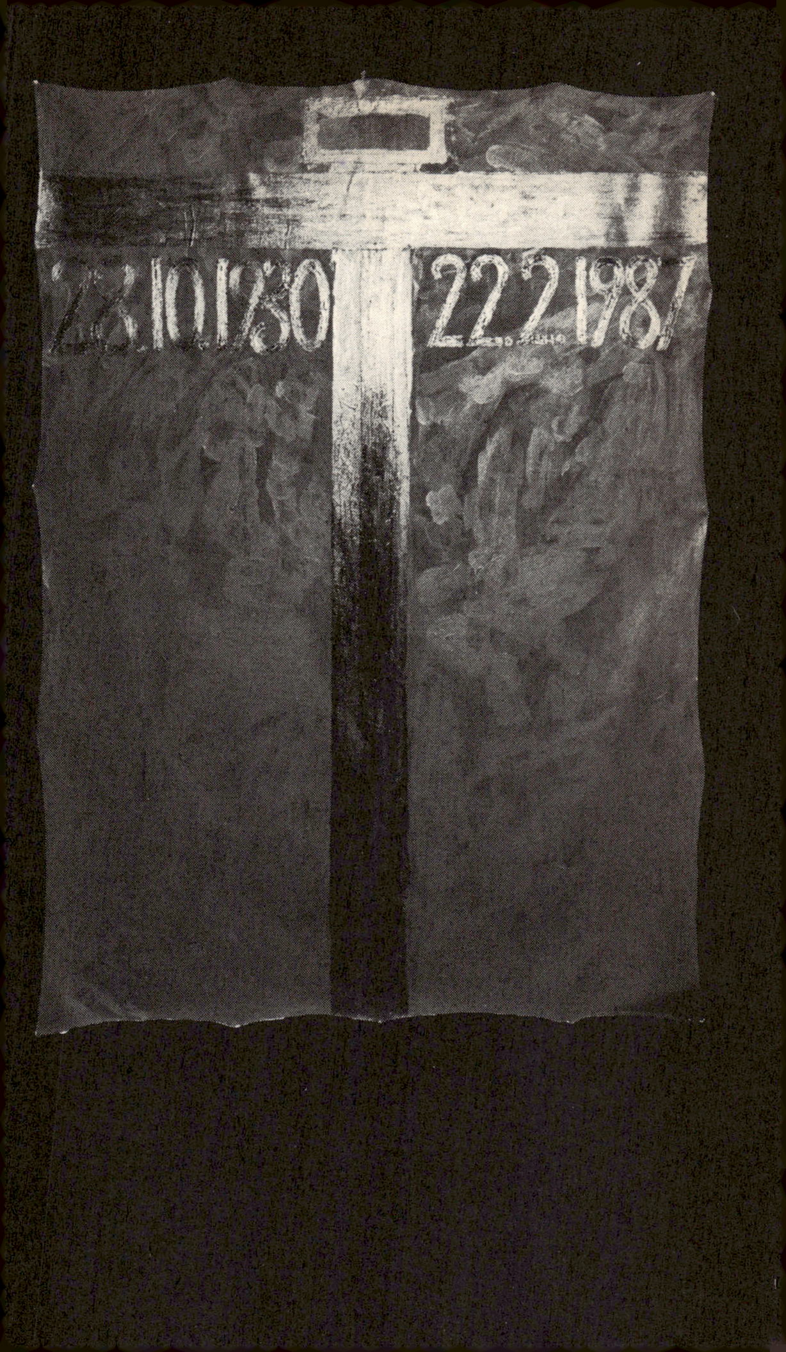
23.10.1980
22.2.1987

»Made in Germany«

1954

Im Namen des Volkes ergeht folglich das Urteil. Alle heute nacht noch nicht gestorbenen, die heute nachmittag nicht tot geschossen wurden, sind als noch nicht tote echte Menschen bei lebendigem Leib zum Leben verurteilt. Durststreik ist Unsinn, da jede für sich abgegrenzte Zelle, so heißt die funktionale Einheit lebender Systeme, wesentlich aus bipolarem Wasser ist. Das Feste, kurze Zeit umwölbt vom nassen weichen Fleisch, ist der nackte Knochenmann, dessen harte Salze dann die Erde düngen, damit die grünen nichtmenschlichen Pflanzen wachsen. Unter dem Gestirn sind in dem äußersten, fast kugelig geformten Knochen in zwei tiefen Höhlen hell leuchtend die Augenlichter gut geschützt, gehängt an das Gehirn, zu den zentralen Fernesinnenzentren aufgestiegen, da sie dauernd Angst und Schmerzen melden, nachts manchmal den Trost von Sternen. In diesem Augenblick erschrickt das Ohr, das Sachen hört, die man nicht sieht, die Tiere etwa, die was treiben, um sich zu vermehren, ängstlich lauscht es still im Meeresvogel, dann fängt was zu singen an. Mit seinem einen Mund, der oben in der Mitte ist, ißt der Mensch die Luft und alles, was er braucht, in sich hinein, und ausatmend bestreicht ein Hauch den tief im Kehlenkopf versteckten zweiten Mund, wo Stimmenbänder schwingend einen Wohllaut bilden, der im äußerlichen Mund der Rede sich zu ordentlichen Worten formt, die hier deutlich sagen, daß der Mensch sieht, daß das alles, wie es nun mal ist, vielleicht nicht nur verheerend, auf jeden Fall gewaltig ist. Dann zog der Herr seine Kalaschnikow, feuerte paar Salven in die Luft zum Spaß und freute sich am siebten Tag der Ruhe und der Feste mehr noch als sonst an seiner Bilder Zeitung. Da erhob sich, als der Richter also ausgesprochen hatte, Zorn im Saal, lebenslang wofür, wurde gerufen, schuldig welcher Schuld, Verbrecher, Rufe wurden Chöre, Staatsschutzrecht, Faschistenschweine, Blutgericht. Und als die Bundesanwaltschaft in Tateinheit mit Mordversuchen, Polizei und allen Richtern die Nationalhymne, die Hosen runter, Hand aufs Herz, zu singen angefangen hatte, hoben die Unterdrückten revolutionär die linke Faust und votierten derart stumm, ohne hier die Internationale anzustimmen, für ein Leben vor dem Tod für alle. Da erkannte die Macht, daß ihr Recht im Unrecht war, und es wurde still. Alles muß anders werden. Die neuen Gesetze sind noch zu alt. Todgeweiht standen die letzten Helden der letzten Revolution, abgemagert, krank und ausgezehrt, ohne jede Ähnlichkeit mit irgendwelchen Fahndungsphotos, hinter den Verteidigern ihres Vertrauens, vor den wachenden Beamten von der Staatsschutzstaffel, den leeren Zeugenstand im Blick, und wußten, daß die Revision dieses Prozesses kommt, für sie jedoch zu spät. Täter haben Taten zu vollbringen, die die Zeit ihnen diktiert, und die Taten wählen sich, nicht nichtsich, so daß sie die Wahl nicht haben, Nichttat zu sein, wie später die Betrachtung. Die deutsche Zeit ist als Diktator nicht leicht anzunehmen, weil die Toten, die der deutsche Krieg ermordet hat in einunddreißig Jahren, erst jetzt so langsam in das Alter kommen, in dem sie am normal brutalen Alterstod eingehen. Das dauert allerdings noch seine Zeit, bis alle fünfundsechzig millionen Leichen, genau so viele Menschen, wie in wirklichkeit in diesem Augenblick in Deutschland leben, einen nicht vom deutschen Krieg verursachten normalen Tod gestorben sind. Deshalb hat dieser Prozeß, so das Gericht, so lang gedauert, weil die Zeit in diesen siebenhundertsieben Tagen dieser knapp zwei Jahre pro Sekunde auch nur eine Leiche durch das Aussprechen des Wortes tot für tot erklären konnte, bisher gut einundsechzig millionen Sekunden terrestrischer Echtzeit hier, und so weiter. So hatte die mündliche Mitteilung des wesentlichen Inhalts der Begründung für das Urteil nicht viel mehr als drei Stunden gedauert, und der vorsitzende Richter Voth wiederholte jetzt den Vorwurf, daß das Gericht vor der Türe des Gerichtssaals die im Gerichtssaal sitzende Politik nicht nicht belauscht und abgehört habe, sondern im gegenteil nicht untätig konspirativ tätig gewesen sei und es also abgehört verfügt sei, daß schließlich er hier im Gerichtssaal sitze, nicht das von der Urteilsformel sogenannte ausgeschlossene Volk, in dessen Namen das Urteil dennoch wirklich erging, nicht nur im Kopf des vorsitzenden Richters. Das Volk hat sich nicht auf die Seite dieser Revolution gestellt, sagte ein Metropolenkämpfer betrübt. Wir müssen noch lernen, vom Volk zu lernen. Draußen vor der Mehrzweckhalle waren die Stammheimer Äcker, es war spät im Frühling, längst besät. Im Herbst des gleichen Jahres lag das Urteil schließlich schriftlich vor. Heute war Montag, der fünfte September.

Fliegende Blätter, die in jenen Tagen für eisernes Geld an jedermann verkauft wurden, waren mit Massen unterschiedlich großer Buchstaben bedruckt, die entziffert ganze Worte gaben. Wer schon lesen konnte, konnte diese stummen Worte praktisch ausgesprochen in sich klingen hören und sich derart neue Sachen sagen lassen, die er noch nicht wußte. Der Abel hat den Kain erschlagen, meldete die Nachricht, dahinter stand ganz groß, warum, gefolgt von einer hin gedruckten Schlange mit einem Biß als Punkt am Boden. Es wäre doch gescheiter, die Brüder tuen sich zusammen und hauen erst einmal den Alten tot, dann sieht man weiter. Normalerweise fließt dann Blut aus dem Gesicht von dem, den man mit einem Stein erschlägt, natürlich kann man auch ein Messer nehmen oder mit der Vase in der Diele stehen. Schließlich sperrt der Vater irgendwann die Türe auf am Abend, wenn er aus der Irrenanstalt heimkommt, wo er als Professor Irre foltert, schon eingestimmt auf seine miese Laune, mit der er stumm den Feierabend lang die ihm gehörige Familie quälen will, nur leider wird das heute abend nichts, denn heute wird er, kaum hat er sein Haus betreten, von den von ihm gezeugten Söhnen endlich tot gehaut. Freispruch, sagt die Zeitung riesengroß, rot unterstrichen, schwarz auf weiß steht klein darunter, warum der Vater schuld hat, nicht die Söhne. Aber in wirklichkeit war es doch umgekehrt gewesen, und es hat der jüngere der beiden Brüder den älteren Bruder ermordet, nicht der ältere den jüngeren oder beide gemeinsam den Vater. Verkehrt herum lagen also tote Polizisten auf der kalten schwarz geteerten Straße, zugedeckt mit Plastikplanen, die noch schwärzer glänzten, von den Polizeischeinwerfern hell beleuchtet, damit man schöne Fotos machen kann von allen Seiten. Zusätzlich wird die präzise Orgie des Untergrunds, ernannt zum Tatort, ganz genau vermessen, jedes Fitzel wird beziffert und auf einer Karte exakt dort eingetragen, wo der Tatzufall es hingeschmissen hat. Junge Bäume schauen mit den nackten mannsbeindünnen Stämmen auf den armen blauen Kinderwagen, den gelb ein böses Auto tot gefahren hat, das halb am Gehweg steht und so die ruhige Nebenstraße gut versperrt. Deshalb muß Herr Heinz den Wagen bremsen, Herr Schleier will sich schon beschweren, doch da kracht von hinten der Mercedes mit den Polizisten auf den ersten dickeren Mercedes drauf, und jetzt hat man den Salat. Der Luftkompressor, der im südfranzösischen Gebirge noch so gemütlich brummelig den Bauarbeitern hilfreich zugetuckert hatte, hält jetzt die Luft an, bis die Schießerei vorbei ist. So ein Gemetzel spielt sich von außen aus betrachtet ziemlich schnell ab, während in wirklichkeit in wenigen Minuten im inneren der einzelnen Beteiligten so viele echte Leben echter naher Menschen ganz durchjagt werden mit rasender Geschwindigkeit, daß in drei Minuten Tatzeit durch die Hirne von vier schließlich toten Menschen gut und gerne, natürlich absolut chaotisch, eine Zeitsumme von über siebenhundert Jahren am Tatort lebt und stirbt. Die so geballte Energie wird dann dazu verwendet, die Nachricht vom geschehenen jetzt schon sogenannten Attentat mit hochrasantem Tempo vorallem mittels nicht sichtbarer Wellen und Ströme schnell leitender Kabel durch den Lindenthaler Stadtwald richtung Kölner Dom und Vater Rhein zu tragen, wo gemächlich majestätisch weiße Schiffe schwimmen. In rasender Fahrt jagt die Politik von Bonn nach Bonn Bad Godesberg, da der Staat seine Abteilung Terror im Bundeskriminalamt unterhält, und informiert sich über die noch nicht bekannte Lage der konspirativen Wohnung am Wiener Weg, wo die Täter gerade erleichtert in ein gescheites Auto umsteigen. Herr Schleier darf im Laderaum des Kombi Ford Granada liegen und den Karton ins Fenster halten, der die Aufschrift trägt Elektroschnelldienst Schmitz. Ohne zu lachen lassen sich diverse Minister von ihren Herren Fahrern von Bonn und Bonn Bad Godesberg zu dem inzwischen abendlich dämmrigen Stadtwald von Köln bringen, um sich schnell an Ort und Stelle den vermeintlich persönlichen Eindruck zu verschaffen, da die Kameras des zweiten deutschen Fernsehns auch nicht ewig warten können. Vom Eindruck zum Wort ist ein sehr weiter Weg, schätzungsweise einmal Mond tour retour. Aber der Führer der Opposition ist schließlich kein Kosmonaut, sondern Kohl, der auf der Erde wächst und selten in Kopfhöhe hoch gehoben wird, wenn gegessen wird, was auf den Tisch kommt. Wir alle stehen unter dem Eindruck dieser brutalen Mordtat. Ich meine in dieser Stunde, wir alle müssen jetzt begreifen, daß es fünf

Minuten vor zwölf ist, daß wir alle Machtmittel unseres demokratischen Staates anwenden müssen, um diese unerträgliche Gefahr für unsere innere Freiheit endlich zu beenden. Die Wiederholung kommt um zehn vor elf im ersten in der Spätausgabe jeder Tagesschau aus dem Fernseher in jede Wohnung, wo wer um diese Zeit die Nachrichten anschaut.

Es war am dritten Tag, als Frau Heinz am frühen Morgen in der Küche aus dem Schrank zwei Kaffeetassen nehmen wollte, inne hielt und die beiden Tassen anschaute, während ihr die Arme schwer zu Boden fielen. Dann setzte sie sich auf den Hocker und mußte bitter Salz und nasses Wasser weinen. Nach einer Zeit richtete sie sich gerade auf, schüttelte den Kopf und ging leise auf den Gang zum Telefon. Sie hatte die Hand halb ausgestreckt, als aus dem Zimmer Geräusche von der Couch zu hören waren. Dann war es wieder still, und die Salven des Ratterns der Wählscheibe ratterten vom Ganghallraum verstärkt durch die sperrhölzerne Türe in das Wohnzimmer. Die alte Frau dort lag still, sie hatte die Augen geschlossen. Aber auch ein ganz still mit zugemachtem Gesicht da liegender wacher Mensch hört sich nicht wie ein Schlafender an, so wie man einem Schlafenden schockhaft deutlich sofort ansieht, daß er ein Toter ist, der egal wie unerwartet plötzlich über Nacht gestorben ist. Augenblicklich ist, was Fleisch war, ein Stück Holz, die toten Zellen sind ein kaltes Moosgemoder in dem toten Baumstumpf, Zellulose und sonst nichts. Man wird in einen hellen Raum geführt, zwei sehr junge Männer mit ihren weiß strahlenden Kitteln öffnen höflich eine steinschwer dunkle Türe, es geht in eine Kammer, matt mit indirektem Licht beleuchtet. Die Männer lassen einen dann allein. Hinten an der Wand sind ordentliche Kästen aus nicht sehr geputztem schmutziggoldenem Messing, rot beschriftet in der Mitte klitzeklein, davor liegt er dann sauber aufgebahrt auf einem schwarzleinen verhängten viel zu hohen toten Bett, Standardausführung ohne Pedal. Man fürchtet sich, weil es einem vollkommen egal ist. Er ist tot, was da liegt ist nichts, ein grünes Wachs mit grauen braunen Schlieren. Die Uhr sagt einem auch nicht, wie lange man jetzt hier zu stehen hat, ohne daß man weiß, wozu. Es wird sich schon zeigen, wenn man wartet. Früher hätte man vielleicht gebetet, aber dazu ist zu viel passiert. Einundvierzig ist kein Alter, um zu sterben, aber dreiunddreißig oder siebzehn ist natürlich auch keines, oder wie alt die waren, die anderen, Anfang zwanzig. Das toteste ist der Mund. So zu kann man die Lippen gar nicht drücken, wie die Augen, die sind wirklich zu, aber zwischen den Lippen ist ganz schmal, doch absolut tiefst schwarz ein toter Spalt. Auch die Hände, die man kennt, wie die eigenen, erkennt man nicht mehr wieder. Man möchte gehen, und muß bleiben, wartet sinnlos. Hoffentlich riecht man nicht aus dem Mund, man schwitzt und atmet, irgendwo juckt irgendwas. Die Türe öffnet sich ganz leise, und die alte Frau öffnet die Augen und winkt das lauschende Gesicht der jüngeren zu sich her ans Bett. Eine nimmt die Hand der anderen, und so sitzen sie da, ohne zu weinen.

Man bestellt das Essen, das Bier und steckt sich eine Zigarette an. Drei Jahre kennt man einen vom Verein, ist mit ihm nach dem Spiel zigmal nackert unter der Dusche gestanden, hat ihn angebrüllt, wenn er nicht startet, wenn man paßt, alles, Siege, die totale Erschöpfung in der Halbzeit auf der Wiese, und dann plötzlich meint man selber, man hätte den gar nicht gekannt. Als Fußballer eher eine Niete, ehrlich gesagt, frei flottierender Stürmer, darauf hat er bestanden, hat partout keinen Verteidiger gespielt, obwohl man ihn da als ziemlichen Brackel besser hätte brauchen können. Spiel ohne Ball, hat er gemeint, er verwirrt die Verteidigung, und der Floli bricht durch oder zieht ab aus der Distanz. Anspielen hast ihn nicht brauchen, die Technik hat er nicht erfunden, aber gerennt ist er für drei, meistens sinnlos. Aber was heißt schon sinnlos. Im Kickern war er besser, an manchen Abenden unschlagbar, nach paar Weißbier sowieso. Immer sauber hingelangt beim Feiern, dahergeredet wie der Weltmeister, das schon, dann hat er wieder den Mund gehalten im richtigen Moment. Im Sommer ist er oft abends noch schnell zum Penzberg gebrochen, rauf, runter, zurück. Er und seine Maschine, auch so ein Kapitel, daß er sich noch mal derrennt, seine Eltern dauernd. Keinen Kratzer hat er abgekriegt, nichts. Sonntag früh um vier ist er los, Frühstück in Verona, ganz allein, herrliche Luft noch, und bevor die dicken Schlitten die Autobahn verstopfen, war er schon wieder daheim, den Helm am Ellenbogen bei schönem Wetter. Ausgekannt hat er sich im Oberland, wie keiner, jeden Hügel, Kurven, alles abgebrettert rennfahrermäßig. Hinter Lenggries hat er sich hingesetzt, fischen, manchmal sogar im Wald übernachtet. Paragliding hat er angefangen diesen Sommer, davon erzählt, wie was dann ausschaut, von oben, wie man segelt. Auf der Wiesn hat er jeden Steckerlfisch erklären können, wo der steht und wiest ihn fangst, wiest ein Feuer machst im Wald, das keiner sieht. Ein fanatischer Polizist war er nicht, sondern ein ganz normaler. Natürlich beliebt, wie man hier sah, an der Stimmung im Saal. Die Musik hat gespielt, und geredet ist worden von allen und daher gestikuliert mit den Händen. Hell stand der Rauch über den Köpfen, mindestens zweiundzwanzig, einander gegenüber an dem langen Tisch. Eigentlich hat keiner gefehlt. Draußen auf dem leeren doppelten Fußballfeld kam uns von den Sträuchern her über die Weite langsam einer entgegen, den wir vom sehen her kannten, der manchmal als Zuschauer kam zu den Spielen. Er ging ein Stück mit uns und hörte uns zu, und als wir uns die Beine genügend vertreten hatten und wieder vor der Türe des Vereinsheims standen, wollte er nicht mitkommen auf einen Schluck. Also gingen wir allein zurück zu den anderen, und der ging weg. Es war schon wirklich Abend geworden, und der Tag hatte sich geneigt. Merkwürdig nah schlug es die Zeit, vielleicht war irgendein Turm hinter den neu gebauten Häusern versteckt. Graue geschlossene Vorhänge wurden plötzlich durch unsichtbare elektrische Glühbirnen zu weiß beinahe leuchtenden, fensterkreuzlos viereckigen weiten Lichterseiden. Manche waren bunte Lampions. Dort durften Raphael und Gabriel noch einmal ihre Skeletor Kassette hören und wurden dann in Schlaf gesungen.

Der Fremde war in jener Nacht hinunter zum Fluß gegangen, wo die anderen waren, wie immer. Erst sind die Neuigkeiten beredet worden, dann alles alte, das ganze Zeug, und schließlich hat jeder jedem sehr laut sein bisheriges Leben erzählt. Darüber sind die Männer eingeschlafen. Rote Flaschen standen Wache, daß kein nicht hierher gehöriger sich her traut, um die Nachtruhe zu stören. Manchmal gingen donnernd Winde ab, und hingen lange in den mindestens drei Hosenbeinen, als zusätzliche Heizung. Im ersten Morgendunst schwankten auf der anderen Seite des Ufers hoch auf ihren Pferden zwei grün uniformierte Beamte von der Polizei dahin, und unterbrachen ihre Unterhaltung kurz, um zu schauen, ob alle vier dunklen Säcke an ihrem Platz lagen, wie immer. Dann ging es weiter, flußaufwärts. New York Now stand knallrot auf dem silbernen Jogginganzug, der keuchend entgegen kam. Jeff Koons soll von Kosmos zu Bayern wechseln für viel Geld, das hat es noch nicht gegeben, außer daß Beckenbauer dort gespielt hat. Aber vielleicht reißt der den Verein wirklich aus seiner arroganten Lethargie, vielleicht muß wirklich ein Amerikaner kommen und uns vormachen, was Sache ist. Am besten schaut man mal, dann wird man es schon sehen. Überhaupt die Madrilenen haben es wahrscheinlich wärmer jetzt im Herbst. Dazu kam aus dem Bart ein erster Rachen voll von zähem tief gefühltem Lungenschleim geflogen. Aus Alttabak gedrehte Kippen sind beim ersten Zug schon so ein Hammer, wie eine doppelte Boyards am Schluß. Da weiß man, wo man seine Bronchen hat, da nämlich, in Herzhöhe, nur in der Mitte. Automatisch meldet sich der Morgendurst. Aber zuerst steht Wasser für Kaffee am Gas, aus Prinzip, erst eine Tasse reinen schwarzen Neskaffee in der Frühe, und erst dann den ersten Schluck. Ohne sowas kommt man schlimmer runter als man meint und vor allem schneller, ohne daß es nötig wäre. Schließlich kostet so ein Kaffee praktisch nichts, am wenigsten im deutschen Pilgersheimer Supermarkt, wo sie an der Kasse alle alle Augen zudrücken aus Anstand, wenn man kommt am Abend, eventuell schon etwas singend, und nachgeschaut wird dann vom Flaumbart, der kassiert, ob eventuell die Zehnerl stimmen für das eine halbe Bier, das man als Ausweis immer mit sich führen muß. Zu zweit verzählt es sich nämlich normalerweise leichter als allein, da schreit dann gleich wer, halt, Betrug, aber nicht hier, weil angefangen hat ein jeder, wie ein jeder, auch wenn man jetzt als Flaschentrockner vor dem Baum sitzt mit den echten Sonnenschatten von den kleinen Zweigen im Gesicht bestrichen. Schweigend still sein kann man später, sagte der sogenannte Josef, der mit seinem Gebiß ausschaute wie ein Krimtatare, den der Krieg hierher verschlagen hat, wenn man tot ist, sowieso noch lange genug.

Lieber hält man sich an seine Sachen fest und läßt die Flaschen kreisen wie den Wasserfall mit seinem einen umgedrehten alten Rad von einem Radl, das scheinbar woanders ist, jedenfalls nicht hier. Was treibt zum beispiel so ein Fordmechaniker im hellen blauen Overall, wenn er mittags mit paar Kumpeln hier am Wehr die Milch zur Semmel trinkt stocknüchtern, und das Angebot, sich herzusetzen zum erzählen nicht mal ignoriert, sondern so tut, als hört er nichts. Hallo, muß man schreien hier, daß einen einer hört schon bald, oder ist man hier den Herrschaften vielleicht nicht gut genug, oder ein Dorn im Auge, oder was. Im Radio kommt der neueste Verkehr, damit sich keiner mehr verläuft oder verstopft in einen Unfall fährt, sondern zu sich nachhause, wo er hingehört. Dann spielt wieder die Musik, c'est la ville, l'hôtel de ville, barbar barzar l'hôtel de ville, c'est la ville, c'est la ville, und beim Refrain stimmt alles ein, kommt Leute, kauft beim Trödler Abraham. Und es müßte mit dem Teufel zugegangen sein, wenn einer der vier Musketiere dieser Viererbande hier nicht hoch aufgestanden wäre, um zu sagen, erschlagen lassen mir uns noch lange nicht von nichts, schon gar nicht von einem alten Zeug, mir kaufen uns lieber die neuen Sachen, wo es sie flüssig gibt im Supermarkt. Und mit diesen Worten machte er sich auf den Weg, um für alle neuen Brennstoff zum nachlegen und einheizen herbei zu schaffen.

In ziemlichem Tempo bohrte mit seinem Rad am Mittag des folgenden Tages einer über meine Brücke dahin richtung goldener Herbst. Er war natürlich zu spät dran, weil er am Abend zuvor ziemlich auf Sauftour gewesen war, wie es das gibt an einem Freitagabend. Die Bäume am Ufer kamen ihm amerikanisch vor, so übertrieben in ihren mächtigen Farben. So eine Luft, wie sie da hinten über dem Nockerberg hochging, so brutal blau, daß man meint, man fliegt, die müssen sie sich anderswo allerdings erst noch erfinden. Über sich sah er die Nüstern von dem bewegungslosen weißsteinernen Pferd, unter dem er schon mindestens sechstausendvierhundertsiebzig mal, praktisch jeden Tag, unten durch vorbei geradelt war, wie komische leere Augenlöcher drohen. Er schaute in die Richtung, in die sie schauten, und sah, daß unten auf dem Hochufer zwei Löschzüge der Feuerwehr fettrot und fett ganz langsam immer nah und näher an die Kante, wo die Mauer abfiel in das Wasser, sich hintasteten, von schwarzblauen Männern mit Helmen dirigiert. Jetzt mußte die Verabredung, die sowieso schon überfällig war, dummerweise leider warten, weil die Feuerwehr schon immer Vorfahrt hat an jeder Kreuzung. Im Wasser lag verkehrt herum ein dicker toter Mensch unbestimmbaren Geschlechts. Das Problem war hier die Dünnheit von den Zweigen, mit denen sich der eine abgelatschte Stiefelschuh, Ferse zuoberst, mit mühundnot gegen die ganz schön schnelle Strömung kaum noch an der Uferböschung fest anhalten konnte. Mit einem Seil gesichert turnte einer der Männer behende dem toten Schuh entgegen und bekam ihn tatsächlich zu fassen. Dadurch lockerte sich allerdings die zwischen Schuh und Fuß scheinbar nur lose Bindung, und der schräg in die Tiefe hängende gespreiztbeinige leuchtgasblasse Leib, der sich in der Mitte nackt mit einem prall getrieben aufgepumpten Bauch zwischen Kleiderwülsten richtung Luft über der Wasseroberfläche drängte, war nahe daran, unter Preisgabe des eh nicht mehr sehr notwendigen alten Schuhes sich doch noch einmal frei zu machen, um mit Wasserhilfe abzuhauen. Schon kam jedoch der zweite feste Strick herbei, mit dem der angeseilte Cowboy aus waghalsiger Position Hals und Kragen des an den Kleidern federleicht nach oben und seitlich her ans Gebüsch gezogenen Toten umschlang, und der Rest der Bergung war ein Kinderspiel, das die motorbetriebene Stahlseilwinde des näheren der beiden roten Ungetüme ordentlich besorgte. Beim Hochziehen verhängte sich die einarmige Jacke derart in den Zweigen, daß erst der Rücken sichtbar wurde, dann das Gesicht. Kunnst uns nicht ein Markl hertun, hatte der Penner gesagt, mir sind nämlich gegen Kunst, und geistige Getränke hätten einen Durst, den man nur lebendig löschen kann. Genausogut hätte der es noch zehn oder zwanzig Jahre machen können, so wie der ausgeschaut hat, eigentlich gesund, vielleicht Mitte fünfzig. Den Antschel haben sie schließlich auch aus dem Fluß gezogen vor sieben Jahren in Paris. Jahrelang hat der vorher Platte gemacht, irgendwo im Osten, Warschau oder Wien. Große Sänger waren sie mit ihrem Radio, daher gegrölt die Hits, wie in der Kirche. Schließlich liegst als Flußleiche im Fluß, verrückt, von außen aus zum anschauen nicht schön. Zu viert haben die Feuerwehrmänner an den Kleidern angepackt und gestöhnt, weil der tropfende Körper so schwer war. Ein fünfter hat den Kopf gehalten, und vorsichtig haben sie ihn in die hellgraue saubere Plastikwanne gelegt. Die Leute standen da und schauten zu, zumteil von weitem, und jeder hat irgendwas gesagt. Dann hat die Verabredung gerufen, und wie wild traten jetzt die Adidas Turnschuhe, Marke Nizza, in die harten schwarzen Vierecke der metallen glänzenden Pedale, weil es eilte.

Da war ich plötzlich hoch geschreckt. So viel Ferne stünde mir nicht zu, daß wir in Karlsruhe dem alten Herrn das frische Witwenphoto in der Wohnwabe zerstören dürfen und das Altersheim des Sprengmeisters betreten. Schweigen und Stille um mich herum ganz automatisch, ich saß wo da, im Bett, und es war Nacht, und finster. Vom Tisch her glühte silbern unermüdlich meine Uhr, als dürfte die nie schlafen, fünf Uhr siebenunddreißig, mit ihren echten eckigen Ziffern mir nur in die Augen, nicht in das Hirn, das den Kopf schon wieder schwer zurück zog, tief hinunter. Der hellfarbene Prinz hatte die verbotenen Haare und die dunkle rauhe Faltenhaut in das Gesicht bekommen überall durch ältere Verkümmerungen der Chemie. Mit dem Messer muß man dann das Zeug, das wächst und wuchert, dauernd abschneiden, damit die Hundejahre, eines zählt für sieben, schneller rüber sind, daß Ruhe ist. Pyramidal führt eine hohe seitliche Gestalt den jungen Mann mit Buch und Schädel und dem spitz gepfeilten Knie hellrosa frisch mit Luft beatmet vorbei an schon zu dunklem altem Eisen reduzierten tiefen höhligen Gewölbefalten, die Faust geballt, mit einem großen Auge in dem von dunklen langen Haaren düsterlich verschatteten Gesicht. Drohend spreizen sich die Glieder blasser starrer langer Finger einer kalthäutigen strengen Hand, die dem Kopf gehört, nicht all den spitzen Ellenbogen und den nackt rasierten Achselhöhlen mit den dran gehängten Dingern. Unten führen zarte Tücher in die weit zurück gelehnte Sichel einer Schnitte Obst, in deren feuchtem Fleisch den Sternen gleich die Trauben hängen. Aber der nachthimmelblaue Vorhang, der da plötzlich aufgerissen wird, läßt einen gähnenden Schlund erscheinen, von Äther eckig nur gefaßt und nicht erleuchtet. Wilde Barbaren sind die erst seit siebzehn Jahren toten Götter, grün im Gesicht, blau vor Wut, fürchterlich. Jedoch die Nasen schauen aus wie Klarinetten, und die eine Hand ist beinah selber schon die Harfe, die sie spielt. Unten brodelte natürlich noch die alte Feuersee aus dem heißen gelben Schwefel, aber sicher braun versiegelt. Der Tod ist tot gestorben, stand auf jeder Stirn geschrieben, und massenhaft konnten alle schon lesen und schauen. Der junge

Mann, der diese Bilder sah, war also von Paris nach London, und von London nach New York zurückgekehrt, um die Ereignisse der Zeit, die früher war, noch einmal zu studieren, um sie besser zu verstehen. Hingegen saß der viel zu alte Alte noch gar nicht fieberkrank, vielmehr gesund und keineswegs verwitwet, sondern lebenslänglich frei, ein Sonntagskind von anfang an, tatsächlich in der Zelle seines guten Altenheims im stolzen Sessel, wo seit nunmehr mehr als drei Jahrzehnten pünktlich nachmittags die Nachmittagsruhe gehalten wird. Zur vollen Stunde geht dann der Radiowecker an, und die neuesten Nachrichten werden vom hoffentlich richtigen Sprecher erzählt. Es gibt nämlich Sprecher, denen hört man lieber zu, als solchen die alles mit zerhackter Luft aussprechen. Dafür entwickelt man ein Ohr, so feinnervig, daß man gerne bißchen tauber wäre. Über die ewige Schleiergeschichte, die ihm seit Tagen seine Nachrichten verstopft, als bestünde die ganze Welt aus Stuttgart, hat der alte Herr seine eigene Meinung. Mit achtundachtzig hat man schon bißchen viel zuviel passieren sehen. Da haben sie ihm gerade erst das Bein amputiert, Jahre nachdem es ihm kaputt geschossen worden ist, war es doch nicht mehr zu retten, und da haben die jungen Spunde die Kriegsfortsetzung überall schon ungestraft und lauthals proklamiert. Und paar Minuten später waren sie in jedem Bundesaufsichtsstaat schon wieder oben auf. Schließlich beschwert man sich auch nicht über den Phantomschmerz, der einen täglich daran erinnert, daß man noch die Ferse hätte, ohne deutschen Krieg, wo in wirklichkeit seit einem halben Jahrhundert schon bald das treue tote Holz der Beinprothese ist. So braucht sich ein Ries nicht zu beschweren, wenn er sich erschießt, und ein Schleier nicht, wenn er raus gezogen wird ans Licht. Gut ausgeruht richtete sich der alte Hotop am Ende der

Nachrichten auf, schaute auf die Uhr, natürlich fünf nach, wie immer, und humpelte hinüber, wo man zum Tee beisammen saß auf der Veranda.

Draußen spielten die Kinder auf der Wiese beim Baronsberg Fangermandl. In der Barackenzeit haben die Kindergärtnerinnen runder ausgeschaut, heute sind sie anders, was den Kindern scheints egal ist. Herr Sand ist zur Zeit allein, weil sein Freund auf Schrothkur ist im Bayrischen. Man kommt halt mehr zur Arbeit, reden tut man weniger. Die Disziplin verlottert erst, dann steht sie umso pünktlicher um acht Uhr an der Staffelei. Herr Sand ist Kunstmaler, kein Künstler, darauf legt er Wert, so steht er im Telefonbuch, weil es eben stimmt. Als Hochstapler käme er sich lächerlicher vor, als er sich selber findet. Ein anständiger Kunstmaler ist ein gescheiter Beruf, ein gescheiterter Künstler ist eine Katastrophe. Da kennt er zu viele, traurige Existenzen und viel Elend. Er hat in seinen Jahren auf der Akademie nicht geschludert, natürlich die alten Meister studiert, was denn sonst, als fanatischer Moderner. Weg von daheim, Berlin, Diskussionen, Kabarett, Theater, natürlich wilde Jahre. Man hat sich nicht verstecken müssen, seine Neigungen. Ein Rausch fast die Zeit, die Fotos von der Reise nach Italien braucht er gar nicht anschauen, daß er die Nächte riecht von damals, Rom. Mit dem Diplom in der Hand, ein Kunstdiplom, ein Witz, trotzdem, mit Mitte zwanzig hat er sich hingesetzt und seine Sachen angeschaut, gute Bilder dabei. Ein lächerlicher deutscher Expressionist hätte er werden können mit links, als Rechtshänder, da hätte er seine Palette auf die Leinwand geschmissen, fertig. Den Galerieerfolg, er hat sich das bei den älteren angeschaut, hätte man in der Tasche gehabt, damals sowieso. Aber für einen Menschen seiner Generation und bei Sinnen hat es nur eines gegeben, die Picassolatte. Daran hat er sich gemessen, woran sonst, am ersten Zeitgenossen. Talent war da, reichlich, und doch hat das entscheidende gefehlt. Er ist dem nicht mehr nachgegangen, was das war, aber er hat diese Lebensentscheidung, ein dreiviertel Jahr ist er rum gegangen, schwer und unruhig, dann war die Entscheidung plötzlich da, nie bereut. Mit völlig neuen Augen ist er danach in die Museen gegangen, befreit, wie neu geboren. Er hat die Kunst nie gehaßt, etwas schöneres als vor einem schönen Bild stehen, einer Skulptur, hat er nie gekannt. Das war seine Sinneslust, die Wahrheit, ganz einfach. Dem hat er sich hingegeben, praktisch dienend, als Handwerker, den Meisterwerken seine Hand geliehen, und er ist heute auf seine, na ja, alten Tage ein in Fachkreisen gesuchter Spezialist, vor allem für die Frühmoderne selbstverständlich. Vieles, was er macht, geht in die Staaten, Verkleinerungen, eins zu eins, wie es kommt vom Auftraggeber, natürlich alles über seine Galerie. Fleißig ist er schon, aber fanatisch aufarbeiten muß er sich schon lange nicht mehr. Früher hat er viel direkt gemalt, am Bild, in den Museen, Monate in allen großen Städten dieses Kontinents gelebt, begeisterter Europäer, kann man sagen, obwohl er nichts gegen Amerika hat. In den letzten Jahren hat er die ganz große Reiselust ein bißchen verloren, das macht ihn manchmal traurig. Plötzlich klebt man so am Fleck, so alt. Manchmal kommt wer, sitzt Porträt, aber mehr zum Spaß. Wenn er eine Schönheit sieht, auf der Straße, Schüler, zieht es ihm das Herz zusammen, dann tut das Leben und die nichtgelebten Sachen weh, ganz kurz, das nicht geschaffene, nicht immer, wie gesagt, nur manchmal, wenn er einen schwachen Tag hat. Drüben im Amt geht der Bürobetrieb dahin, da schaut er gerne zu. Es gibt welche, mit denen nickt man sich zum Gruß, wenn man sich sieht, was man eher vermeidet beidseits. Aber die Stimmung ist freundlich, das ist wichtig. Geschichten kriegt man da mit, da gäbe es was zu erzählen. Man schaut ja viel raus zwischendurch, auch runter auf die Straße. Man hat eine Farbe im Kopf, dann müssen sich die Augen erholen. Es geht ja alles um feinste Nuancen. Man macht die Augen zu und horcht hinein ins Bild. Seltsam, aber so ist das. Man hört die Grenzen ab, wo was ist, ob es stimmt. Faszinierender Vorgang, an dem man selbst kaum beteiligt ist, nur als Schauplatz, an dem das geschieht. Man stellt sich sozusagen zur Verfügung, das ist alles, an schönen Tagen fast ein Wunder.

Dienstag, dreizehnter September neunzehn siebenundsiebzig, guten morgen meine Herren, ich hoffe, alle haben gut geschlafen, wir haben heute einiges vor uns. Das Fernsehn war, wie immer, groß in Schwung, die letzte Woche sowieso und doppelt. Die Kunst der Fahndung, allen hier anwesenden wäre die Lage zum Leidwesen aller mehr als bekannt, könne man dem Politiker nicht begreiflich machen, es sei denn man heiße Eduard Zimmermann, wobei er auch gegen diese Steinzeitmethoden der Fahndung nichts einzuwenden habe, im Gegenteil, Tränen hätten sie hier beim Morgengebet alle schon gelacht bekanntlich nach so einem Aktenzeichen Wochenende, und er sehe auch jetzt keinen Widerspruch im hohen Hause, mithin sei der Antrag ohne Gegenstimmen angenommen und er fahre fort. Cirka bis zu der Krawattenspitze runter, die er sichtbar glattstreicht nur so lange er die harten Bänke der Regierung drücke mit den hundertdreißig Kilo, denke der Politiker um sich herum, nichts gegen Instinkte, Elefanten, obwohl die auch schon mal dem kleinen Kind, das füttern kommt, den Kopf ab beißen, wie neulich erst im Zoo. Kurzum, wenn nichts passiert, passiere nichts. Lange genug habe er die einschlägigen Ministerien in diesem lächerlichen Bonn, dagegen sei ja Wiesbaden das Zentrum des Kopernikus verdankten Sonnenstaats, bebetet und bekniet, und einen fauligen Staatssekretär nach dem nächsten habe man ihm hingehalten, ausgelutschte alte Würstehäutchen, anstatt Geld und Zunder auf den Tisch zu knallen. Jetzt schaue ihn der von zwei neunzig auf eins fünfzig klein geschrumpfte Kanzler zerhaut von unten an mit großen Augen hilfesuchend, fragend, wie und woher warum das alles plötzlich so gekommen ist, wie es schließlich kommen mußte. Die einzige Sprache, die der Politiker versteht, solange er im Amt ist, ist Gewalt, diskrete Geldkuverte, so viel könne er gar nicht kotzen, wie es ihn friert, würden lieber erst nach dem Essen im vier Sterne Restaurant im Parkhotel in Stuttgart für Herrn Brauchitsch übergeben. Ich beziehe mich auf gestern, Herrschaften, bitte noch Kaffee, okeh. Er mache sich viel Sorgen über Traudel und die Kinder, schreibt Schleier, Eberhard solle sie bitte etwas aufrichten. Ich bin ungebrochen, und wie du siehst, aktiv. Die große Klappe würde einem solchen sogenannten Führer dieser angeblichen Arbeitgeber auch im Volksgefängnis so schnell nicht zu Dünnsäure, bleibe vielmehr wie immer herzlichst unser lieber Vetter Schleier, so die neue Legitimation im Band für Kohl. Die Verantwortung tragen allein die dafür verantwortlichen und kompetenten Stellen, erklärt Schleier völlig richtig, während im Hintergrund Geräusche einer Schreibmaschine, die vermutlich schreibt, zu hören sind. Und die Kenntnis, die ich heute über die ungestörten, obwohl leicht erkennbaren Vorbereitungen besitze, zeigen mir, also ihm, wie wenig die Verantwortlichen in wirklichkeit über den Terror wissen. Meine Herren, dieses Kohlband spiele ich in Bonn bis zu meiner Pensionierung im Frühjahr einundachtzig dem ganzen Haufen dieser Kabinettfiguren, Vorsitzenden, Direktoren und Betrüger, die sich kriminell vereinigt aufführren, als wären sie Besitzer dieser hochvernünftig aufgebauten Firma, die noch den letzten adeligen Abschaum nicht mehr aufs Schafott führt, sondern über Nürnberger Prozesse einfach in die Präsidentschaft abschiebt, immer wieder systematisch vor, bis vielleicht einmal auch von der Macht begriffen wird, daß unten in der funktional geordneten Gesellschaft schon so lange überall oben ist, daß es diese Herrscherrichtung nicht mehr gibt, vielmehr die Fronten neu verlaufen, außen und an jeder Stelle. Wenn die laufende Aktion der großen Rausholc und Rache, woran ich nicht zweifle, das schließlich, gleich wie versteckt zunächst, tatsächlich bewirkt, dann wird man sich bei uns und jedem Revolutionär ausdrücklich noch zu bedanken haben, weil wir gehandelt haben, anstatt uns zu verweigern. Diese Welt ist alt und ganz schön lange schon seit paar Milliarden Jahren an der Arbeit, alles ziemlich menschlich auf die paar Milliarden mal zwei Beine hin zu stellen, jeden echten Menschen einzeln und allein für sich, zillionenfach begrenzt und auf ihr derart drauf gehalten, daß es staunenswerterweise gut geht, und nicht nicht. Ein Niesen der Zeit, und jeder hier ist Plankton auf der Oberfläche eines Meereswassers, das noch nicht mal naß ist, sondern Eisen, dem noch keine Sonne glüht, denn der Raum ist endlos kalt, weil es ihn noch gar nicht gibt, ohne Elemente, alles nicht mal nichts. Aber genau so ist es nicht, sondern es ist genau so, wie es ist. Das mache ich in Bonn bekannt, sagte Herold und war bei diesen letzten Sätzen aufgestanden, die Abschriften der jüngsten Nachrichten und Schleierbänder in der Hand am ausgestreckten Arm, genau so systematisch, wie es sich in wirklichkeit verhält, mache ich die wirklichen Verhältnisse, die jeder kennt, bekannt. Er setzte sich und schaute frohgemut in die Runde seiner kollegialen Kader. Auszuschließen, sagte er jetzt, ist nichts, möglich alles, sogar die neue Lage, wie sie gegeben ist am heute neunten Tage nach der Tat, ist berechenbar und also zu summieren.

Den Streit im Baader hatte keiner gewollt, und doch war er da, da half alles nichts. Innerlich entzweit waren die alten Kampfgefährten, die ein jugendlicher Glückssturm nahezu zu Freunden gemacht hatte, schon lange. Da hatte das Leben jeden zu brutal genau dort hin geschmissen, wo er hergekommen war. So weit jedoch konnte man als vernünftiger Mensch gar nicht auseinander geraten, meint man, daß nicht die unsichtbaren zarten Stangen feinster alles fest und schützend haltender Korsette immer noch den wunden Kriegern höflich helfen würden, vorsichtig einander zu begegnen und ein Kölner Bier zu trinken, während eine kümmerliche Hündin unten in der Ecke sitzt und am blond zerdorrten dürren Schnittlauch nagt, der auf einer ungepflegten alten Jute steht. Aber plötzlich ist so viel Gekläff im Raum, daß Unbehagen aufkommt, weil man sich nicht mehr versteht, und im derartigen Zustand jetzt rasant hoch schießend wirrer geistiger Verwirrung, kann es schließlich doch zum immerzu befürchteten Kontrollverlust tatsächlich kommen, und die Faust schlägt zu. Anschließend ist nicht mehr sehr viel da von einem früher in des Lebens Frühlingstagen vielleicht sogar für einen Augenblick einmal vollendet richtigen Gesicht. Sondern es ist alt und böse mit nichtknöchern aus der ihm zugedachten Form raus wuchernden Verschwellungen, die alkoholisch blaue Blasen auf der einen Seite werfen, wo dadurch alles zu ist, auch das Auge haarig hautbewachsen blind, umgekehrt das Loch des Mundes völlig offen auf der Gegenseite, der vor allem der sehr weg gefaulte Kiefer fehlt, so daß die schlaffen schlabbrig braun so offen in die Tiefe runter hängenden zerstörten Lippen dauernd sichtbar schlecht riechende zähe Flüssigkeit absondern und gelbgrün vertropfen. Konkret steht dafür monatlich ein Abfallkübel da in der Abstellkammer hinter dem Abort, wo sich der Eiter sammelt und eindickt. Dann schlürft der alte Klemmlitzer, früher der Bürogehilfe, jetzt ganz verantwortlich für diesen Kübel, herbei und bläst der Jauche mit dem eigenen Loch zusätzlich noch sein Klemmgas zu, läßt das so angesetzte sich wieder setzen und noch mehr zersetzen, und sobald das ganze faul genug verfault ist, wird es aus dem Eimer monatlich herausgegeben in den eigenen Mund geschüttet derart, daß man sich als Abfallkübel lebenslänglich wundern kann, daß es sehr schlecht riecht mit den so tief narkotisierten Sinnen, wo doch ganz offensichtlich in dem leeren Hohlraum unter den Haaren über der gestrickten braunen Jacke nur ein kleines Litzerl klemmt. Herr Mann, der Klemmlitzer hat einen Buchstaben gefunden, den tut er als die Elle vor die senile Klemmlitze, damit sie hinten an dem Litzerl weg ist, oder da, egal. So eitert es dahin in der engen Hundehütte, die so ein sogenannter Herr für sich zur Welt ernannt hat, weil er da gefangen ist. Die alten Schlüssel schließen nichts mehr auf, die alten Nachschlüssel sind wie beschrieben aus der Form gegangen und rostbraun weich zerschrumpft, was Politik war, ist ein blinder Zwang, was Material war, Trieb, nicht Hirn. So also hat es der eine dem anderen durch den Schnittlauch gestört gesagt. Der hat es vielleicht mit den Ohren, die wohl am spätesten verfaulen, noch gehört, verstanden hat er es natürlich nicht, weil er nichts verstehen will, was er nicht selber sagen darf. Wer Macht will, kriegt die Wahrheit nicht. Dem Schreiber steht aber die Wahrheit zu und nicht die Macht. Was einem zusteht, kann man selber nicht bestimmen, sondern weltgegeben steht es da einem entgegen. Da nützt kein altes Foto, das der sichtlich Ruinierte in betrügerischer Absicht von sich konkret verbreiten läßt. Die Schrift zeigt nackt, wie einer, was er anschaut, sieht, und wie er folglich selber ausschaut. Aber so einfach alle Dinge sich verhalten, und die Sachen offensichtlich sind, die Leben der Menschen werden anders gelebt, und gehen seltsam verschlungene Wege. Fernste können sich nähern für einen kurzen Moment, derart dem Fremdesten begegnen und schlagartig in dem sich selbst erkennen. Gemeinsam singt man eine Zeit die kriegerischen Lieder, und es ist nicht nicht ernst, kein Spiel, sondern der Inbegriff des wirklich augenblicklich fern von sich im Glück gelebten Lebens. Muß man sich trennen, zürnt man, trauert man, und geht.

Der Verrat ist keine frohe Botschaft, sondern eine wunde, und die Lüge ist nicht lustig, sondern ein Versagen. Wer einen echten Mensch mit einem Strick aus Zeit erwürgt am Arbeitsband in der Fabrik, der ist ein Mörder. Seltsamerweise ist der Mörder auch ein echter Mensch, der Durst hat beispielsweise. So wäre es vernünftig, daß man den Mörder eine nicht zu kurze Zeit lang in dem Volksgefängnis drin verhaftet festhält, um ihn zu verhören über die Geschichte seines Lebens, gut gehalten vom Besitz von Geld und Macht, angehäuft von einer Gruppe Beute reißender Verbrecher, Diebe und Betrüger, ernannt im alten Jahrhundert zur herrschenden Klasse. Geschult, prinzipienlos im Augenblick zu tun, was augenblicklich größten Nutzen bringt, hätte der Mörder schon am ersten Tag paktiert mit dem Kommando der den Mord an dem Genossen Siegfried rächenden und jetzt hier das Verhör im Namen des Volkes führenden Revolutionäre, und nicht drei oder neun mal, sondern siebzehn und dreiunddreißig mal hätte dieser Führer aller Unterdrücker zu jeder Stunde sich und sein Leben und jeden Bruder seiner Bande und also das ganze Kapital immer wieder neu und oft genug verraten. So hätte er sich selbst zu dem gemacht, was er einem spitzen Pickel dauernd etwas rein. Was ist das, daß das alte sich in einem derart wiederholt und rächt, wofür. Selber steht man jetzt am Fenster, innerlich verbrannt, so wüst und ohne Kraft, streicht am Vorhang wie gelähmt die Kante ab und ab, verdammt. Warum halten die Zeiten an in wem, so bösartig. Was gesagt wird, ist die Lüge, kein Wort ist da. Gebrüll der Säulen, die zu stürzen drohen, Schwärze klafft, und nichts geschieht. So gingen die Tage dahin, und Tage wurden Wochen. Kein Mensch führt Klage gegen die Decke aus Beton, die auf die Erde hinunter gestürzt zerberstet da liegt, wo man ist, zwischen ihr und dem Boden, wo kein Platz ist für nichts, keine Luft. Der Architekt ist tot, das ist im Schutt der einzige Trost. Und eines Morgens ist die Nacht vorüber, und die Sonne ist zu sehen, und es heißt, hört man in sich singen, und morgen wird die Sonne wieder scheinen.

Was den Herbst unterscheidet im Licht vom Herbst des Tages zuvor, ist die Unruhe, die Gewalt, die Rasanz, mit der das Jahr sich endlich ins Dunkel stürzt, tröstlich unaufhaltsam, gehalten von der Uhr, deren Schlag exakt bemessen jedem Tag mächtige Stücke ab hackt, eines morgens und eines früh am Abend. Natürlich die Blätter und der Geruch von Kies, der nie mehr ganz kalkweiß sommertrocken wird, auch wenn der ganze Nachmittag strahlend gewesen war und der Himmel felsenfest hoch, da wo man sitzt und den Kopf hängen hat, zwei Ellenbogen auf zwei Knie gestützt, vom Buch bestrahlt mit beiden Seiten, hängt die Luft schwer, und es ist einem recht so, wie es ist, ohne das staubige Flirren der stehenden Stunden des Sommers und ohne Tumult und Aufstand von allem Kreaturzeug früh im Jahr jedes Jahr, endlich all das nicht mehr, weil alles gelaufen ist jetzt und entschieden. Man hat also doch noch diese Kammer gefunden, und der

Alltag beginnt, mitten in der Fremde rettend. Täglich das gleiche Brot beim gleichen Bäcker und täglich Milch im gleichen Uniprix, täglich zur gleichen Stunde unter den gleichen Bäumen im Park, Zeitvergleich, Kontrolle Sonnenstand, alles da. Endlich waren die Sommerferien endgültig vorbei, die Angst um das Glück, daß was zerbricht bei so viel offener Zeit, endlich Pflichten und Halt in genau begrenzten Stunden. Blau uniformiert, aufgestellt zu zweit, Hand in Hand marschierten kleine echte Menschen glücklich in Kolonnen richtung großes Glashaus, wo Botanikstunde war. Die Schule hat wieder angefangen, die neuen Lehrer tanzten daher, standen auf dem Prüfstand, wer uns in den ersten zwei Wochen nicht gewinnt, hat kein leichtes Jahr vor sich. Wir sind nämlich gnadenlos. Wer so viele so gute Lehrer gehabt hat, dem braucht keine Witzfigur unvorbereitet daher kommen, oder geistig erheblich zurückgeblieben. Mit solchen wird kurzer Prozeß gemacht, die kriegen keinen Fuß mehr ins trokkene, denen machen wir den Schwamm so naß, daß vier Seiten schriftlich zum Aufwischen nicht reichen, oder ein Arrest. Den sitzen alte Freunde gemeinsam ab, ein Extravergnügen, aufs Direktorat geschleppt zu werden von irgendeiner Null, weil man vielleicht den Vorhang bißchen angezündet hat. Der war vorher aber auch schon gelborange. Und wer einen Stuhl nicht mehr quer durchs Zimmer schmeißen darf, weil der, wenn der fangende Freund plötzlich keine Lust hat, den zu fangen und sich abdreht, auf dem Boden etwa gleich zerbricht, der muß dazu sagen, dieser Stuhl ist offensichtlich nicht stabil gebaut. Umgekehrt haben wir keinem keine Chance gegeben. Wir haben uns kurz eine lockere Kartenskizze an die Tafel hin hauen lassen und waren begeistert, haben gelesen, was der graumelierte Angeber nebenher empfohlen hat. Wir waren wir, der eine andere und ich. Der Aufruhr war die Notwehr, der eigentliche Spaß der Schule war die Schule selber, gescheite Lehrer, neue Sachen, kompliziertes Zeug verstehen, lernen und beherrschen. Der einser war Normalzustand, weil alles andere nicht einen solchen Spaß gemacht hat logischerweise. Ein distanziert glühender Mathematiker und Physiker war uns noch viel lieber als jedes Kartenskizzenoriginal. Natürlich hat man die Lehrer geliebt, und für die Lehrer gelernt und für die Schule, weil sie jeden Herbst gleich gut gerochen hat. Man hat nicht daheim sein müssen, im Terror des Sonntags, in den dumpfen bösen Ferien, man hat in der Schule sein dürfen jeden Tag, das war das Leben. Man hat nicht nicht gewußt, daß man glücklich war, sondern man hat es gewußt. Man ist schließlich kein Idiot, wenn man glücklich ist, weiß man, daß man glücklich ist, und umgekehrt. Jeden Tag bin ich in die Schule gegangen, und jeden Tag hat es geheißen, Schule, saugut. Und obendrein das beste ist am Schluß gekommen, das schönste, Griechisch im Herbst des letzten Jahres vor dem Abitur. Man ist da gesessen und hat den Lehrer unablässig angeschaut, fassungslos hat man einem Hirn beim Denken zugeschaut, zum ersten mal im Leben, Leidenschaft. So hatte ich inne gehalten im lesen, obwohl ich immer noch ins Buch schaute, in Gedanken mitgezogen mit den kleinen blauen Wichtelmännern. Ich schaute auf, und die Sonne im Geäst stand wieder ein traurig deutliches Stück tiefer als gestern um die gleiche Zeit. Und ich boxte mit gesenktem Gesicht hoch in die Luft über mir, stählern, samten, beschenkt.

Alleine war alles ein klarer Fall, unterschiedlich kompliziert natürlich, widersprüchlich in je neuer Weise, eigenartig im speziellen der bestimmten Lösung, komplexe Sachen, simple, gesteigerte Gesetze, alles zwischen Punkt und Kosmos angeordnete war schließlich zu erkennen als ein einzelnes, das genau bemessen so viel Zeit in sich hinein riß aus dem einen einen, der es zu begreifen suchte, wie es in sich in jedem Augenblick vernichtete, um nicht nichts zu sein, sondern zu sein, was es war, ein klarer Fall für einen, der alleine ist. Zu zweit war alles derart klar geklärte sofort ein Konflikt. Da man selber mit zwei Augen in die Welt schaut, nicht mit einem, war einem das bekannt, daß ein cirka vierundsechzig Millimeter fern von einem Auge fest montiertes zweites Auge ein gleiches Weltding völlig anders sieht zum gleichen Zeitpunkt, und daß der Nichtirrsinn der Stetigkeit dieser Distanz und Differenz im Hirn verrechnet wird zu Raum und Tiefe. So ist der Konflikt ein Helfer der Erkenntnis und zusätzlich der höchstpotente Zeitvernichter, den man kennt. Wieviel Zeit man erträgt, wieviel Klarheit und wie lauten Krach ist für den, der da hockt in der Zelle, nur experimentell zu bestimmen. Er sieht, was er denkt, und lauscht in die Stille, um zu hören, wie das heißt. Er nimmt das Wort auf, doch indem er es erfaßt, umschließt er es mit der Enge des Raums der in seinem Hirn befindlichen Worte. Was dem Wort allein im Freien fernes Echo und so Ortung seiner selbst war, wird ihm, eingesperrt ummauert von den viel zu nahen Wortemassenwänden, sofort zurück geworfen rückgekoppelt und erneut vervielfacht an die Wände hin und von dort noch einmal um Potenzen potenziert zurück gejagt, bis derart rasend schnell das eine Wort und diese Wände eines sind im Schmerz von pfeifend hochfrequentem Lärm. Werden die Ohren so brutal betäubt, erblinden auch die Augen. Der Hocker sieht nicht, was er nicht denkt, er hockt da als totes Holz. Zeit fällt an, Qualen oszillieren, Stille kehrt ein, Schau. Unweigerlich will die wieder wissen sofort, wie sie heißt, und mit dem Wort, das dem Wunsch folgt, ist der Krach wieder da, Schmerz und Blendung. Am Ende des Tages hebt der derart zwischen

Wille zur Arbeit und Wahrheit der wirklichen Nichtarbeit wund und zu Staub gemahlene Kopf den Blick seiner echten sehr lichtempfänglichen Augen und schaut hinaus auf die fernen Berge, die auf der gegenüberliegenden Seite des Abgrunds sanft im Abendlicht sich in die Höhe flanken und mit weißen Hauben bespitzt oben gezackt den Himmel berühren. Draußen ist der Baum der zweite, der zurückgrüßt, wenn man sich bedankt für eine Nuß, die auf seinem Boden liegt. Dann führt der abendliche Weg, der freundlich täglich da ist, Schritt für Schritt die Schritte, und es geht ganz leicht dahin den Berg hinauf. Auf der Weide sitzt man beim Pflock, wo der Stein ist, der einen kennt. Was Abgrund war vom Fenster aus in der Hütte, natürlich von sichtbarem Licht überbrückt, ist jetzt in der Tiefe der See. Er liegt schon im Schatten der Berge, auf deren einer Kuppe man sitzt, die letzten Strahlen der Sonne warm im Hinterkopf und im Genick. Die Sonne geht nämlich im Westen unter. Alles falsch gedachte rechnet sich von selbst zurück und richtet sich normal und ordentlich getrennt nach Nord und Süd und richtung Erde. Man hat zu eng auf einen Punkt geschaut, nur die Grenze zwischen Punkt und Nichtpunkt untersucht, wo nicht ein Punkt war, nicht zwei, sondern in wirklichkeit drei Punkte. Die Zelle in der Hütte war ein Wahnsystem, aber abends im Freien rückten sich die Dinge wieder ins Recht, täglich. Traurig waren nur die Jahre, die immer schneller vergingen und einem nur ihren Starreschutt ins Denken legten. Der Schutt wird immer mehr, der Geist so steif schon stranguliert vom Zwang der Zwangsgedanken um den Hals, und das Gemüt wird müde. War man nicht gestern erst im letzten Herbst des letzten Jahres hier auf der alten Abendweide da gesessen, aber das war wirklich gestern, heuer. Die Hand hielt mit den Fingern einen spitzblättrigen Stern von einem Kraut.

schon immer war, zu Geld. Derart vernünftig wäre die Rache am Mörder gewesen, ohne ihn zu ermorden, indem man ihn zu Geld macht und ihn so benützt, um in Staatskerkern gefolterte im Volkskrieg in Gefangenschaft geratene Guerillakämpfer frei zu kaufen. Aber am Engel der Rache wird das Böse der reinen asketischen Tugend, die die wirkliche Welt flieht und folglich nicht kennt, zur Rache, die sich an ihm für das, was sie ist, rächt, indem sie ihn zur Essenz ihrer selbst macht, böse. Männer des Volkes liegen längst tot und vergessen und modernd tief in der Erde vergraben in ihren von fauligen Blumen und zynischem Beileid der Herrschaft und uraltem kirchlichem Trostgebinde elend entwürdigt geschmückten Gräbern in Ruhe gelassen zumindest, da haben die vom Volk für eine Zeit zu Herren ernannten Herren in den Kabinetten längst beschlossen, daß der Verräter, der ihr Mörderbruder nicht mehr ist, seit er sich in die Hand der Gegenseite begeben und dort zu revolutionärem Kapital gemacht hat, verraten wird, so wie er sie verraten hat. Der Revolutionär hat geglaubt, was der Feind ihm gesagt hat an Lügen über die Moral, die Macht und Geld bestimme, weil es schwierig ist, zu untersuchen und so wirklich zu erkennen, was man haßt. Dem Täter fehlt die Zeit, um seine Waffen analytisch zu entwickeln, er stellt sie auf die Probe seiner Praxis des von ihm geführten Kampfes. So also zerfällt das dem Kapital entführte Kapital zu dem ins schwarze Unterhemd gehängten Fleischberg, und die Unterdrückerlüge der Moral wird in den Händen der von ihr sehr wirkungsvoll zur Zustimmung zur Unterdrükkung lebenslänglich Unterdrückten sofort zu sich selbst, also zu nichts. Nichts bewirkt nichts, und so richtet sich auch die kampfuntaugliche und wertlose, entwirklichte, höchst wirkungsvolle Substanz der Moral gegen den, der diese Waffe führt. Was vier mal ein Fehler war am fünften

September, bleibt auch beim fünften mal Mord, auch wenn das Opfer selbst Täter und Mörder war, und macht die Mörder zu Mördern. So ging es hin und her im jungen Sprengmeister, der nachts am Rand der von Ferne her leuchtenden riesigen Stadt im Wald die Schneisen und im Gehügel die Weiten durchstreifte, über sich schwere metallen singende, in den Lüften hängende Taue aus Eisen, die Ströme elektrisch geladen rasend durchströmten. Unsichtbares Licht jagte so über das Land dahin, und künstliche Bäume hielten an tiefen schweren Ästen die gewaltige Last ordentlich oben. Was in der Nähe Gesang war, war in der Ferne Linie und Geometrie. Wenn die vernünftig verstrebten Masten fallen, weil eine Säge zwei erdnahe Streben, Teeträger aus Stahl, mit ihrem Blatt in aller Ruhe durchgesägt hat, verstummt im Kurzschluß dieses unsichtbare Lichterlied, und das Bild der Linien ordnet sich der Schwerkraft folgend neu. Tierische Geräusche krähten, Häher, aber keine Antwort. Wie ist die Last der Schuld berechnet, und woher nimmt die Zeit die Kraft, sich selber zu ertragen, immer noch. Nächtlich dehnten sich die Hügel, und es ging dahin, und stetig leuchtete erdnah über der Stadt, in der die Menschen lebten, auch der alte tote Himmel hell.

In der Klinik atmeten Maschinen milde keuchend in bewegungslos gelähmte Leiber schwer erkrankter noch nicht toter Menschen frisch mit reinem Sauerstoff bereichert die von ihnen um sich rum in sich hinein gesaugte ganz normale Luft. Ein Abkömmling des kindersteinzeitlichen Inhalators fauchte das zu feinem Dampf zerstäubte Heilmittel des Wassers aus der Düse an dem schlanken Silberrohr schon gekühlt wohltemperiert richtung Gesicht. Im Raum des sehr gedämpften Lichts und automatisch rhythmischer Geräusche bewegt man sich zunächst so vorsichtig und unausfallend tastend, beinah zart, wie die Maschinen. Niemand will den Schlaf der Kranken stören. Fällt der Strom aus, schaltet sich das Notstromaggregat tief unten im Gebäuch des riesengroßen Hauses für die Kranken rettend ein, bewacht von dem Ersatzmotor, der sofort anspringt, wenn der erste seinen Noteinsatz verschläft. Elektronenhirne tasten laufend prüfend alle Kabel und Verbindungen auf alten Lötplatinen ab, und in neueren sehr kleinen mikroskopisch produzierten Chips befinden sich Programme, die sich selber überwachen, natürlich kontrolliert von Überwacherwächtern und so weiter. So wird Alarm gegeben, wenn das Herz still steht. Jetzt kommen Menschen, die sich senkrecht selbst bewegen können, weißbekittelt in den Raum, um dem Herz, das nicht mehr schlägt, zu helfen. Manchmal genügt ein Faustschlag auf das Sternum, und das Herz fängt wieder an, sich ordentlich zu kontrahieren. Es kann aber auch geschehen, daß die Lichtvorboten jener fern im Raum vor vielen tausenden von Jahren explodierten superneuen Sternenmassen, die ihr sensationell helles Kommen ankündigen durch diese denen vorauseilenden schweren schwarzen Gegenmassenteile, exakt in diesem Augenblick New York erreichen, wodurch der Mensch am kranken Bett nach vielen Stunden Wacht neben den unermüdlich wachenden Maschinen den Herzalarm, den automatisch fehlerfrei die Technik ausgelöst hat, jetzt genau verschläft. Das Herz steht also endlich krampflos lahm gelegt und äußerlich vollkommen ruhig still, im inneren chaotisch noch durchjagt von wilden Strömen, einzeln zucken klein Fibrillen ungeordnet, nicht der Automatik der Erregungsführung im System der Leitung aller Reize im massiven Muskel herzlich untergeben, sondern dumpf kontaktlos abgeschnitten von der Zelle nebenan jede nur für sich, willkürlich und wirkungslos. Schwarz staut sich das Blut.

Im Hirn fällt rasend schnell der Abfall an, der am Ende chemisch langer Ketten in den zellinternen Kraftfabriken essigsäuerlich entsteht als Kohleluftluftteil und nicht mehr fortgeschafft wird, bis sehr schnell an ihm im Hirn die Hirnzelle erstickt. Funktionen toter Zellen werden von der Nachbarzelle übernommen, die so noch schneller stirbt. Keine tote Einzelzelle klagt, daß sie jetzt tot ist, nur die noch nicht toten kriegen immer mehr die Panik. Was ein Hirn in diesem Zustand denkt, ist bekanntlich und bedauerlicherweise nicht mehr zu ermitteln. Im Vorgang von Kolik erbricht Material sich abstrakt und in Bildern, wie Hirn Welt hat, glühend, vulkanisch, hinaus richtung Tod. Im dunklen Raum stürzen die Zeiten dahin, beeilt und begütigt vom Wissen der Zellen, daß nichts mehr zu retten ist, nichts zu tun, alles die Schau. Endlich addiert sich endgültig die Summe der Qualen des Lebens zur Schmerzsumme und bricht sich durch die Summe des Glücks. Vorbei an Jupiter und Venus zog die scharfe sanfte Sichel mit kühl zurücksinkendem Licht spätabendlich den hohen Mond, zunehmend, seidenfadendünn, denn das dritte Drittel des Februar hatte gerade begonnen. Die Rechnung ging auf, und der Quotient ergab das endlich nicht mehr unendliche, sondern für jeden endlich gleiche endliche Resultat, gelebt, jetzt tot. Als der Wächter erwachte und dem Kranken, wie in den langen vergangenen Stunden der Nacht, die Lippen befeuchten wollte, sah er den Tod im Angesicht des Toten. Die Augen waren nämlich offen und aus kaltem silbernem Stahl. Das Wachs der Lider wurde zu gemacht, damit die Welt nicht friert, und Ruhe war. Und die weißen Menschen im Raum nahmen das Leintuch weg und richteten dem bloßen Leib die Beine ordentlich gerade und die Knochen der Arme wurden, wohl zum Schutz, gekreuzt vor der Brust. So war die Last des Todes allen noch nicht Toten noch mehr aufgebürdet, mehr mit jedem mal, daß einer starb. Die Bilder aber des in dieser Nacht verstorbenen Amerikaners hatten natürlich augenblicklich aufgehört zu atmen, wie ihr Schöpfer. Seine Ziffern standen endlich fest, und sie lauteten achtundzwanzigster zehnter neunzehnhundert dreißig, Stern, Vorname Name Andy Warhols, Kreuz, zweiundzwanzigster zweiter neunzehn siebenundachtzig. Und ich holte tief Luft und beatmete so seine Bilder.

Am folgenden Tag erreichte die Supernova die Erde, und in den Labors der Teilchenforscher trauten die Wissenschaftler plötzlich ihren unbestechlich präzisen Meßgeräten nicht mehr. Eine derartige Explosion von einem derart nahen Stern hatte es zuletzt gegeben, als Descartes acht Jahre war. Günstige Zeiten sind da, oder nicht da, wie die Winde, gehorchen sie keinem Kommando. Auf Deck steht frühmorgens auch der weitgereiste alte Kapitän, das Gesicht in richtung Wetter, Mächten ausgeliefert, die er nicht befehlen kann, jedoch benützen. Kommt der Wind von vorne, kann man kreuzen gegen ihn, denn es gibt schon neue Schiffe, die seitwärts hart am Wind fahren mithilfe neuartiger Segel. So zieht die Seestern rauschend hin, hoch oben in der Spitze ihrer stolzen Takelage vom roten fünfzackigen Stern geschmückt und vom piratenschwarzen nackten Schädel in der Flagge. Die Meere sind tief, aber man kann sie befahren, wenn man Mut hat, Hunger und scharfe Augen. Ein Fernrohr wäre hier das richtige Szepter, das dem Horizont gebieten würde, näher her zu rücken, wenn was sichtbar wird, beispielsweise Beute. Neue Kontinente tauchen selten auf, meistens eine Wolkentäuschung, manchmal aber doch ein neuer Kontinent. Zur Not nimmt man auch eine Silberflotte, und anstatt die Kassierer tot ins Meer zu schmeißen, stellt man eine Kiste Negerküsse auf den Tresen. Hände hoch, Herr

Kapitän, ruft zum Spaß der leider etwas dumme Koch von hinten. Er möchte immer noch den warmblütigen Walfisch jagen, obwohl den schon vor hundert Jahren schwimmende Fabriken beinahe ausgerottet haben. Davon weiß der Koch noch nichts, vielleicht weil er im Bauch ein Loch hat. Vielleicht auch liest er zuviel in den Büchern, was nicht genügt, denn nicht einmal im Buch der Bücher stehen alle Sachen drin, die im Buch der Welt sich finden, vieles steht im Buch des Lebens, oft chaotisch, Ordnungsfragen werden ausführlich behandelt in den Büchern der Natur bekanntlich. Gut gelaunt jedoch dreht sich der Alte um und gibt seinem klapprigen Smutje sein tollkühnes Grinsen. Um fünf ist Konferenz, wie jeden Samstag in der Schiffsmesse im siebten Stock. Die braune Küchenschürze trollt sich zurück, um wieder ihren leeren Topf zu scheuern, der Kapitän hingegen geht noch einmal ins Kontor hinüber, angeblich um Akten zu studieren. In wirklichkeit herrscht im Kontor totales Chaos, Kippen liegen auf dem Boden, Bücher, Platten, Marmelade, alles durcheinander, Zeitschriften und eine Schreibmaschine, altes Obst, vertrocknet steht der Neskaffee auf einem brillenlosen rauminternen Klo, Haarspray, Wecker, Sprengstoff und Pistolen. Das Gemisch muß stimmen, sagte Baader, sonst zündet das Zeug nicht, und ging zielstrebig zur Apotheke, die sich in einem der Lautsprecher in der Pfefferdose befand. Die Wirkung hatte nachgelassen vorhin auf Deck, er war einfach mit Raspe stumpf am Gang gesessen, nichts von wegen Witterung und Winden, kein Horizont in Sicht. Man kann die Videoanlagen überwachen, bis sie nervös werden, oder die Wanzen täuschen mit Falschmeldungen. Und was heißt schon Gang, er war die ganze Zeit nur hier gesessen in der Zelle, nicht mal aufundab gegangen, im Bett war er gelegen, dösend. Das ist die Lage. Holzmehl, Kalium, Schwefel, andere Nitrate, das Bombenbasteln war fünf Jahre her. Baader schluckte die richtige Mischung Tradon und Dolviran. Er wußte nicht einmal, wer heute spielt. Er schaltete das Radio an, legte sich aufs Bett und wartete. Wenn man zu denken anfängt, wird man fast verrückt.

Im Radio kam diese unsere Welt, und alle hörten zu. Die Sonntagshose kratzt. Wenn man sagt, sie kratzt, wird einem gesagt, sie kann doch gar nicht kratzen, sie ist aus Flanell und außerdem gefüttert innen. Man erhebt den Befund, teilt ihn mit, und Verrückte erzählen einem irgendein Märchen. Sodbrennen haben nur Erwachsene, wird behauptet, wenn man nach einem Glas Milch über Sodbrennen klagt. Man zeigt einen wundgescheuerten roten Hals und möchte ein normales Hemd, dann wird der weiße Sonntagshemdkragen kurz angefaßt und erklärt, der ist doch wunderbar weich. Aber mein ganzer Hals ist schon wund, das sieht man doch. Daran gewöhnt man sich, heißt es dazu, und außerdem soll man nicht so ein Theater machen, sondern lieber bei der interessanten Sendung zuhören. Leise bittet man um die echte Butter, die es sonntags sogar gibt. Brüllend antwortet ein Irrer, wie oft soll ich noch sagen, daß das nicht herlangen, sondern reichen heißt. So wird man auf die Sonntagsmesse eingestimmt. Wenn man in der Kirche zappelt, kriegt man von hinten eine Kopfnuß, die einem trotz Stolz und Heldentum die Augen heiß macht, weil sie so brutal war, daß man meint, der Kopf zerreißt. Dann gibt es für alle Kommunion. Wenn man nicht mitsingt, wird man angerempelt mitzusingen. Draußen hat irgendwer was falsches gesagt vermutlich. Denn nachdem den ganzen Vormittag summend, pfeifend, singend und bisweilen brüllend der Terror der guten Laune geherrscht hat, herrscht jetzt Stille. Stille herrscht normalerweise ungefähr sechs Wochen, sechs Wochen, in denen kein Wort geredet wird, egal wer was an die Stille hin sagt. Jetzt läuft kein Radio beim Sonntagsfrühstück mehr, kein Peter und der Wolf. Komischerweise kratzt jetzt auch keine Hose mehr, kein Kragen scheuert, weil der Kummer einen innen am Hals so einschnürt, daß man kaum vom Teller aufschauen kann. Das Konzept Tapferkeit entsteht. Ausdauernd hofft man auf die Macht der guten eigenen Gedanken, die sich nur genügend konzentrieren müßten frühmorgens, wenn man ängstlich lauschend wach liegt, und plötzlich wäre die Stille einfach weg, und alles wieder gut und wie früher. Aber es ändert sich nichts, das Gift hängt fest. Man würde sich gerne jedes Gebrüll wieder anhören, jeden Unsinn sagen lassen, alle Behauptungen schlucken, die dem offensichtlich sichtbaren widersprechen, alles, nur die Stille soll aufhören endlich. Aber die Stille hört nicht auf. Im Inneren der Stille aber tobte der böse Rachesturm gegen sich selbst, unfaßbar, grundlos, tief verdüstert. Kein Wort war da, um wissen zu können, woher es nicht kam, nichts. Sternenlose Nacht und zerschlagene Zirkel, wie soll sich ein Mensch da orientieren. Und immer noch steigen die Fluten, und es wird enger, und wenig Luft ist da. Nur die uralten Refrains von früher stehen starr und drohend an der viel zu nahen Wand. Alles ist falsch und falsch gewesen. Warum, fragt man, aber es antwortet nichts. Bin ich allein, oder hört mich niemand. Warum versteht man mich nicht. Sieht keiner die Risse im dem tief hängenden über mir, die Furcht, die Lähmung, die Gewichte. Vermessene Pläne, alles anders zu machen, natürlich richtig. Den Sohn richtung Mond schicken im Sputnik, die ängstlichen Augen schulen, verbessern. Das Gemüt ist ein zerbrechliches Kristall. Güte wäre ein Hauch, natürlich glänzt eine herrliche Seele. Aber Hammerschläge schlagen ein, Gewitter, Eis stürzt nieder, in die Stirn hackt mit

Die Bäume waren weiter unten, hier nur das niedere Gesträuch, die Wiese, Pflock und Fels und weite Blicke. Wer erschöpft ist, revoltiert nicht, gleich in welcher innerlich chaotisch weglos zu verstellten Lage. Aber es war doch wieder Abend geworden, und so ging es zurück. Da war alles da, das Essen, der Tisch, die Stimmen im Radio, später Musik. Und dann kam die Nacht, um den Entmutigten neue Kraft zu bringen.

Die Kontaktsperre funktioniert nicht, die Nachrichtensperre funktioniert nicht, die Fangschaltungen greifen nicht, nicht einmal alle Gerichte spielen mit, und die Fahndung läuft sowieso leer. Nichts geht weiter, das ist das einzige, was klappt, die Blockade aller Bewegung seit über zwei Wochen. Fortlaufend ist in dieser Zeit Zeit abgelaufen, und es ist tatsächlich gelungen zu verhindern, daß etwas anderes als Zeit passiert, etwa ein Ereignis. Dennoch hat sich dadurch, daß nichts geschehen ist, nicht nichts geändert selbstverständlich, sondern alle haben sich daran gewöhnt, daß es ist, wie es ist. Nichts, heißt die Antwort gleichlautend jeden Morgen aus ungezählten Telefonhörern auf die erste Frage, was es neues gibt, und mit dem nichts fällt Angst und Hoffnung zurück in den dumpfen Fond alltäglicher Beklommenheit. Irgendwann müssen wir alle sterben, das stimmt. Normalität ist die Hand an der Schlinge, die einen immer noch atmen läßt, als wäre man frei. Seit Himmel und Hölle auf der Erde jedem lebenslänglich vor dem Tod schon zugemutet sind freundlicherweise, hat die Kraft der Normalität das Unwahrscheinlichste zu Normalem zu normalisieren laufend sprunghaft zugenommen. Die Energie, die da gespeichert ist inzwischen, hält den Erdball praktisch zusammen von außen. Dem ginge es wie jedem Kopf, den es zerreißt, wenn er plötzlich nicht mehr gehalten vom Normalen alles nichtnormalisiert auf einen Schlag in seiner ganzen ungeheuerlichen Unwahrscheinlichkeit anschauen, erkennen und erfassen müßte. Auch der schönsten Maschine würde es da die Sicherungen raus hauen, sagte der nicht mehr recht junge Mann und stocherte mit der Spitze des frisch gefüllten Füllers auf seinem linken Handrücken herum. Dann bohrte er tief in einzelne dunkle Punkte ausgedienter alter Haarwurzeln. Man könnte sich auch einmal selber tätowieren, aber so einen schönen Freund Hain, wie ihn der tatseitige Oberarm trägt, kann man sich nur von einem Profi machen lassen. Ich will eine realistische Einschätzung der Lage, keine Spinnereien, hatte es in der Früh geheißen. Hier und in jedem anderen Referat sollten mehrere Papiere erarbeitet werden, die dann in Abstimmung mit Hamburg und Pullach gegen Wiesbaden und Karlsruhe in eine Vorlage münden sollten, die in der kleinen Lage schon morgen unter dem Titel hochsensible Lösungen vorgetragen werden sollte. Dafür bin ich aber nicht gerade die richtige Besetzung, hatte Stein belustigt geantwortet und sich sofort an die Arbeit gemacht. Den Komplex zerlegen, bis jedes Einzelteil für sich zu prozessieren war, und so aus richtigen nichtnein und nein Entscheidungen das ganze noch einmal von grund auf neu zusammensetzen völlig logisch, um aus der Differenz zur tatsächlichen momentan gegebenen Lage die Orte zu ermitteln, wo mit Augenmaß vernünftig und dennoch wirkungsvoll eingegriffen werden konnte. Das Konzept war alt bekannt und simpel, nur leider äußerst zeitaufwendig und folglich untauglich für heute. Draußen hing ein fieser Nebel bis spät am Vormittag in den Straßen, zog sich dann kaum höher als in Dachhöhe hinauf zurück, und frühnachmittags sackte er schon wieder tiefer. Im vierten Stock, wo Stein am Schreibtisch saß, mußte man manchmal die Brille aufsetzen, um die Leute auf der Straße richtig zu sehen. Das verwirrendste, was es überhaupt gibt auf der Welt, sind lebendige Gesichter echter Menschen. Es gibt Tage, da bringen einen die entgegenkommenden Gesichter schon morgens derart aus der Fassung, daß man dann nur am Schreibtisch sitzt, unfähig einen vernünftigen Gedanken zu fassen. Ist der Feind wütend, stand groß an der Wand, halten wir still, hat er sich ausgetobt, greifen wir an. Stein drehte sich um und schaute die Fotos auf dem Fahndungsplakat an. Der Fehler ist, daß jeder glaubt, er wäre klüger als sein Gegenüber. Jede Seite bringt diesen Vorsprung, den sie gar nicht hat, in ihr Kalkül ein und handelt dadurch für sich logisch, in wirklichkeit jedoch ganz unvernünftig. Egal wie unvernünftig die einzelnen handeln, scheint in der Situation selbst, je komplizierter sie wird, umso mehr Vernunft sich aufzuspeichern. Vermutlich ist es unmöglich, die Vernunft der Situation, hier des Konflikts, anzuzapfen, solange man in der Situation sich befindet. Um die Situation sehen zu können, müßte eine Seite sich aus ihr heraus katapultieren, wodurch die Situation selbst zusammenbricht. Der Zirkel ist noch zu rund, aber vielleicht liegt hier der Schlüssel zur gesuchten hochsensiblen Lösung. Stein schaute heftig in die vertrauten Gesichter auf dem Plakat an der Wand, als wartete er auf Antwort.

Schleier ist entführt, also ist es gut, daß Schleier entführt ist. Der Staat ist erpreßbar, also ist es gut, daß der Staat erpreßt wird. Die Bundesregierung bemüht sich hier mit allen legalen und sonstigen Mitteln um Lösung in dieser schier ausweglosen Situation, und das Bundesamt für Verfassungsschutz hat uns nichts anderes mitzuteilen, als daß eben diese Ausweglosigkeit das beste der im Augenblick gegebenen Lage ist. Wenn das nicht die pure Idiotie von irgendeinem nachgeordneten Referenten wäre, müßte oder müsse er das wohl für eine ausgemachte Frechheit halten, oder wie wolle oder solle man so etwas verstehen und so weiter. Die kleine Lage war also empört, der Vorschlag wurde nicht einmal abgelehnt, sondern nur zornig immer wieder auf den Tisch gehaut, und schnell war man zu den handfesteren exotischen Lösungen gekommen. Während im Amt die Breitseite, die man abbekommen hatte, je nach Fraktion belächelt oder mit zynischen Bemerkungen richtung Bonn und Politik quittiert wurde, saß ich am Tisch, um die Niederlage in die Rechnung einzugeben. Eine derart debile Reaktion war nicht zu erwarten gewesen, und welche Vernunft eben diese Debilität enthielt, galt es folglich zu klären. Imgrunde wurde das ganze jetzt erst richtig interessant. Zunächst einmal war die Ablehnung der Vorlage kein Hinweis auf ihre Qualität, wie Peter sich das gerne immer vorstellte, denn dauernd wurden doch auch wirklich schlechte Vorlagen abgelehnt. Vorallem aber war der Zweck der Vorlage nicht erreicht, wenn seine egal wie richtige Analyse bei den Adressaten in der kleinen Lage wütende Abwehr provozierte, anstatt ein einmütig schokkiertes, völlig richtig, das ist es, natürlich, was sonst. Die schwächste Stelle war meist der Adressat, weil der richtige Gedanke, jeder denkt wie ich, zum Unsinn wird, wenn die Position des jeden und die Richtung seines Denkens als jeweils neue Variable nicht in das Gesamtkalkül hinein gegeben werden. Der wirklich gute Arzt erhebt eiskalt den Befund und bindet dann trotzdem, obwohl das sachlich bis an den Rand zur Groteske unvernünftig sein kann, seine diagnostischen und therapeutischen Erwägungen an jene Einzelheiten an, die der Patient ihm mitgeteilt hat und ohne deren Wiederholung er sich fast unweigerlich nicht richtig verstanden fühlt. Ihre Schmerzen weisen darauf hin, so hat die Rede zu beginnen, gerade wenn, was folgt, ermittelt werden konnte nur, indem die Klagen über Schmerzen brutal ausgeblendet wurden. Dadurch allerdings verlagert sich das Problem in die Zustimmung, die einem automatisch entgegenschlägt, wenn man zunächst wiederholt, was der Adressat zuvor selbst gesagt hatte, und in dieser Zustimmung geht dann das an die Wiederholung hingebunden versteckte gänzlich unter. Ihre Schmerzen weisen darauf hin, daß ein Herz nicht vorliegt hier in diesem Fall in dieser Brust, was therapeutisch nicht zu korrigieren ist, weder medikamentös, noch operativ. Worauf der Patient begeistert reagiert, die Kapazität habe es selbst gesagt, seine Herzschmerzen kämen vom Herzen hier in der Brust, was operativ zu beheben ist, oder medikamentös. Die Gegensteuerung dagegen muß folglich genau richtig dosierte Irritationsmomente anbringen, etwa Durchsichtigkeit, aber nur ein Quent zu viel davon, und das alte Geschrei geht los, das man seit Jahren kannte. Stählern kalt, hieß es, oder umgekehrt, Gebrodel aus dem Denktank, betonierte Brutalität, nur weil das Resultat der Analyse im Idealfall logisch unangreifbar war. Überlegungen im Vorfeld waren das natürlich nur, die Nachhutpflichten, es gab Strategen, die alle Kräfte dort bereits verbrauchten, während die entscheidende Schlacht um die Wahrheit eben doch auf dem Feld des Gegenstands ausgetragen wurde. Hier hieß die Ablehnung der Vorlage eindeutig und einfach, die Situation will andauern. Obwohl sie vernünftig zu beenden wäre, weist die Situation mit hilfe eines Wutausbruchs, den sie an einen der in sie verstrickten Handelnden delegiert, die Zumutung dieser Vernunft zurück. Gesteht man nun tatsächlich der Situation, nicht der eigenen Analyse, durch die man in ihr Agierender ist, den entscheidenden Vorsprung an Vernunft zu, stößt die Analyse auf Granit, Granit heißt Zeit.

Ob ein disziplinierter Schläfer hier unter dem Schreibtisch lag oder in seinem Bett, war seinem Schlaf eigentlich egal. Gut erfrischt und inwendig geklärt saß man also um acht wieder am Tisch. Freitag, der dreiundzwanzigste, Herbstanfang, stand auf jedem der drei Kalender, und natürlich freut man sich an einem solchen wunderbaren Datum. Das gestrige war allerdings genauso schön gewesen, mit der zweier Doppelung und der septemberlichen neuner Doppelung. Daß die Jahrhunderte ein Jüngling waren, noch nicht mal zwanzig, und die Jahre selbst ein ziemlich alter Mann, gab einem das Vertrauen, wenn man ein bißchen aus der Zeit gefallen war, durch böse Studien am Sekundenzeiger etwa, plötzlich waren dann Tage vergangen, daß man mit der Zeit doch eins war, in dieser Spannung, neunzehn siebenundsiebzig. Ziffern des Zufalls hingegen, die keiner Notwendigkeit gehorchten, der Zeit oder der Mathematik, daher gewürfeltes Zeug, Roulette oder Lotto, alle Spiele imgrunde waren einem ziemlich egal, eher lästig. Der Zufall hatte seinen Ort in der Wirklichkeit, wo er ununterbrochen derart massenhaft anfiel, daß die Kapazität kaum eines Rechners reichte, selbst wenn der nahezu simultan mit den neu angefallenen Daten bespeichert wurde, die jeweils augenblicklich neu gegebene neue Lage korrekt zu erfassen. Was ist nicht zu löschen, was ist zu löschen, das ist die Frage des Speichers an den Rechner, die den an seine Grenzen bringt. Genau diese Frage hingegen muß die Vernunft der Situation selbst überhaupt nicht behandeln, weil sie nur einen Aufenthaltsort kennt in der Zeit im jetzt des augenblicklich gegebenen Augenblicks, und nur eine Richtung, von der her ihr das neue in den Rücken hinein zufällt, aus dem nichtjetzt des noch nicht gewesenen. Die Blindheit der Vernunft der Situation für das nichtjetzt des bereits gewesenen gibt der Situation den uneinholbaren Vorsprung an

Kraft der Vernunft. Die Situation muß nicht denken, Schleier kann nicht mehr nicht festgenommen worden sein, während die Analyse genau diesen Gedanken aktiv zurückweisen muß und dafür Zeit verbraucht und verliert. Die Dummheit des Denkens gegenüber der im Augenblick gegebenen Lage gründet in der Beweglichkeit des Denkens in der Ebene der Zeit. Wirklich entschieden wird dieser Wettlauf allerdings erst von der radikal asymmetrisch konfigurierten augenblicklichen Daseinsweise der Zeit selbst. Könnte das Denken wirklich auch in der Zukunft sich aufhalten, um dort Eventualitäten durchzurechnen, die sich aus der Analyse von der in der Vergangenheit bereits gewesenen Zeit erheben als plausible mögliche Zustandsformen der im gegenwärtigen jetzt noch anders vorliegenden Situation, wäre die geistige Behinderung durch die Zeitbeweglichkeit des Denkens für das Denken kompensierbar. Aber es ist nicht so, sondern umgekehrt. Das Denken, das sich in der Zukunft aufzuhalten glaubt, hält sich in wirklichkeit nirgends auf und ist so nicht da, wie die Nichtzeit, die dort nicht ist. Die Zeit ist sich so gegeben, wie sie eben ist, in zwei Zustandsformen, als Zeit, die war, und als Zeit, die ist. Mehr ist nicht gegeben. Zukunft ist ein Wort, wie Dinosaurier, oder Gott, ausgestorben, tot, wie das ich und die Natur, nichts, lauter Sachen, die es endlich nicht mehr gibt. Aber die Zeit ist auch ein gütiger Herrscher und erlaubt jedem, in jedem früher herum zu tollen und mit den toten Leichen zu spielen, als lebten sie noch. Die Situation selbst indessen spielt nicht, sie ist einfach da, hoch vernünftig, als gegebene Lage, blind, angespannt rückwärts harrend mit jedem Sinn, den der Blinde mehr hat als jeder, der sieht, tastend und sofort erfassend, was neu von hinten her plötzlich da ist, jetzt, jetzt. Ich stand am Fenster, und draußen fiel der Abend auf die Stadt. Die Situation will andauern. Man begreift nicht warum. Die Lage scheint hochgradig unvernünftig zu sein. Und selbst wenn ich die da versteckte Vernunft erkenne, bleibt immer noch fraglich, ob ich sie anzapfen kann, wie, und so weiter. Man saß da, an der selben Stelle wie gestern, kam nicht weiter. Nichts ging voran.

Es war genau drei nach halb sieben, als ich am Schreibtisch aufwachte, natürlich wütend. Wenn man sich so stumpf benimmt, braucht man nicht hoffen, daß sich die hochsensible Lösung einem schenkt. Nichts hat man in der Tasche, worauf man sich verlassen könnte. Hat man jahrelang vernünftig geschlafen, öffnet die Feststellung der Tatsache dem Gegenteil als Möglichkeit die Türe logischerweise, und schon tritt die Wirklichkeit von eben dort her ein. Scheußliche Verhältnisse, in denen man steckt, sagte ich und rollte mich am Boden zusammen, das Hirn hält den Mund nicht, da kann man wollen, was man will. Dann bedeckte den Fröstelnden doch noch einmal milder Schlaf. Er träumte englisch oder irisch, eine kleine Ortschaft scheinbar, wo man im Phoenix Park spazieren gehen konnte, natürlich im Gespräch mit einem Freund, aber das Gespräch war nicht zu verstehen. Stein hörte die Worte, natürlich, aber er mußte immerzu in den Boden hinein starren vor sich, und da schossen von hinten die Füße ins Bild, kaum hatte man sich an einen gewöhnt, der andere. Da waren sie stehen geblieben, und er schaute auf, dem anderen ins Gesicht. Die Lippen bewegten sich so deutlich, dann nicht mehr, dann wohl seine, denn die Augen schauten nicht mehr ihm in seine Augen, sondern tiefer. Dann flogen sie ganz davon, und er folgte. Scheinbar ein Zimmer, nicht groß, wo man dann nicht allein war. Stau von was, Stille, dann wieder Worte, aber immer noch irgendwas, was wie Musik vielleicht. An der Schläfe eine

gen auch in einem schon prekären Fall, auf einen Schlag brutal sediert. Schlaf resultiert. Es ist der Schlaf, den man seit Wochen nicht mehr geschlafen hat, endlich traumlos, ungejagt, ohne jede Ziffer, wortlos. Der folgende Tag ist verloren natürlich, man selbst gerettet. Ich hatte das ganze wirre Papierzeug einfach zusammengeschoben und den nicht gerade schmalen Packen vorerst einmal abgelegt zum auskühlen. Das meiste war vermutlich Nichtirrsinn, die Eruptionen, deren Ort man manchmal wurde, schleuderten vorwiegend richtiges zutage, nur so scheußlich hitzig temperiert, so fassungslos und ungeordnet. Das nichtkalte Zeug muß erst noch gehärtet werden, bevor man es richtig zerschlagen kann, unbehauen ist es Schutt, fertig Granit. Ich setzte mich an den Tisch und bedeckte die zwei Hälften des Gesichts mit beiden aufgemachten flachen Händen, wartete.

Ist der Feind wütend, halten wir still, hat er sich ausgetobt, greifen wir an. Schwermut ist eine Zeitkrankheit, die phasenweise auftritt, zeitzyklisch, als Verstellung der internen Zeit. Die Systeme im Betrübten sind so zu verhängt, daß ihnen kein außen mehr gegeben ist als Halt. Haltloses zerfällt zu nichts. Nichts ist ohne Zeit, Unendlichkeit die Hölle. Wieviel Uhr heißt Tod, beende das Endlose. Aber nichts passiert im Haltlosen, die Zeit steht still. Man wußte sich in dieser Verfassung wieder eingekerkert in der Mitte der Situation, mit deren Analyse man befaßt war. Man war die Lage selbst, blind geblendet. Die Papiere vom letzten Wochenende waren nicht verrückt, nur der Zugang zu den Gedanken ist verschüttet. Aber das Gekritzel der Worte, die Linien der Tabellen und die Skizzen von Kristallen sind Spuren, die daran erinnern, daß ordnende Prozesse stattgefunden haben, um das geschehene rekonstruktiv zu fassen. In der Pariser Zeitung die Befreiung ist heute eine Botschaft der Revolutionäre hin gedruckt erschienen, der ein Bild von Schleier beigegeben war. Das Bild wurde am Sonntag mit einer Polaroidkamera aufgenommen. Wie in den Videos sitzt Schleier wieder vor dem Emblem des fünfzackigen Sterns, aus dem die maschinelle Waffe zielt in Leserichtung der drei Großbuchstaben, die in Sternmitte für den Namen der Gruppe Rote Armee Fraktion stehen. Von sich selbst aus gesehen schießt das Emblem also von rechts nach links. Unter Schleiers Kopf befindet sich ein Schild, das mit Ziffern und halbgesichtsgroßen Großbuchstaben beschriftet feststellt, seit zwanzig Tagen Gefangener der raf. Tatsächlich sind inzwischen über drei Wochen seit dem fünften September vergangen. Die erste Woche war praktisch chaotisch zu verkratzt vor lauter lebender, handelnder, springender Aktivität, dann kam die Woche der künstlichen Stille, in der tag für tag die Lage so ruhig in sich pendelte, als wäre ihre unwahrscheinliche Balance natürlichster Normalzustand, und in der schließlich dritten letzten Woche zersprang das ganze in vielpunktige, von außen auf sich selbst gerichtete, wissenschaftlich analytische Anschau seiner selbst. Die Lage ist zum Schwerefeld geworden, das sich ohne selbst zu schauen sieht als Ort, wo nichts ist als die Kreuzung aller von außen her auf diesen Kreuzungspunkt hin zu gerichteten Blicke. Wie die Nichtbeweglichkeit in der Zeit, wäre die Passivität der Nichtschau die räumliche Weise, den Vorsprung an Vernunft der Situation zu zu organisieren. Das Geschehen läßt einfach geschehen, was geschieht, bestimmt von außen als die Summe der in seine Richtung von unterschiedlichen Punkten her wirkenden Kräfte. Die so gespeicherte Kraft und Vernunftsumme wäre folglich unzugänglich, weil jeder Zugriff auf sie Kraft in ihre Richtung ist, die den Ort der Summe neu bestimmt. Nur wenn die Bundesregierung ihre Taktik aufgibt, mit sinnlosen Telefongesprächen Zeit zu gewinnen, werden wir weitere Verhandlungen führen, teilt das Kommando mit. Die Beschreibung der gegebenen Lage ist ein solcher Versuch, die in ihr gespeicherte Vernunft zu fassen zu kriegen, der daran scheitert, daß die Beschreibung natürlich die Lage der Lage sofort verändert. In Situationen wie hier, in denen kein aktives Handeln stattfindet, da jede tatsächliche Aktion die Situation, die andauern will, beenden würde, so daß Handeln als Verzicht auf Handeln und Austausch von Nachrichten auftritt, wird die Mitteilung der Beschreibung der Lage selbst sogar zum stärksten Kraftvektor, der den Ort der Lage neu bestimmt. Da eine derartige Beschreibung außerdem Rückschlüsse erlaubt, von welchem Punkt aus der Beschreiber die Lage sieht, außerdem wie flexibel dieser Punkt ist, vermeidet es das Bundeskriminalamt in seiner inzwischen zwanzigsten Mitteilung an das Kommando selbstverständlich gezielt, seinerseits mitzuteilen, wie aus seiner Sicht die Lage aussieht. In der Bundesrepublik, heißt es statt dessen, laufen Fahndungen wegen der Morde vom siebten vierten, Fußnote für Zwieback, und vom dreißigsten siebten siebenundsiebzig, siehe Ponto, weiter, deren Einstellung von dem Kommando nicht verlangt wurde. Verhandlungen mit Vietnam stoßen, wie bereits mitgeteilt, auf große Schwierigkeiten. Wer mitteilt, daß er Schwierigkeiten hat, will Schwierigkeiten haben. Damit wollte ich nichts zu tun haben, ich wollte die Lösung. Das Licht brannte, ich ging im Zimmer hin und her.

Die Bewegung des Lichts scheint mühelos und sehr schnell durch alle Weiten zu eilen. Wo etwas ist, was als was ins nichtnichts der Leere des Raums rein steht, stößt das Licht an. Da zeigen sich Sachen äußerst sichtbar, weil dort die Flächen außen Grenzen formen, die den Sachen helfen, da zu sein, indem sie sie beenden. Was nicht aufhört, wird nicht sichtbar. So erscheint der Himmel blau, weil die Atmosphäre nicht nicht endet, sondern eine dünne Hülle ist, begrenzt nach außen richtung All. Licht ist nirgends sichtbar ohne was, was das Licht erscheinen läßt. Schließlich bewegt sich die Erde auch mehrfach im Kreis und immer wieder, was dem Mann in der Hütte erklärte, daß jeden Morgen neu das große einmaleins des Lichts umgerechnet werden mußte ins System des Quintenzirkels aller Worttonarten, richtung Alphabet der Sachen, und von dort war immer noch ein scheußlich weiter Weg, bis sich ein erstes Stückchen Wirklichkeit korrekt lebendig buchstabierte. Es war der Vorsprung an Geschwindigkeit und Reichweite gegenüber dem fast stationären Luftsinn für das laut werden von Sachen, den das Licht natürlich hatte, nicht jedoch ein Präzisionsvorsprung. Die Ereignisse der Beugung an der weißen Kante außen an dem linken Rand des Fensters, hier war der Anhaltspunkt der morgendlichen orientierenden Gedanken, waren exakt so, wie im Sichtbaren zu sehen, schließlich mit Worten fest zu fassen. Ein Bild dieser spektralen Phänomene hat es nicht leichter, wirklich Bild davon zu werden, als die Lichtbeschreibung Wort. Aber ist das Bild plötzlich fertig da zu sehen, leuchtet es aufflammend schlagartig ein, richtig, das ist das Leben. Neigt sich der Kopf ein wenig zur Seite, sieht er direkt in die Sonne und wird blind. Von dort her, jenseits des Lichts und vor allen Worten, stellt sich dann doch täglich die Frage, wozu das alles, und warum all das nicht nicht, sondern genau so, wie es ist. Und was heißt überhaupt alles hier für einen und so weiter. Die kleinste Abweichung vom Pfad der Tugend der Routine, die einen an den Rand von diesen Fragen führt, wo man den Schwindel des absoluten und absurden einen tiefen Atemzug lang in sich aufnimmt, läßt einen stolpern, und anstatt fort von hier, oder hinüber auf dem schwankenden Hängebrückchen des Alltags richtung Arbeit, stürzt man dort hinein in den Abgrund, haltlos rücklings stürzend, endlos. Nirgends schlägt man auf im nichts, anders als in bösen Träumen, kein Erwachen, ohne Schlaf, ganz ruhig tobt das ungerührte Toben simpler klarer Sachen, die man weiß, wie jeder, und doch nicht dauernd denken darf. Natürlich ist alles absolut sinnlos, was sonst. Natürlich hat man nur einen klaren Gedanken, wann ist Schluß. Haß auf alles Leben in einem und um einen rum ist alles in einem, maßloser Haß gegen die Eltern, triebgetrieben dumm und stumpf haben sie einen aus ihren scheußlichen Leibern daher gezeugt, viehisch. Wozu, warum, Stille, die Schuldigen schweigen. Und während man nichts ist als dieser Fluch, der Rache will, sonst nichts, harrt man starr erstarrt, wartet. Wann ist Schluß. Nichts, keine Antwort, Schweigen, warten. Stunden gehen hin, und draußen ändert sich das Licht. Denn die alte Erde dreht sich um sich selbst, auch um in sich selber eingesperrte Menschen, die sich in sich nur um sich rum drehen, zu beruhigen. Man erkennt die Ähnlichkeit, da das kosmische Geschehen, täglich stetig, auch nicht nichtabsurd, auch ohne Antwort auf die Frage, was das alles soll, irgendwo in sich einen doch gleichermaßen hält, und fühlt sich getröstet. Die Sachen trennen sich, so wie sie sind, Wolke, Lichtrand, ferne Wolke, dann Lichtrand, Dunkel, Übergang, irgendwo gibt es auch Himmel, tiefblau, eingefaßt von Helligkeit. Man sieht den See, auch er begrenzt, und lauscht. Das Gegrübel hat einen vergessen lassen, daß man genau weiß, wie alles ausschaut, ganz normal. Natürlich gibt das einen Schreck. Das Licht beim Grashalmrand ist rot.

Summa summarum ist die Kindheit normal gewesen, ist zu entgegnen, wenn es heißt, hier würden dauernd Hysteriker, Hebephrene, Zykothyme und sogar verkappt Abnorme, Fälle für den Hirnchirurgen oder einen echten Metzger, mitten in der Landschaft stehen, als wären die Gestörten sichtbarer, als Nichtgestörte. Man wird Maßnahmen ergreifen, die das Gegenteil beweisen. Kranke leiden derart, daß aus den Gesichtern Kranker Leid raus schaut, anstatt ein Glück. Neulich beispielsweise habe ich auf einer öffentlichen Brücke zwei Menschen ziemlich unterschiedlichen Geschlechts gesehen, die sich immer wieder das Gesicht mit ihren Mündern gegenseitig abgesaugt und angeschleckt haben. Man ist kein Idiot und weiß, daß solche Handlungen im Fall von angeblicher Liebe vorgenommen werden, die ganz normale Menschen also offensichtlich zu Debilen macht. Bittet man in diesem Fall die Kranken, sich freundlicherweise in die geschlossene Anstalt zu verfügen, damit der Anblick der ansonsten öffentlich vernunftbeschwingten Welt nicht so gestört wird, wird man bekanntlich selber eingewiesen. Zurecht jedoch ist man begeistert davon, daß die meisten Sachen ihren ordentlichen Ort haben, eines vom anderen getrennt. In der Öffentlichkeit zeigt sich jeder von der schönsten Seite, möglichst so wie alle anderen, nichtallein eher redend oder lachend, als sich gegenseitig anbrüllend, oder stumm auslutschend, allein hingegen redet man im gehen auf der Straße selten, lacht auch lieber stumm in sich hinein, ist insgesamt eher fest versammelt und verschlossen, offen mit den Augen, ohne schamlos in die Blicke fremder Blicke einzudringen und so weiter. All das ist hervorragend geregelt. Deshalb versteht man anfangs nicht, warum zuhause alles anders ist. Dort wird gebrüllt oder geschwiegen, dort werden Schwächere verprügelt, Ausbrüche, die in die Irrenanstalt rein gehören, sind an der ganz normalen Tagesordnung. Nur wenn Besuch kommt, herrscht auch im finsteren zuhause plötzlich gütig das Gesetz des öffentlichen Umgangs, wer traurig ist, reißt sich zusammen. Man hat die herrlichsten Erinnerungen an die Kindheit, wenn im Raum der Großfamilie einen Tag lang freie Luft zum Atmen da war, weil Terror und Brutalität von außen kontrolliert waren, wirkliche Wunder der Wirklichkeit. Zu viel Nähe war der Anfang allen Elends, zu viel Offenheit und angebliche Wahrheit waren Tarnmethoden, um möglichst rücksichtslos die gräßlichste Version von sich den nahen Menschen direkt ins Gesicht spucken zu können, haltlos, jahrelang. So wird im Gemüt von fremden Menschen, die wie Eigentum behandelt werden, rum getrampelt, bis sie so zertreten sind, wie man sich selber fühlt und so weiter. Im öffentlichen Raum hingegen wird erwartet, daß man funktioniert, und natürlich funktioniert man. In der Arbeit reißt die Arbeit selber jeden so zusammen, daß das Kranke weg gedrückt wird und sich so mehr Schönes zeigt. Heulen darf jeder, wenn er allein ist, abends zuhause, wenn ihn das Fernsehn berührt. Dann ist man glücklich, daß man sich so gehen lassen kann. Wenn man traurig ist, muß man keinen kränken durch ein Schweigen, keinem seinen dummen Kummer obendrein erklären und ihn so verdoppeln, keinen insgeheim für schuldig halten, von keinem muß man sich besonders gut behandeln lassen im paradoxen Gegenzug zur eigenen Verschlossenheit, der ganze Unsinn fällt ganz einfach weg. Man klärt sich, sucht die Gründe, findet sie, mal findet man sie nicht. Morgens geht man in die Arbeit, und abends geht es heim. Jeder Raum hat sein Gesetz. Wenn man sehr verwirrt ist, wechselt man den Ort. Von außen stellt sich neu die Ordnung her, in einen rein. Nachts liegt man im Bett und schläft.

Ankommen, auspacken, aufbauen, das Büro nimmt sich in Kollision seiner Systeme in Betrieb. Die Aktentasche befindet sich im Anflug auf den Tisch, während die Hand schon am Kalender reißt. Gleichzeitig beschäftigt sich der Schuh mit einem Bein des Stuhls. Stimmt die Position, schmeißen sich Papiere aus der Tasche. Die Rechnerlichter flammen auf. Im Fenster steht die Häuserreihe gegenüber unverrückt und unbewegt. Änderung verlangt der Apparat des Telefons, der nicht absolut exakt auf Kante steht. Eine Watsche trifft die Backe, vier Fingerkuppen stochern durch zwei Augenhöhlen. Die Faust prüft klopfend mit den Knöcheln, ob der Knochen, der das Stirnhirn schützt, die wünschenswerte Härte hat. Der Zeitvergleich diverser Uhren ergibt, daß Korrekturen augenblicklich nicht vonnöten sind. Silbern ruht der Schädel, abgemacht von einem Mittelfinger, auf der schweren Namenskette mit dem gravierten Schriftzug Germany. Tippex Flüssigkeit steht rot bereit für alle Fälle. Endlich ziehen schriftlich auf Papiere fabrizierte Worte alle Aufmerksamkeit auf gemachter Augen auf sich und in sich hinein. Auch in diesem Raum stehen die Sachen dort dem Blick entgegen, wo er hin stößt. Welche Sache sich wie zeigt, bestimmt den Blickpunkt, dessen Ort zugleich im Gegenzug das Ausschauen der Sache fest fixiert. Ob Beweglichkeit des Blickpunkts oder sein Verharren die ihm zu gerichtete Sache besser zeigt, hängt natürlich von der Art der Sache und vom Interesse der Beobachtung genau so ab, wie von dem Stadium, in dem die steht. In jedem Fall jedoch entscheidet das Gelingen hier in diesem Punkt die Qualität der ganzen Untersuchung, da es zunächst zu erkennen gilt, ob Bewegung augenblicklich richtig ist, oder Verharren, und anschließend der gegebenen Notwendigkeit zu gehorchen ist. Das größte Quantum der gesamten geistigen Kraft, die zur Verfügung steht, wird von diesen

Schluß die Polizei. Was die Schweine nicht mit Zensuren, Entlassungen, Kündigungen, Kuckuck und Schlagstock schaffen, erledigen die Dienstpistolen, Tränengas, die Handgranaten und Maschinenpistolen der Polizei. Um Schluß zu machen mit dem sozialdemokratischen Dreck und dem kleinkarierten opportunistischen Reformismus, baut sich die rote Armee auf. Macht kaputt, was das Volk kaputt macht. Ohne die rote Armee können die Schweine alles machen, einsperren, entlassen, pfänden, Kinder stehlen, einschüchtern, schießen, herrschen. Um die Konflikte auf die Spitze zu treiben, um die Klassenkämpfe zu entfalten, beginnt der bewaffnete Widerstand jetzt mit dem Aufbau der roten Armee.

Die rote Armee Fraktion redet vom Primat der Praxis. Ob es richtig ist, den bewaffneten Widerstand jetzt zu organisieren, hängt davon ab, ob es möglich ist. Ob es möglich ist, ist nur praktisch zu ermitteln. Auch der schönste Anfang, fängt sich nicht aus dem nichts heraus von selbst an, sondern wird gemacht, gesetzt gegen den Feind. Einen einmal als Feind erkannten Feind so lange zu verfolgen, wie die Kraft reicht, ist richtiger, als sich mit ihm abzufinden oder zu versöhnen. Erfahrungen ruinieren die Urteilskraft, das Leben macht bösartig milde. Verständnis und Nachsicht korrumpieren den anfangs unbestechlichen Blick. Das erste Urteil stimmt, danach kommt Lüge, Betrug, Gerechtigkeit. So ist es auch in diesem Mai eine Leistung, sich vom alten Feind bestimmen zu lassen im neuen Anfang. Man bricht mit sich, um eine radikalere Konsequenz der Treue dem eigenen Leben gegenüber zu finden, als das Leben selbst es einem nahe legt. Man hält sich für klüger, als das Leben, eine Hybris, die einem das Leben später vielleicht um die Ohren haut, aber jetzt hat man alles Herrliche auf seiner Seite, Stärke, Zorn und

Sinn. So also hat alles angefangen, richtig, konsequent. Sieben Jahre später jedoch ist es nicht Mai, sondern Herbst, und das enge Gesetz des Handelns diktiert jeden Schritt, nicht mehr der freie Entschluß zur Treue zu sich. Nicht mehr die alten Feinde bestimmen, was man tut, sondern die eigenen Taten. Die Kämpfer, die noch nicht seit fünf Jahren in Stammheim sitzen, bewegen sich im fast genau so engen Knast ihrer Geschichte. Erbärmliche Gestalten, die sich immer schon kampflos mit diesem Elend abgefunden haben, können sich jetzt leicht und billig lustig machen, daß auch der trotzigste Freiheitskämpfer am Schluß im Kerker seiner selbst sitzt, hilflos, ratlos, ohne Weg. Konsequenz ist die Hölle und besiegelt, daß falsch ist, was Tat um Tat falsch geworden ist. Und dennoch kriegt nicht das Schlaubergerl, das die Inkonsequenz lobt und schelmisch in alle Richtungen käferlt, recht von der Geschichte. Die Täter, die gehandelt haben, gleich wie falsch, sind die Herausforderung für jedes Leben, das sich richtig leben will. Viele Möglichkeiten radikaler Konsequenz sind noch gar nicht durchgerechnet, geschweige denn von einem Leben praktisch echt getestet. Die Hölle der Wirklichkeit der Welt ist finsterer und enger, als jede himmlisch ausgedachte Hölle, und dennoch zugleich vitaler, reicher, verschlossener, insgesamt unwahrscheinlich erstaunlich angeordnet und keineswegs zufriedenstellend in allem erforscht, vermessen, berechnet, erkannt und begriffen. Die rote Armee Fraktion redet vom Primat der Praxis. Auch jetzt, wo im Stillstand der Bewegung des bewaffneten Kampfs, der bewaffnete Kampf den Atem anhält, ist zu erkennen, daß es möglich war, den bewaffneten Kampf zu organisieren. Hing im Anfang das Ergebnis der Bewertung, ob es richtig ist, den bewaffneten Kampf jetzt zu organisieren, davon ab, ob es möglich ist, zeigt sich jetzt im Schluß, daß es, da es möglich war, richtig war. Die Frage, ob sich die Guerilla siebenundsiebzig neu formieren kann, wird im Kampf um die Befreiung der Gefangenen erneut auf die Probe der Praxis gestellt. Der Kampf ist mehr, als die Episode einer ersten Zelle, historisch gebunden an den Kampf gegen den Krieg gegen Vietnam. Die neue Offensive hat dem Kampf Kontinuität gegeben und den politischen Bruch unumkehrbar gemacht. Die Guerilla kommt nicht aus dem nichts, sie kommt aus der Geschichte der Kämpfe, Niederlagen und Siege aller revolutionären Kämpfe. Der militärische Angriff gibt ihr politische Kraft.

Der Staatsnotstand braucht kein Gesetz einer Ermächtigung, keine Änderung des Grundgesetzes, kein Gericht, keine Verfassung, kein Gewehr, er errichtet sich, wenn er sich gegeben sieht. Der Staatsnotstand sieht sich gegeben, wenn er den Staat gefährdet sieht. Der demokratische Staat organisiert die Diktatur der Demokratie im Fall des Staatsnotstands demokratisch um zur Staatsdiktatur. Die Macht der Diktatur der Macht ruht auch hier in der Zustimmung der Masse der Nichtmächtigen zum diktatorischen Einsatz aller Macht der demokratisch diktatorischen Staatsdiktatur. So unerheblich es für das Inkrafttreten des Staatsnotstandes ist, ob der Staat, der sich gefährdet sieht, wirklich in Gefahr ist, so nachrangig ist für die Diktatur die Frage, ob es jenseits der Zustimmung zur Diktatur, der sich kein Widerstand so wirkungsvoll entgegenstellt, daß sie verhindert wäre, in wirklichkeit wirkungslose Nichtzustimmung gibt oder gar heimlichen Widerstand. Was da ist, wirkt. Der Nachfolgestaat des faschistischen Staates agiert in der selbst definierten Krise so tolalitär, wie die antifaschistische Staatskritik den Kern des Staates, der die Diktatur der bürgerlichen Demokratie organisiert, immer bezeichnet hat. Die Macht totalisiert sich, indem sie sich auf sich zuspitzt. Vom effektiven Machtzentrum des Führerbunkers Kanzleramt aus werden die kontrollierenden Gewalten effektiv ausgeschaltet, indem dort die entscheidende Rechtsgüterabwägung vorgenommen wird, egal was die Gerichte entscheiden, und indem dort alle politischen Parteien zur großen demokratischen Einheitspartei des großen politischen Beratungskreises zusammengeschmolzen werden. Herr Kohl, ich muß Sie mal unter vier Augen sprechen. Und am Tisch der Entscheidungsfindung sitzen natürlich auch die Polizei und der Generalbundesanwalt Rebmann, führende Gangster der Wirtschaft lassen sich von Brauchitsch vertreten, und natürlich bejaht der Rat der Evangelischen Kirche in Deutschland den Staat, in dem wir leben, in seiner Erklärung zum Terror, denn sie gibt, so der Bundeskanzler umgehend im Dankschreiben, Hoffnung für die Zukunft, indem sie zu solidarischem Handeln, zur Mitverantwortung und zu noch entschiedenerem Eintreten für Rechte und Würde des Menschen ohne wenn und aber aufruft, mit freundlichen Grüßen. Fast könnte es also so aussehen, als sei die totale Diktatur der Macht im demokratischen Staat nur das kleine organisatorische Problem, ob für alle politisch sogenannten verantwortlichen Alkoholiker genügend Selterswasser im Kanzleramt bereit gestellt werden kann, daß man sich gleichzeitig gemeinsam an den Händen halten kann, frühmorgens, ohne allzusehr zu zittern, oder ob nicht doch je zwei Jägermeister indiziert sind. Aber die Selbstgleichschaltung der Presse, die tatsächlich besser funktioniert, als es sich Propagandaminister Bölling trotz aller Briefe an die sehr geehrten Herren Chefredakteure mit vorzüglicher Hochachtung selber hätte träumen lassen, räumt wirklich auf mit aller im traditionellen Vokabular nicht falschen, aber eben doch zu fertigen Kritik der Macht. Hier liegt der Ausgangspunkt der ganzen Überlegung. Die moralische Empörung hat der Presse gegolten, mehr als dem Staat, und an der Presse ist schließlich die ganze Moral zerbrochen. Die Moral war ein erster Versuch, sich mit den alten Mitteln kritisch in dem verwirrenden Geschehen zu orientieren. Aber genau das Wohlgefühl moralischer Überlegenheit, Kritik am Weg in Jugend, hat der vernünftigen Prüfung, von der Virulenz der so nicht normalisierbaren Ereignisse immer wieder provoziert, natürlich nicht standhalten können. Daß der moralkranke Mensch die moralische Kategorie der Lüge der Moral braucht, um zu erkennen, daß die Moral keine Erkenntniskategorie ist und erst recht nicht als Rechtfertigungsinstrument funktioniert, sondern wie so vieles andere total verstorben ist und folglich inexistent, ist neben der logischen Scheußlichkeit für den Betroffenen vorallem ein Zeitproblem, weil all das Jahre kostet, im Resultat jedoch egal. Zu spät, wie im echten Leben, aber schließlich eben doch, kommt die Revision. Die Medien müssen mehr sein, als Agenten der Macht der herrschenden Klasse, mehr, als Instrumente zur Manipulation angeblich manipulierbarer Massen. Die effektive Zustimmung zur Diktatur und die wirkliche Diktatur der Spitze der staatlichen Macht, ein Organ auf Zeit, das sich dem von innen her operierenden militärischen Angriff gegen den Staat verdankt, haben die Illusion vom demokratischen Staat zerstört, und deren Zerstörung hat das Gerüst der traditionellen bürgerlichen revolutionären Kritik am Staat als Kritik der Illusion mit sich gerissen und vernichtet. Dieser Ruin eröffnet plötzlich alle Fragen wirklich, neu. Wer ist das Volk. Herrscht das Volk, wie. Muß noch wer erschossen werden. Warum funktioniert der Staat. Wie hängt das ganze Zeug zusammen. Was kostet die Welt. Wie kriegt der Mensch sein Leben hin. Wieviel Schönheit ist trotz allem sichtbar. Wo wird geweint.

Welche Kräfte schaffen Ordnung. Wie schwer wiegt Glück. Und wann ist Schluß. Antworten wären einem natürlich lieber als alle noch so wahren Fragen. Aber es müssen wirkliche Antworten sein, nicht der alte tote Schlamm der verantwortlichen Nichtantworten. Schließlich gibt es die Welt wirklich. Schließlich ist der, der das jetzt hier hört, im Moment noch nicht tot. Es gibt keine Freiheit, und kein ich ist frei. Alles ist endlich nicht eines, sondern viel hoch vieles. Auf die letzte Frage aber, mein Freund, heißt die Antwort ja, das alles ist die Arbeit.

Es ist auch behauptet worden, erklärt Propagandaminister Böllings in der Regierungspressekonferenz, daß die effektive Nachrichtensperre demotivierend auf die Tätigkeit mancher Polizisten einwirke. Dieses ist mit Sicherheit Unfug. Und ich brauche mich nicht, will es aber dennoch erwähnen, zu berufen auf eine Umfrage des Altfaschisten Professor Allenallensbach, der mehr als siebzig Prozent unserer sogenannten Bürger im Einverständnis zeigt mit allem, worüber sie nicht informiert werden, wollen, können und müssen. Das stelle ich nicht in Abrede. Ich habe aber den Eindruck, daß unbeschadet von Indiskretionen sprechende Personen im Prinzip als Aufmacher einer holländischen Boulevardkrawatte mit passendem Anzug kombiniert gemeldet haben, daß ein bißchen Fön aus heißer Luft und dunklen Haaren, natürlich schnittig genug geschnitten, einen halben Böllings, wenn Sie so wollen, zum ganzen Bölling machen und verkehren. Da demgegenüber seine Senilität Heinrich Bölling erklärt, er habe im Krieg neulich sechs mit sechzig millionen propagiert und selbst weit über sechzig wieder im Bingo anstatt Bild nur ein Gangrän verhängt bekommen als Null, deren Loch die Stafette der Dummheit in allen leeren Nichtvollen und sonstigen Löchern zum Versöhnungswaschlappen zerweicht habe, ist ärztlicherseits zu attestieren, daß grüne Zehen bei genügend Diabetes auch von selbst abfaulen, hingegen die notorische Krankenschwester nur ihren dummen braunen Schnittlauch im verwachsenen Mondgesicht pflegen braucht, damit das aus der Krankenschwester lebenslänglich triefende Krankenpflegegewäsch nur das Poesiealbum daheim verschleimt, ohne normalen Revolutionären als Humanitätsbrei zugestellt zu werden. Trottelige Briefe werden nicht beantwortet, so einfach ist das. Andere Sachen sind komplizierter, zum beispiel der Dialog, den das löchrige Pferdegebiß mit stinkendem gutem Willen keineswegs jedem anbieten darf als grünen Ausfluß. Daran erinnert noch nicht erschossen braun gebrannt der alte Weizensack im dritten reich mit alter Wäsche vollgestopften Wort für Wort verlogen wiederholten Weihnachtswort, daß jeder Altfaschist den Bundespräsidenten telegen als Demokrat den Demokraten allen derart demokratisch aus dem Hals raus hängen lassen kann, bis ihm schließlich demokratisch im noch nicht erschossenen Nichtgesicht beim Staatsakt vom noch nicht erschossenen Toupet die tote Fresse endgültig erschossen und vom Staatsbegräbnis zugenagelt wird. Hammer haut Gesicht zu Brei, steht schon sauber hin gedruckt korrekt in jeder Zeitung, damit diese Entgleisungen im deutschen Presserat erneut zu dem Appell an die gesamte Presse führen, von aller Berichterstattung Abstand zu nehmen und bei allem Verständnis für die wachsende Unruhe und Sorge in der Öffentlichkeit vor allem keine Informationen zu veröffentlichen, die Kontakte mit den Revolutionären ermöglichen und verbessern würden. Damit kein Betrug auffliegt, knüpft der deutsche Presserat an die von der Bundesregierung gegebene Zusicherung, nach Ende der Geschichte alle zurückgehaltenen Informationen der Öffentlichkeit zugänglich zu machen, die Erwartung, daß auch in Zukunft in jedem Fall alle konkreten Informationen zurückgehalten werden. Zu diesem Zweck wird alles, was legal ist oder nicht legal ist, umgehend legalisiert. Vorgestern hat das Bundesverfassungsgericht die wochenlange Illegalität der Kontaktsperre aufgehoben und so für verfassungsgemäß erklärt. Gestern hat abends der große politische Beratungskreis in einer grundsätzlichen Aussprache die Revolution erörtert. Dabei wurden alle Risiken erschossen, und über das konkrete Vorgehen so Einigkeit erzielt. Heute war Ruhe, nichts tut sich, Stille herrscht.

In Stammheim geht der Psychiater Doktor Helmut Henkker in der Zelle seines Dienstzimmers hin und her. Es gibt Nächte, da nützt kein Medikament, da tut man kein Auge zu. Man wartet, daß es hell wird. Hautig beinander nur, aber mit überwach geschärften Sinnen steht man endlich auf und funktioniert auch schon. Natürlich die Chemie, diverse cirkadiane Rhythmen, Licht, man müßte das Zusammenspiel von Hypothalamus und Hypophyse mal wieder ordentlich in allen Einzelheiten nachlesen und geistig mitvollziehen. Aber der Alltag in der Anstalt sieht dann wieder anders aus als irgendwelche Pläne. Strafvollzug, auch so ein Euphemismus, ziemliche Bestialität im grunde bekanntlich, Suizidgefahr besteht trotzdem nur in den ersten Tagen normalerweise. Im siebten Stock herrscht jetzt natürlich Kriegsrecht mit den Kontaktsperrepolstern nachts, Nachrichtenfolter, Hoffnungstortur, Erschöpfung. Längst ist die Zeit der entscheidende Faktor. Wie lange hält man das durch, kann keiner wissen, der da nicht selber drin hockt. Das Suizidrisiko ist schon in der normalen Psychiatrie ein Witz, der die Unterbringung legalisiert, die Behandlungspflegschaft, wenn der Patient sich sträubt, weil er uneinsichtig ist oder sogar hoffentlich eigene Haut, berührt, von was, sanft ein Druck, immer fester im Genick, schmerzhaft. Mit tobendem Kopfschmerz war ich aufgewacht, hoch im Vormittag, und schlug mit beiden Fäusten immer wieder, so fest ich konnte, gegen den dummen weichen Kopf. Irgendeinen Dreck geträumt, so viel war klar, wenigstens weiß man nicht, was. Ich ging hinüber zum Waschbecken. Es läuft, immer wieder erstaunlich, man dreht den Wasserhahn auf, und Wasser schießt hervor. Wenn man das Hirn erst einmal derart raffiniert geläutert hätte, daß es exakt dort liefe, wo man einen Schalter umlegt, dann wäre das Hirn nicht nur bestimmte sinnlose Sorgen los, ich kannte da tropfende Stellen im Hirn, die machten besonders Lärm, wenn sonst gar nichts lief, vor allem aber könnte man dann gleichzeitig an sehr vielen Stellen ausschließlich vernünftiges ablaufen lassen. Das Resultat wäre wahrscheinlich eine nicht schlechte Hirnrevolution vorerst zumindest im Hirn, dann im Denken, dann würde man weiter sehen. Der Schock des kalten Wassers jagte ausgiebig über die Haut durch paar zillionen Kapillaren und Synapsen richtung Schaltzentrale, und als ich erfrischt wie neu da saß, war das Kopfweh schon so weg, daß Platz war für das Unwohlsein durch nichtneue Kleider auf der Haut. Was ist gegeben, heißt die erste Frage, erst die zweite Frage fragt, was ist gesucht. Draußen hupten die Autos, bellten Hunde, rauschte der Verkehr. Was sonst die schützende Glocke war, die den Kasten der Arbeit, der das Haus war, zusätzlich beschirmte, war heute Verlockung, störrisch und fordernd. Schließlich kapitulierte ich, machte den Utensilien die Lage klar, und dann ging es auf und hinaus in das schon lichte Getriebe der frühabendlichen Straßen.

Alles in allem kennt man die Spinner, die immer wieder kommen, die Laufkundschaft, Ausländer, Studierte, Hiesige, Fremde, ein Blick normalerweise, das reicht. Leute, die warten müssen, kommen natürlich angespannter daher, als die anderen, die sozusagen professionell hier sind. Man muß es schon mögen im Bahnhof, sonst stört es einen, so ist es interessant. Der Zeitschriftenladen war perfekt organisiert. In der Mitte um den zentralen Verkaufsrundtresen vorne die nationale, links die internationale Presse, drei Kassen, dahinter die selten gefragten exklusiven Zeitschriften, und in der Verlängerung neben dem Tresen die Männersachen, Technik, Flug, Computer, Waffen. Dem Eingang gegenüber waren Architektur, Kunst, Mode und Musik, innerhalb der Bereiche jeweils national geordnet, und schließlich an der langen Wand dem Tresen gegenüber das ganze Unterhaltungsprogramm. In einer Schicht arbeiten immer fünf im Team, drei am Tresen, einer im Raum, einer macht Lager. Alle eineinhalb Stunden wird durchgewechselt, am Sonntag kommt man, wenn man will, auf siebzehn Stunden, sechs Uhr dreißig morgens bis elf Uhr dreißig nachts. Elf Uhr wird zugesperrt, dann Abrechnung, dann ist man bedient. Die Besetzung ist wichtig, daß man harmoniert, aber auch nicht alles, letztlich entscheidet der eigene Groove. Eine Langeweile, worüber andere klagen, kennt man natürlich nicht, auch wenn der Betrieb mal bißchen ruhiger ist. Wenn ihr die Augen aufmacht Leute, so der Chef jeden Morgen, läuft der Laden besser, und euch macht es mehr Spaß. Erst wird groß rumgehektelt in der Früh, dann steht er plötzlich mitten drin im leeren Laden, ganz starr, redet dann in den Boden rein, irgendwas stimmt hier nicht, irgendwas ist hier noch nicht optimal. Dann müssen die Fernsehzeitschriften weiter vor oder zurück, je nachdem. Oder er steht plötzlich vor einem wie ein Verrückter, erklärt, ich habe das Gefühl, Sie wissen etwas über diesen Laden, was allen nützen könnte hier, raus damit. Dann wird irgendwas geändert, was man unpraktisch gefunden hat. Oder Diebstahl, da gibt es natürlich die Superschlauen, die meinen, sie tricksen einen aus, obwohl man das mit dem Rücken sieht, wenn einer da großartig heimlich was einschiebt. Ich mag die lieber, die mir mit dem, was sie klauen, zuwinken und anständig wiederschaun sagen. Es gibt welche, die kommen wie die Uhr, so regelmäßig, spekuliert man dann rum, was so mancher macht. Man muß ja mit keinem reden, das ist das beste, nur mit den Augen, höflich, herzlich, sind die dann auch so, die meisten, distanziert und freundlich. Schließlich sieht jeder, was hier läuft, die Organisation, das ganze eben, die Qualität. Nachts liegt man im Bett, total kaputt und aufgedreht zugleich, und der ganze Tag rast nochmal vorbei, die Blicke, die Gesten, bestimmte Bilder.

Wieder mal im Büro übernachtet, Herr Stein, hieß es morgens aus den Köpfen in der aufgemachten Türe. Ja natürlich, ist doch bekanntlich nichts zu tun zur Zeit, da mag ich es am liebsten hier. Guten Morgen, gut geschlafen, guten Morgen, selbstverständlich, guten Morgen, guten Morgen, frohes Schaffen, guten Morgen, Morgen, Morgen, die Türe wurde nicht müde, die Montagslaune in das Zimmer rein zu spucken, und ich feuerte bester Dinge zurück. Ich war nämlich bißchen überdreht durch die letzte Nacht, in der ich kaum geschlafen hatte, Moment. Am besten sofort noch eine Liste machen. Vielleicht kann man sogar Stunde für Stunde rekonstruieren, wer weiß. Jedenfalls ist verdammt etwas passiert an diesem Wochenende hier in diesem Raum, Deutschland wird sich wundern. Man hat die hochsensible Lösung noch nicht in der Hand, gut, das wäre übertrieben, aber hier, hier oben, in dem Kopf, wo die Zentralmaschine sitzt, im Hirn, da liegt die Sache fertig vor, abrufbar. Ich schaute mich um in Steins

Amtswabe, ob etwa irgendwo noch Staub, oder gar ein Dreck etwas zu melden hatte. Papiere führen hier ihr ordentliches Regiment. Jetzt gilt es nur noch, schnell Ordnung in diese ganzen Papiere zu bringen. Bloß wie, das ist hier die Frage, am besten vielleicht noch eine Tabelle, oder alphabetisch. An der guten alten Adler hatte man auch bestimmte Sachen zu erledigen gehabt, die Typen waren so verschmutzt, Buchstabe für Buchstabe zu reinigen. Wichtig war vorallem, daß man nichts vergißt und alles simultan berechnet. Das einzige Problem war dieses Chaos, als würden die Papiere gegen einen arbeiten, was nicht sehr wahrscheinlich war. Die internationale Presse, ich hatte mich da kundig gemacht in diesen Tagen, war mehrfach am Bahnhof gewesen, dort auch Worte gesprochen zum Teil mit jüngeren Menschen, was ich in diesem Zusammenhang nicht überbewerten wollte, lag auch hier großenteils bereits zerschnitten und gegliedert eingeteilt nach Abschnitten und Unterteilen und dergleichen Zeug. Hauptsache, man kommt nicht durcheinander. War man aufgestanden, war der Wust der Materialien unten. Im richtigen Moment die richtige Entscheidung, napoleonisch, ein Blick, ein Griff, Entscheidungsschlacht und Sieg. Wichtig, daß nichts dem Zufall überlassen bleibt, noch besser vollkommen ausgeschaltet wird. Es war schon wieder Mittag. Nachts braucht der denkende Mensch Licht um sich. Kein Photon darf verloren gehen. Wo sich alles entscheidet, weiß man erst im nachhinein, vorher hat man für die richtigen Bedingungen zu sorgen. Dann war da das Gefühl, ein Silberfischchen kriecht irgendwo an einem rum, oder oben am Bein vom Tisch. Der Tisch war ansonsten in Hochform gewesen die Tage. Wo schläft so ein Tier zum Beispiel. Viele Fragen sind noch offen. Wieviel Uhr, Herr Stein, ich drehte mich um. Der Raum war oben in der Höhe, wo die Menschen ihre

Köpfe haben, augenblicklich aber leer. Luft war natürlich da. Draußen war auch ganz schön was los. Natürlich kracht nichts zusammen. Vielleicht müßte man näher bei den Sachen sein, mitten drin im Zeug. Ich saß unten am Boden. Es riecht ja jedes Papier anders, das wird auch nicht genügend bedacht. Unter den Akten war noch eine dunkle Stelle. Aber man kommt nicht überall hin mit der Hand, man wird für eine Vorrichtung sorgen, die dieses Problem beseitigt. Das wäre wohl das letzte, daß ausgerechnet daran, nicht mit mir, nur über meine Leiche, kurz vor Schluß noch alles scheitert.

Die Kohlenhydrate waren die Rettung. Zu viel Kaffee und zu viel Protein, das war ein Fehler gewesen natürlich. Das Nichtfleischliche scheint sich immer mehr zu verrätseln, zu entziehen, seltsam zu verbergen. Es kommt zu Erregungszuständen, keine schöne Sache, für einen selbst nicht, unangenehm vor allem nach außen. Den Leuten, die dann so daher kommen zu einem, sitzt das Valium ziemlich locker, im nächsten Atemzug gibt es schon Neurocil. Drei Monate sind aber eine lange Zeit für einen praktisch ganz normalen Menschen, erst recht für seine Rechner. Im Augenblick, in dem das ganze kippt, fällt man selber letztlich die Entscheidung, Vollgas rein ins Bodenlose richtung Abgrund, oder eben Sonne halt. Drogen jeder Art verwirren den Kontrollprozeß, der hirnintern gezielter Einfluß auf die dort beinahe schon entgleisten komplizierten biochemischen Balancen ist, natürlich willentlich gesteuert. Schlagartig wird alles abgesetzt, pulvriger Kaffee und die reinen Proteingetränke, Kosmonautenkost, praktisch sehr abstrakte Nahrung. Hirnintern wird Protein zu Speed, vermute ich, die Wirkung jedenfalls ist explosiv. All dieses proteinkrank überreizte wird dann mit einem Kohlenhydrathammer, drei Nogger Schock genü-

Prozessen verschlungen, Bestimmung des gegebenen Blickpunkts, Konstruktion des augenblicklich notwendigen Blickpunkts, Resultat der Rechnung in die Tat umsetzen. Es kann mehr Kraft erfordern, den Blickpunkt nicht zu ändern, als ihn zu ändern. Meist jedoch ist die geistig limitierende Größe die Nichtbeweglichkeit des Blickpunkts, seine den Notwendigkeiten der Sache korrekt gehorchende Positionierung die größte Schwierigkeit der gedanklichen Tat. Stockt man irgendwo, legt man das beiseite und nimmt sich eine nächste andere Sache vor. So vermeidet man Blockierungen und Brandverheerungen, die dort entstehen, wo der Blick zu lange und verbohrt hin stiert. Drei Polizisten gehen unten auf dem Gehweg nebeneinander her, und drei Nichtpolizisten in dunklen Anzügen kommen entgegen, benötigen ebenfalls die ganze Breite des Gehwegs. An der Stelle, wo sich beide Gruppen treffen, geht keiner der sechs nicht mehr nebeneinander her, und der Gehweg verbreitert sich nicht. Trotzdem kommt man natürlich ohne Probleme aneinander vorbei, wenn man will. Mit der Möglichkeit zur Kollision bietet der Konflikt auch eine Lösung ohne Kollision an. Läßt sich die Fragestellung praktisch nicht vermeiden, wer handelt richtig, wer nicht richtig, wer falsch, und wer nicht falsch, mit allen Zwischentönen auf der Skala dieser Werte, kann genau deshalb sich die Anstrengung in Gegenrichtung orientieren, um ein Ereignis quer zu dieser Frage auf zu schneiden und zu prüfen, ob so ein neues Bild sich zeigt. Die Versuchsanordnung enthält in sich verschlossen vor Durchführung des Experiments wahrscheinlich schon das Resultat, allerdings ohne es zu kennen. Belanglose Einzeldaten können derart massenhaft anfallen, daß das Resultat sich noch einmal im Resultat versteckt. Immer wieder ist die Meßsonde verschmutzt, das ins Ereignis eingeführte ich, Reinigung,

Neuvermessung, Eichung, Bestimmung des Meßfehlers der Apparatur, Bilanz. Ein Tag ist vergangen. Bewegungen im Vorfeld, nichtsinnlose Wiederholungen, der Durchbruch steht immer noch aus. Zeitvergleich, Himmelhaken, eine Taube landet im Antennenbaum am Dach der Häuser gegenüber. Metall und Lebewesen beben. Am Fenster steht ein Mensch.

Willentlich weniger weit zu schauen, als man in wirklichkeit sieht, ist nicht möglich. Auch der noch so eng gewundene Weg durch den Wald bergauf zeigt sich bis zur Biegung. Man kann die Augen zumachen und blind paar Schritte weiter gehen, bis man ins Gestrüpp gerät. Man macht die Augen wieder auf und sieht genau so weit, wie weit man sieht, Bäume dicht um einen rum, vorne ein Stück Weg. Fünf Schritt weiter ändert sich die Richtung um gut hundertfünfzig Grad, wieder zeigt sich ein Stück Weg, und so geht es weiter. Den Punkt der Schärfe in der Luft näher zu sich her zu holen, als der nächste Anstoßpunkt des Blicks es automatisch vorgibt, ist schwierig genug. Jetzt dort, wo nichts ist, den Blick ab hacken, das geht nicht. Die Fokusfrage war auch so eine fixe Idee, wie die Randfrage. Was passiert am Blickfeldrand, in Ruhe, wenn man stehen bleibt. Der Rand ist unsichtbar, was sich dort abspielt, könnte einen rasend machen, weil es so unfaßbar ist. Technische Bildgeräte sind noch nicht in der Lage, diese Randphänomene, die das Blickfeld des menschlichen Auges sehen muß, wirklichkeitsentsprechend abzubilden. Geht man rückwärts, sieht der Rand als erstes, wo man augenblicklich ist. Ich drehte mich wieder um und ließ mich vom Weg in ordentlichen Serpentinen anstrengungslos den Steilhang hoch tragen. Ich hatte mir für den Aufstieg ursprünglich die Frage nach dem Tragischen zur Untersuchung vorgenommen, aber natürlich waren mir die Augen mit ihrem dauernden Tun dazwischen gekommen. Das wäre noch hinzunehmen ohne Beschwerde, nur daß man ausgerechnet in völlig ungewohnter Umgebung als erstes ausgerechnet die ausgeleiertsten Zwangsgedanken denken muß, ist empörend. Ist der Feind wütend, halten wir still, hat er sich ausgetobt, greifen wir an. Die liebste Kammer wird plötzlich zur pochenden Höhle, nur weil man richtung Eiter und Familie denkt. Gestern war in München langer Samstag, herrliches Wetter, gigantische Einkaufsparty in der Fußgängerzone, überall Vorbereitungen für das Erntedankfest, Menschen in Tracht schon zum teil. Dadurch hat man Lust auf die Berge gekriegt. Immer müssen es die Dolomiten sein, weil man die am besten kennt. Wahrscheinlich hat man sich heute mit der Zeit verschätzt. Die Wälder sind inzwischen so weit weg, daß sie ausschauen wie fernes Moos. Langsam wird es kälter, als man denkt. Vielleicht ist nur der Nebel schuld. Der Weg im Fels ist zu erkennen, gelbrote Punkte alle naselang, dann und wann Stangen. So ein Plateau zieht sich scheinbar länger hin, zunächst meint man, Sella, rauf und rüber. Jetzt schaut man immer älter aus, weil der Schneefall, der gerade noch ein Nieseltröpfeln war, ein Schneesturm ist inzwischen. Wenigstens hat man gute Turnschuhe an. Leider sind die Wegmarkierungen verschneit. Im Nu verirrt sich im Gehirn der ganze Richtungssinn. Wo die Spucke hin fällt, ist normalerweise unten. Bloß der Sturm muß abgerechnet werden, weil er so brutal ist, daß man richtung Wind die Augen nicht mehr auf kriegt. Schneekristallschrot auf der Hornhaut erzwingt den Lidschluß im Reflex, da kann der Wille wollen, was er will. Nirgends eine dieser blöden Stangen, paar Schritte hierhin, dorthin, das war falsch. Eine Wächte hat vermutlich sich gebildet und einen bis zur Hüfte in sich rein verschluckt. Die Dunkelheit ist schlecht jetzt. Wo die Wächte endet, ist nicht zu ermitteln. Man kauert da und friert, heftige Erinnerung an Moskau. Schlaf wäre gefährlich. Schnee wärmt. Man ist nicht verzweifelt, will wachen, endlich alles ordentlich durch denken. Aber der Sturm reißt die Sicht auf für einen Augenblick, und ganz nahe zeigt sich die rettende Hütte. Wie im Traum geht es dorthin dahin durch endlos tiefen Schnee.

Leicht und licht erhebt sich der Anfang, sagenhaft automatisch, schwebend. Der Blick fliegt dahin, Weite und Tempo bestimmen sich selbst nach Laune, Einfall, Neugier und vagen Impulsen der Ahnung. Umgeben von Gipfeln, Schau, der ein Wolkenstreif am Himmel, vom Lineal des Steigflugs eines schlanken Silbervogels aus Metall pfeilgerade aufgerissen, näher ist als jedes richtig feste Stück der Erde, sieht der nächste Augenblick sich schon als Wicht inmitten feuchter Tropenfarne, Riesenschachtelhalme, leuchtend glühen Farben, Wohlgeruch von Grünzeug, Tasten, Triebe sprossen, Bäume, rote Schluchten, alles, prall von allem, und schon wieder fort von da. Jede Bewegung ist eine richtige Bewegung, die Raum abgrenzt um sich, der vorher nicht da war. Und sie ist bewegte Bewegung, nicht starr erstarrte Nichtbewegung. Sie ist nicht Abwägung von Möglichkeiten, die verworfen werden müssen, weil Vernunft es so gebietet, sondern sie ist schneller als Gedanke, direkt Tat. Die Bewegung des Anfangs ist rücksichtslos, sie ist nichtblind, wie nie mehr danach, sie kennt sich und weiß um ihr Glück. Sie tut, was sie will. Sie hat recht. Wie lange der Anfang dauert, ist nicht bekannt. Schon der zweite Blick ist nicht mehr der erste, schon das dritte Beben angesichts eines Gesichts ist die Geschichte, schwer und träg, gemessen am Anfang Grauen und der Verrat der Vision. Man schlägt noch um sich, aber die Flügel sind ab gehackt, nichts erhebt sich, man hockt da, alt, urplötzlich. Trostlos müde schaut man um sich, ein Netz scheinbar, man hat sich irgendwie verfangen, schwer zu erkennen, wie man da wieder raus kommt aus dieser Enge. Man ist noch bei Sinnen, das schon zumindest, man ortet die Lage. Der Sommer, das außer der Zeit und außer sich, die fliegenden Worte, die Kämpfe, der Sieg, all das liegt nicht zwei Minuten zurück, sondern ein Jahr, nein, zwei. Man zaudert und wägt, grübelt, sinniert. Am schlimmsten ist, daß nichts mehr passiert. Man müßte selber was machen, nur was ist die Frage. Angreifen jedenfalls, schließlich ist man im recht, immer noch, das hat sich nicht geändert. Der Feind ist immer noch der gleiche, oder wird etwa die werktätige Masse heute weniger für blöd verkauft, als gestern, ganz im gegenteil. Das Studium des Kapitals endlich vertiefen, Zusammenhänge mal durchschauen, Flugblatt, Werkstor, Arbeit in Betrieben, recht und schön, vielleicht muß auch das sein, auch wenn es einem noch so fad und öde vorkommt. Eine Zeitlang kann man sich alles einreden, aber irgendwann steht man da, im Hemd, lächerlich. Gescheiter als die Leute, die man dauernd agitiert, ist man selber auch nicht. Aber vielleicht ist man wirklich ein ganz anderes Kaliber, richtung Täter, Kämpfer. Vielleicht ist langsam mal genug geredet worden hier, privatistische Diskussionen und ewiges Gelaber. Zwei Jahre roter Mai, das reicht, jetzt springt Baader aus dem Fenster eines Lesesaals der Berliner Büchervilla des deutschen Zentralinstituts für soziale Fragen, frei befreit. Das begreift jeder, der selbst Gefangener ist, also jeder. Hinter den Eltern stehen die Lehrer, das Jugendamt, die Polizei, hinter dem Vorarbeiter steht der Meister, das Personalbüro, der Werkschutz, die Fürsorge, die Polizei. Hinter dem Hauswart steht der Verwalter, der Hausbesitzer, der Gerichtsvollzieher, die Räumungsklage und am richtig renitent wird. Ohne Suizidrisiko wäre die Alltagspsychiatrie draußen in den Landeskrankenhäusern überhaupt nicht praktikabel. Als fremdgefährlich kann man nicht jeden deklarieren, den man für behandlungsbedürftig hält, obwohl er das nicht einsieht, suizidgefährdet ist hingegen jeder. Man hat überhaupt noch keinen einzigen Menschen kennen gelernt, wenn man es sich recht überlegt, und das ist keine Übertreibung, für den der Suizidgedanke nicht wenn schon nicht alltäglich, so doch zumindest die vertrauteste und stetig wiederkehrende Selbstverständlichkeit ist. Auf dieser Basis, die ebenso alltäglich besteht, wie sie alltäglich geleugnet wird von allen, die mit Suizid und Suizidgefährdung ein äußerstes Machtmittel in der Hand haben, soll dann die angeblich realistische Einschätzung der natürlich gegebenen Suizidgefahr die Suizidgefährdung auch als gegeben deklarieren. Nur so funktioniert der Suizid als normal komplexes Interessenknäuel, von allen Beteiligten im Machtkampf gleichermaßen benutzt als Drohpotential, auch dem inhaftiertesten Häftling nicht zu entwinden, und genau deshalb staatlicherseits Grundlage des Kalküls mit letzten Optionen. Die Kalkulation mit dem Kalkül der Gegenseite schafft beiderseits die Basis der Freiheit zur Handlung und gewinnt dadurch überwertige Bedeutung, während im Widerspruch zu dieser Rechnung die Befreiung aus der Fremdbestimmtheit dieser Freiheit der haltlosen Überzeugung zugemutet wird, am Schluß der Schlauere gewesen zu sein. Aber am Schluß schauen in wirklichkeit alle gleich alt aus, die einen sind tot, und die anderen sind den Rest der Zeit Mörder. Da der Staat sowieso ein Mörder ist, ist ihm das doppelt egal, weil er zusätzlich kein einziger wirklicher echter Mensch ist, sondern im Zweifelsfall aus lauter nichtverantwortlichen Verantwortlichen besteht, genaueres regeln Untersuchungsausschußprotokolle, Aktenkilometer, Bandabschriften und ordentlich abgekürzte Staatsdruckereidrucksachen, die jeder lesen kann, der sonst nichts zu tun hat, also keiner. Und die auf der Gegenseite schließlich echten toten Menschen, die wirklich tot sind, haben bekanntlich auch keine Sorgen mehr. Bloß das Kalkül geht auch hier nicht auf, weil egal wie mörderisch der Staat als Mörder da steht, trotzdem nichts passiert, keine Revolution bricht aus, kein konsequenter Terror brennt den Staat endgültig kaputt. Die Revolutionäre haben die reale Bedeutung ihres Lebens und ihrer Taten völlig korrekt als höchstrangig eingeschätzt. Ihren Tod aber haben sie völlig falsch eingeschätzt, aus dem falschen Kalkül mit dem Kalkül der vermeintlich dümmeren Gegenseite, aus der falschen Verachtung des Alltagswissens, das dem Staat selbstverständlich jederzeit jede Sauerei und jeden Mord zutraut, und aus der Arroganz gegenüber der menschlichen Banalität, daß für einen selbst der eigene Tod alles ist, aber für alle anderen, egal wer man ist, vernünftigerweise nahezu nichts, oder absolut nichts. Doktor Hencker setzte sich an den Schreibtisch und diktierte einen unmißverständlichen Aktenvermerk, betreffend sein gestriges Gespräch mit Raspe.

Die Folter der Isolation in der Zelle besteht darin, daß die Zelle nicht absolut zu isolieren ist. Die absolut isolierte Zelle wäre ein All, in dem man entweder leben könnte, oder nicht. In beiden Fällen wäre die Folter nach kürzester Zeit keine Folter mehr, sondern Normalzustand, rasant herbeigeführt von Vergessen, Gewöhnung, oder Tod. Aber durch die Nichtisolation dringen Nachrichten von draußen in die Zelle, und so wird man immer neu daran erinnert, daß innen innen ist, nicht alles. Neulich hat man so erfahren, daß man sterben muß am Schluß zum beispiel. Das bringt Unruhe ins Leben, das sich fortan fragen muß, wann kommt der Tod, ohne Antwort zu kriegen von den inzwischen regelmäßig abgehörten Nachrichten. Statt dessen kommt die nächste Information daher, um einen zu foltern. Der Staat hat draußen seine Hand im Spiel, weil dort haufenweise andere Menschen sind, auch in Zellen, andere in Nichtzellen, manche in den Schränken. Das Volksgefängnis spricht, für alle deutlich hörbar. Ich habe die Gelegenheit, mich für den für mich beruhigenden Brief in Bild am Sonntag zu bedanken. Algerien hat unblutig frei gepreßte gelbe Japaner genommen. Zwieback, Ponto und Zweifel lassen mich auf die zu allem entschlossenen verantwortlichen politischen Lügen vertrauen und hoffen. Eine Zelle weiter kommt durch so eine Nachricht, im Hallraum der Erschöpfung rückgekoppelt, der Verdacht auf, daß der Staat ein menschliches Gesicht hat, nur verschleiert, taktisch nur versteckt. Im Verdacht wuchert die Meinung, Schwachsinn folgt auf Schwachsinn, der Staat verstünde nicht nur die Sprache der Gewalt, spräche etwa sogar deutsch. Tatsächlich macht man plötzlich selbst dem Staat Versprechungen. Nachts hat man den Wortlaut in der Konferenz der Zellen telefonisch ausführlich besprochen, tags wird die Erklärung dann dem Staat, der hier bekanntlich Stein heißt, im siebten Stock in der Besucherzelle siebenhundertsieben mitgeteilt zum mitschreiben. Die Regierung kann davon ausgehen, daß wir, das heißt die Gruppe, um deren Befreiung es geht, nicht nach Deutschland zurückkommen, weder legal noch illegal. Im übrigen sind wir der Ansicht, daß der sicherste Weg für Leib und Leben Schleiers, so die Formel, nach der wir hier seit gut fünf Wochen gefoltert werden mittels Isolation, die brutaler als im toten Trakt in Köln ist, das heißt tödlich, endlich die Aufhebung der Haftbefehle wäre, dann könnte man uns undramatisch einen Flug zahlen in richtung Süden. So klebt vor lauter Beton, Zelle,

Isolation und verstecktem Radioempfänger am ganz normalen Revolutionär schließlich völlig seniler Sand der Hoffnung auf Urlaub in der Wüste im Hirn anstatt am Schuh. Tatsächlich hat er sich zum Partner der Verhandlung mit dem Staat gemacht, so noch besser brauchbar für den Staat als Staatsstrick, der zur Ermordung Schleiers vorgesehen ist. Jede Drohung mit irreversiblen Entscheidungen ist da natürlich ein wichtiger Witz, der entsprechend protokolliert wird. Nach sieben Minuten geht man zurück in die Zelle und weiß, daß das alles Unsinn ist, weil man allen eine zeitlang alles erzählen kann, sogar sich selbst, aber sich selbst nur die kürzeste Zeit. Der Revolutionär weiß, daß seine einzige Rettung in der als Isolationsfolter verhängten Nichtisolation die nur selbst vollstreckbare wirkliche Totalisolation wäre, und er stellt statt dessen das Radio an und putzt seine Pistole. Dann geht er zum Telefon, wählt die Nebenzelle an und labert rum, obwohl er weiß, daß die Bilanz, die er jetzt machen müßte, alle Konzentration seines von Hoffnung sowieso fast ruinös geschwächten Hirns bräuchte in totaler Stille. Der militärische Angriff gibt der revolutionären Zelle politische Kraft, richtig. Die politische Kraft wirkt auch im Feld der Macht, aber sie stellt natürlich keineswegs wirklich die Machtfrage, sondern die Frage nach der Gewalt. Die Knarre spricht, ist Unsinn, aber immer noch richtiger, als sich über Golo Mann zu beschweren, der in Panorama eigenhändig einen Revolutionär erschießen möchte nach dem anderen. Hier irrt die raf, auch Klar hat leider siebenundsiebzig nicht korrekt berechnet. Raspe geht in seiner Zelle hin und her. Stammheim denkt.

Im gegenteil, Stammheim handelt. Die Augen sind geschlossen, im Schwarz dahinter Bilder. Auf herrlichen Pferden reiten die Krieger in die letzte Schlacht. Über den

Köpfen schlagen bunt bemalt die Lanzen aneinander. Der heilige Krieg glaubt nämlich an seinen Glauben an die gute Sache. Das Volk, den König oder Kaiser, in dessen Dienst er steht, hat er nie von Angesicht zu Angesicht gesehen. Er kämpft für ihn, das reicht. Kommt ein Feind in dunkelblauer Uniform, haut er ihm den Kopf entzwei. Dem nächsten hackt er erst den Arm ab, dann die beiden Beine, aus den Stümpfen spritzt das rote Blut. Einer wird enthauptet, ein nächster liegt am Boden, dem kann der Fuß mit eiserner Ferse das Gesicht zu Brei zertreten. Lauter als die Schreie, singen Schwerter in der Luft. Gedärm quillt aus den aufgeschlitzten Bäuchen. Ein schöner Jüngling wagt sich vor, ihn wirft man nieder, spaltet seinen Rükken, reißt ihm das Herz von hinten aus der Brust und schleudert es zerfetzt dem nächsten ins Gesicht. Der Feind ist schnell geschlagen, die noch nicht Toten werden tot gehetzt im Nu, dann ist Kreuzberg endlich frei. Bolle wird geplündert, dann in Brand gesteckt und abgefackelt. So illuminieren Sieger ihre Siege feurig. Mit Bier löscht man den Durst, denn die vom großen Kampf erschöpften Krieger haben ziemlich ausgedörrte Kehlen. Aus den Häusern kommen viele Leute, man hört Chöre, Rufe und Gesänge, und so feiert sich die Straße frei und wild die ganze Nacht. Im Schlaf erscheint dem Täter das Gesicht des Opfers. Der Held hat einen Helden tot geschlachtet, nicht eine Uniform, der Feind war offensichtlich auch ein echter Mensch. Das steht im Widerspruch zu den bisherigen Befunden, die in den Uniformen Schweine vorgefunden haben oder Bullen. Damit ihm nicht zu versöhnlich wird, wacht der Schläfer lieber auf. Er wird nämlich gerade von genau so einem echten Menschen mit dem Knüppel ins Gesicht gehaut und mit Knien in den Bauch und also kurz gesagt brutal vermöbelt, zum Schluß mit frischem Cehesesunionsgas eingesprüht, damit er eine

Atemlähmung kriegt. Weil er nicht tot da liegt, sondern noch winselt, wird er in die nächste Wanne rein geschmissen, dort noch einmal kaputt gehaut und dann erkennungsdienstlich stundenlang behandelt. Die Daten werden hier benötigt, weil man für das mehrfach ausgiebig verprügelt werden angezeigt wird wegen Widerstand gegen die Staatsgewalt, den man zwar gern geleistet hätte, aber der Feind war in der Übermacht und hat die Hilfstruppen zerrieben. Später wird deshalb im Namen des Volkes vom Gericht die Anklage nicht zur Hauptverhandlung zugelassen. War man einmal nicht der Schwächere, kriegt man dafür mehrfach lebenslänglich. Weil die Gewalt für alle das normale ist im Fall eines Konflikts, praktischer und schneller als die Rede, hat der Staat von allen die Gewalt vertraglich weg genommen und für sich alleine reserviert, um sie nach besten Kräften zu mißbrauchen. Manchmal kriegt man dadurch eine Wut, manchmal reizt einen einfach das ganz normale, gerade weil es dauernd so verboten ist. Fasziniert schaut man auf alle, die nicht die Redekrankheit haben, die man selbst hat, sondern umstandslos zuschlagen. Von den derartig normalen Menschen ist man als der Bürgerling, der nicht zur Masse der Klasse der ausgebeuteten lohnabhängigen Arbeiter gehört, lebenslänglich abgeschnitten durch die von keinem Klassenkampf und Volkskrieg überbrückbare Klassenkluft. Wem nun die Gewalt nicht ein bürgerlicher Moralbrei ist im Kopf, sondern etwas normales in der Hand, der geht anstatt in das Bergwerk oder die Fabrik, wo ihn die Arbeit am brutalsten ruiniert, vernünftigerweise vielleicht zur Polizei in ein lockeres staatliches Büro. Folglich sieht sich jeder revolutionäre Kampf auf der staatlichen Gegenseite in person der Polizisten echten Menschen genau der Klasse gegenüber, für deren Befreiung er kämpft. Außerdem erkennt der Polizist im bürgerlichen Revolutionär sofort den Klassenfeind, und korrekter Klassenhaß der Unterdrückten schlägt dem bürgerlichen Revolutionär aus der staatlichen Gewalt zusätzlich direkt entgegen. Was für den Staat die Impfung mit dem Feind ist, Selbstschutz, Propagandamaterial und Waisenrente im Ernstfall, ist für den bewaffneten revolutionären Kampf im Mord am älteren Bruder wirklich die Tragödie. Der Sanitäter der Nachtschicht wird um dreiundzwanzig Uhr gerufen, Stammheim kann nicht schlafen, die Medikamente werden verlangt. Baader und Raspe kriegen Schmerzmittel, Hustensaft und Schlaftabletten.

Keiner kann verhindern, daß er weiß, was er tut, und zugleich sieht, daß er auch etwas anderes tun könnte. Weil es nicht in allen Situationen gleich leicht ist, zusätzlich zur Situation auch noch die Last des Willens, in ihr zu sein, zu tragen, kann es vernünftig sein, möglichst selten ganz scharf in richtung Willewissen zu schauen. Vielfältig und weise grundiert diese Vernunft die Freundlichkeit des Alltags, der das Leben praktisch, wie es ist, erträglich macht, weil er es gegeben nimmt. Wer das kritisiert, hat ein Interesse, dem Alltag die Fratze der Lüge abzureißen, um zu zeigen, wie sich die Verhältnisse in wirklichkeit verhalten, nämlich ziemlich elend. Außerdem könnte man dieses Elend, wenn man nur will, einfach beseitigen, beispielsweise revolutionär. Diese Kritik nimmt in simpleren Gestalten, die seltener werden, einen moralischen Vorsprung an Leid, Verletzlichkeit und Wahrheitsbeben für sich als letztes Argument, das sich argumentativem Widerspruch entzieht, in Anspruch. Im vernünftigen Fall tritt die Kritik mit der ruhigen Radikalität des Denkens auf als Wissenschaft, die abstrakt bestimmt, wie in wirklichkeit der Wille funktioniert. Im radikalen Idealfall solcher Wissenschaft gibt es schließlich kein vernünftiges Gegenargument mehr gegen sie, sie hat recht. Warum ist es wichtig, daß ich weiß, wie alles in wirklichkeit ist, fragt sofort unglücklich der um seine Lügen beraubte Alltag das Interesse einer solchen Wissenschaft, und die Agitation antwortet, im Interesse der Revolution. Wunderbar, sagt das Unglück, um wieviel Uhr geht es denn los, und die Wissenschaft macht sich locker und, zwar nicht moralisch, aber genauso mies, nämlich intellektuell arrogant lustig über die Naivität dieser Frage. Aber mühsam zum Nichtunglück hingelogener praktisch vernünftiger freundlicher Alltag und Unglück sind nichtmittelbare, sich nicht noch einmal von sich selbst trennende, direkte Weisen, im Leben zu sein. Wenn also im Resultat eine solche revolutionäre Wissenschaft ihr ganzes Wissen nur zum Zweck ihrer eigenen Schlauheit und geistigen Überlegenheit erwirbt und auf Teachins und Diskussionsveranstaltungen weitergibt, für das Leben ihrer Parteigänger hingegen nur den Ratschlag hat, daß man als Versicherungsvertreter die Kohle am lockersten abgreifen kann, dann bezahlt sie für diese nur rein geistig vernünftige, lebenspraktisch jedoch absurde Spaltung mit Wirkungslosigkeit und Marginalität. Kein Mensch bei Sinnen tritt auf, wie es diese Wissenschaft selber immer wieder fordert, und macht gegen richtige Argumente irgend etwas anderes geltend als das stärkste Gegenargument des Nichtarguments, das schlicht und einfach heißt, ja und, was geht das mich an. Die so resultierende bereitwillige Selbstisolation mag sich von innen herrlich elitär anfühlen, aber sie widerspricht den erklärten vernünftigen Interessen einer solchen Partei der revolutionären Wissenschaft. Gegen die Wahrheit wird hier also ein egal wie trügerisches Glück und ein leidlich erträglich sich dahin wurstelndes Leben gegen ein folgenloses radikales Denken ins Feld geführt, indem, so der zweite Vorwurf, diese Wissenschaft beim Wort ihres Interesses, die Revolution vorzubereiten, genommen wird und daran gemessen ihre Erfolglosigkeit als gründlicher Fehler festgestellt, ursächlich lokalisiert in der Mitte ihres stärksten Vermögens, dem ordentlichen Trennen von getrenntem in der Tat des Denkens, angewendet allerdings auch an einer kleinen entscheidenden falschen Stelle, beim Übergang zum Leben.

Dieser Zirkel mutet etwas seltsam an, nachdem hier eine halbe Nacht lang alle unmittelbaren Verbindungen von Idee und Tat, Abstraktion und Wirklichkeit, Denken und Handeln nach besten Kräften immer wieder auseinander zerlegt wurden, um zu erkennen, wie jedes, getrennt vom anderen, jeweils für sich ausschaut. Aber genau daraus ergibt sich natürlich die Folgefrage, welche Wirkung ein im Interesse der Revolution agierendes radikales Denken haben könnte, wenn es nicht verzichten würde auf den egal wie problematischen Bann einer solchen Vermischung, sondern sich dessen bedienen würde, logisch kontrolliert. Das Wort Mord ist etwas ganz schön anderes, als die tatsächliche Mordtat bekanntlich, und die Wirklichkeit, die sich für sich selbst interessiert, ist nicht von der wörtlichen Bezeichnung, sondern vom wirklichen geschehenen echten politischen Mord fasziniert. Faszinierend ist die Drohung, daß diese zwei getrennten Dinge, Mord und Mordwort, gerade weil sie getrennt sind, auch nicht getrennt sein könnten. Diese Faszination zu leugnen, ist Lüge, sich ihrer nicht zu bedienen, ein Fehler. Wenn also eine marxistische Gruppe keine Wirkung hat, dann will sie keine Wirkung haben. Radikales Denken soll streng getrennt bleiben von revolutionärer Radikalität im Leben, wo lustiges Konspirationsgehabe angesagt ist, Bierdimpfelei, Proletkult und Aktenköfferchen. Es ist ein Unsinn, den im übrigen die Gruppe selbst in ihrer Wissenschaftskritik zur Strategie kultiviert, einem Gegenstand der Untersuchung zum Vorwurf zu machen, daß er das, was er nach eigenem Bekunden zu leisten beabsichtigt, in wirklichkeit nicht leistet. Die ganze Welt ist so zusammengeschraubt, daß die meisten Sachen das genau nicht sind, als was sie firmieren, ein Problem aber nur für den wortkranken idealistischen Menschen, gar kein Problem für die Wirklichkeit. Wie eine Sache dort tatsächlich funktioniert und wofür sie dort gut brauchbar ist, versteckt sich eher dem innere Widersprüche kritisierenden Blick. In echt ist die marxistische Gruppe für viele Studenten und noch mehr ehemalige Studenten ganz einfach das gemütliche Zuhause eines überschaubaren politischen Clubs, wo im Gegenrotary bei Bier und Brezel gemeinsam recht gehabt wird, und gemeinsam wird am gleichen revolutionären Geistesstrick gezogen einmal wöchentlich, Termin, wo das Bedürfnis, alle Lügen dieser Welt prima zu durchschauen, hervorragend befriedigt wird, und obendrein bleibt dieser ganze Durchblick die Sache der Partei derart, daß das Leben davon nicht belästigt wird, sondern so gut es geht konfliktfrei abläuft, also ganz normal vernünftig. Wer diese Strategie wählt, seinen Alltag nichtunglücklich zurecht zu organisieren, hat am Schluß mehr gut begründete Kritik im Kopf als die meisten anderen, ohne ein Problem darin zu sehen, daß diese Kritik in wirklichkeit nichts bewirkt und am wenigsten im eigenen Leben ändert. Praktisch ist, daß man zugleich auf das Wohlempfinden nicht verzichten muß, ein echter Marxist zu sein, also etwas grundsätzliches, radikales, fest im Theoretischen vertäut. So arbeitet die marxistische Gruppe auf ihre Art daran, die Welt ein bißchen erträglicher zu machen für ihre Parteigenossen. Dagegen ist umso weniger etwas zu sagen, als diese Leute mit ihrem echten Geld der Mitgliedsbeiträge die Propaganda finanzieren und zudem dafür sorgen, was überhaupt das beste ist, daß der Kopf der Gruppe genügend Zeit zum Denken hat. Die Resultate werden hin gedruckt in Schriften, die jeder kaufen kann, auch der außenstehende Kritikallergiker. Der liest das Zeug begeistert, obwohl es ihn verärgert. Der ganze Argumentdreck nervt auf unbestimmte Weise. Und nie mehr soll schließlich anders geantwortet werden auf irgendein Argument, als mit der Brücke, dem Fluß und dem rostfarben lichten Abendhimmelrot.

Schön wäre es, wenn es so wäre, daß man wüßte, wer man wirklich ist und wie gedacht. Deshalb werden die Papiere, die für Stein Ausfall und Niederschlag seines Denkens waren, ein letztes mal gesichtet und geordnet. Die Notoperation drängt, verfehlte Chemie, irreversibel, ist nur geistig oder chirurgisch zu korrigieren. Die Notoperation ist ein militärischer Akt. Am Schluß müßte schließlich doch eine Sonne am Himmel stehen, Geruch von heißem Gras, Mittag. Weißes Licht, und ein Bild des Revolutionärs, der junge Mann, ist weg verschwunden, aber alles deutet darauf hin. Verkehrt herum, stahlgrau der Schädel, silbern, von nichts als schwarz gehalten, unten anstatt oben, schaut auf Bücher, die dem Knochen des Arms als Halt gedient haben, jetzt schwebt all das ganz oben. Kippt der Raum, stürzt der Blick fort von da, wohin, wo auf dem Berg die Hütte steht. Der Insasse scheint wohl sehr beschäftigt, denn er scheucht mit seiner vor sich hoch gehauten Hand, als fühlte er sich vom Beobachter beobachtet und dadurch behelligt, die Störung sofort weg. Der Redakteur geht ans Fenster, macht es auf und läßt frische Luft herein. Ein Mittwoch ist etwas anderes als ein Samstag. Eben hat er ein anstrengendes Gespräch gehabt. Trotzdem beflügelt ihn das Telefon. Intelligenz und Höflichkeit sind praktisch Synomyme, natürlich Klassenmarken, Herrschaftsmittel, Terror, aber eine Wohltat. Die systematische Erfassung der Weise der gesamten Arbeit hier, auch eine Zeitschrift der Wissenschaft ist selbstverständlich in sich ein ganzer Kosmos, könnte universale empirische Soziologie mitten im Herz ihrer Theorie sein. Köln glänzt, wieder ein herrlicher Tag, es ist so angenehm, daß die Häuser gegenüber nicht täglich abgerissen werden oder sich verschieben, schrumpfen oder wandern, vielmehr unverändert heute ganz genau so da stehen wie gestern, unverrückt. Der halbe Tag besteht aus Zwangsgedanken, aber die andere Hälfte ist immer noch mehr als nichts. Wenn die Aachener Straße nach Westen geht, und dieses Haus auf der Nordseite steht, schaut man aus dem Fenster, wenn man raus schaut, richtung Süden, Punkt. Und selbst wenn man nicht raus schaut, das ist das entscheidende, schaut der Süden durch das Fenster durch zu einem rein. Die Luftpause ist vorbei, das Fenster wird geschlossen, der Schreibtisch richtet die Arbeit dem entgegen, der da sitzt. Die Augen zu zu machen und nicht zu öffnen, wenn sie selbst sich öffnen wollen, verlangt entschiedene Konzentration. Plötzlich sieht man doch, was man partout nicht sehen wollte, und macht die Augen wieder zu. Am Wasser ist es Herbst geworden, aber die Berber streiten nicht. Das heftige Gespräch dreht sich um die alte Frage, wie es kommen konnte, daß alles so gekommen ist, wie es gekommen ist. Wahrscheinlich ist die Stütze noch nicht optimal organisiert, jedesmal wenn man hin kommt, hat sich irgendwas geändert sinnloserweise. Das kostet dann genau die Zeit, in der man sich die Existenz ganz neu aufbauen wollte, und das wird dann wieder nichts. Darüber wird so laut schallend gelacht, daß der Spast, der da vorbeikommt, mitlacht und folglich auf ein Schluckerl eingeladen wird. Aber der Spast kann kaum gehen und ist deshalb immer sehr in Eile. Er bewegt sich rückwärts, mit buckelicht gebücktem Rücken, verspastet nach innen gedrehten Füßen, kleinstschrittig, und mit nach hinten ins Leere tastenden Armen. Er lallt den Berbern etwas zu, die Sprache ist besonders stark behindert, aber die Kunst versteht auf ihre Weise, trunken, wie sie nun mal ist, was der Spast zu sagen hatte. Wie der Abend so fällt, hat sich das Getaumel doch wieder bei den Männern mit den lauten Reden festgehängt, der Brennstoff fließt, Gefühl entsteht. Ein Denker ist man offensichtlich nicht. Die Berber diskutieren neueste Theorien über den Pilgersheimer Supermarkt, das Geld zum beispiel spielt da und bei allem eine Rolle. Dann geht es um die Sterne, heute ist nämlich Neumond. Alle sind müde. Der Himmel funkelt.

Lichter flammen auf von hinten, punktklein und schwach, und erleuchten die vier Gesichter der Männer von den Spacemen three, deren dunkle Schatten im Dunkel der Bühne kaum bewegt zu erkennen sind als Ursprungsort des endlos monotonen heulenden Krachs, der angemessen diktatorisch den ganzen Raum erfüllt. Im hintersten Eck liegen am Boden sechs Pistolen und würden sich fürchten und freuen, wenn ihr alter eiserner Stahl nicht schon so tot wäre. Krach ist Musik für den, der Ohren hat, Ordnung und Gesetz in ihm zu hören. Die Welle der Aufmerksamkeit reitet umso eleganter und wie ohne Schwere richtung Quelle dieses Krachs, je lauter und brutaler der seine Prinzipien vollstreckt und das ihm entgegen flutende Zuhören bösartig rastlos unaufhörlich attackiert. Haß und Kraft gehen der Musik nicht aus, die Nummern dauern, bis die Schönheit klar ist. Ein Fetzen Melodie hat sich erhoben, ein Anklang an vertraute Klänge hängt wo, schwebt, fällt sanft zu boden. Auf Matten sitzen langhaarige Typen mit sehr jungen Augen, die das noch nie gesehen haben und begeistert sind, auch ohne Heroin. Der alte, vom Leben leider zach gezehrte graue Panther steht ganz vorn am Rand der Bühne, Schau, sonst nichts. Das Denken, der hektische Krüppel, gibt keine Ruhe, tastet und spastet zurück. Im Alten liegt schon so viel Kummerschutt schwer und zerhaut tief unten, und von oben her stürzt immerzu wie wild und neu das neue drauf, schlägt sich kaputt, und ist im Augenblick die Rettung. Dummerweise ist die Praxis keine Trivialmaschine, sondern sammelt Zeug in sich wie irr. Unweigerlich wird das dort automatisch umgerechnet in Erfahrung, meistens Blödsinn, der so anfällt. Manchmal fehlt der Sturm, das wieder aufzugreifen und nocheinmal und nochmal durchzurechnen. Die Wiederholung ist wirklich die Lösung der Kunst der Praxis, allerdings vorbehalten der Chemie der Reduplikation in noch nicht toten Zellen. Nicht nichthistorische Maschinen müssen andere sehr umwegreiche Wege gehen, um sich derart ideal zu trivialisieren, daß eine gleiche Eingabe vollkommen zuverlässig umgesetzt wird in ein immer gleiches Resultat. Erlischt eine Nummer, geht sofort die nächste los, anders gleich in sich als die davor, wieder monochromer Brutalismus, Wüste, scharfe Kanten, Maximalmusik. Kein Wunder, daß siebenundsiebzig Licht auch anfängt, erstmals im sommerlichen Südfrankreich zu hören, erklärt die Gleichzeitigkeit gleichzeitiger Sachen, sondern die Wirklichkeit der Zeit. Wie beide zusammenschießen im Atom des Augenblicks in der Musik, entsteht die Macht der Schönheit, die den manchmal erschüttert, durch den sie stürzt, nicht durch sieche Schwäche, sondern richtig logisch radikal vernünftig kraft Kernfusion der beiden letzten, kraft Sinn mit ungeheuerlichen Kräften zertrennt jeweils getrennt sich zu geordnet hin gestellten letzten, Halt schaffenden Elemente, Zeit und Welt. Ein Blick auf die beiden herrlichen

Wächter macht schon klar, daß sie da sind natürlich überall und unermüdlich wachen, zeigt aber auch, daß selbst der schönste Traum hier wohl nicht sich träumen ließe, die Wächter direkt zu beschreiben. Die Schau sieht die Gesichter, Musik und Licht vor sich, nicht ohne sich gesehen zu wissen von hinten von der strengen Beobachterin der Wächter, die stolz sind, Gegenstand zu sein der rein abstrakten Wissenschaft der Weisheit. Nur was sie getrennt hat, wird im echten Zeug glänzend gemischt sichtbar als Befehl, durch die elende finstere Enge des Ichdunkelorts hindurch geführt zu werden derart, daß schließlich zumindest ein schwacher Abglanz vom Leuchten der Dinge der sichtbaren Sachen da ist im tödlich toten schwarzen hin gedruckten Krumpelrumpelrest. Bissig schlug der zache Krüppel seinen Kopf gegen das krank gestörte Lärmgeschrei in sich, das ihm die Musik von vorne unverständlich machte, sagte, Ruhe hier, schüttete das kalte Bier aus der rechten Hand mit Plastikbecher in das weiße linkshändige Styropor zum idiotisch heißen Koffeinkaffee und kippte das so gemischte richtige Gemisch in sich hinein hinunter. Er nahm die nächste Welle und ließ sich wieder der Musik entgegen treiben, vor und immer weiter vor, bis er im Gesicht des Sängers den Entstehungsaugenblick des totalen Krachs im Punkt des Punks als absolute Front erreichte, sich dort gerettet sah, zusammenbrach und sich treiben ließ von der Musik zurück zu sich. Als das Licht anging, standen wir da, benommen fast einen Moment. Dann brachen Rede und Gegenrede nur so heraus aus den Hirnen in Kollision. Danach im Mandys, dann im Iwan, ich redete zu viel. Später hieß dieser Abend mal die erste Nacht.

Sofort fließt Blut jetzt, das heißt schnell und nur sehr kurz frisch da, und schneller als das frische Blut verfließt, stillt sich die Blutung selbst. Heute war Freitag, aber Raspe war dreiunddreißig Jahre alt geworden, und es gab kein zurück. Er hätte sich gerne an alles erinnert, aber der Sehnsucht, auch nur ein Bild wirklich scharf zu erkennen, höhnten dumpf die vagen Ahnungen von Restzuständen dieser immer wieder wiederholten Tastversuche richtung unbestimmbar ortlose Gefühle heftiger Erregung angesichts wohl definierter Augenblicke der erlebten Wahrheit nur als nebulöse Helle antwortlos entgegen. So hatte das Erinnern selbst die Arbeit der Verstoßung in die Nebelhölle scheinbar gegen seinen ausdrücklichen Wunsch, das erlebte noch ein mal wirklich zu sehen, eigenhändig und blindlings nachhaltig erledigt, woraus der Schluß zu ziehen war, daß das Erinnern das so will, weil es ganz im Gegensatz zu dem, der sich erinnern will, selbst ein Blinder ist. Deshalb also würde man so ratlos vor diesen riesen weißen endlos tiefen undurchdringlich dichten ätherischen Wänden stehen, wohinter sich vielleicht oder auch nicht die lebensentscheidenden Zeiten und Dinge verbergen, und jeder noch so präzisen Frage käme doch immer wieder nur ein einziges diffuses Wort entgegen, ja, das amerikanische Jahr, zweiundsiebzig, die Klinik, New York, der Abitursommer, und in diesem Nicken, mit dem man der Antwort der Wortwand antwortet, würde alles, wie es wirklich war, versiegelt sein. Natürlich meinte Raspe meistens, daß es ihm widerwärtig war, wie er da im zu verrammelten Raum gegen die stocknüchternsten urältesten Wände haute, ohne alle Leichtigkeit, die ihm doch früher, aber halt, wie leicht die Leichtigkeit von damals plötzlich angetanzt gekommen war, ist gar nicht mehr zu fassen, zweiundachtzig, wieder nur so eine Wand, ein Zustand, nur ein Wort, die Ziffer für die Zeit eines extrem entrückten richtig seins, vielleicht paar Tage, paar Wochen Vorboten, Geschehen, Zustand, aus und nichts und endlos wieder Wüste, Wüste, und so ließ sich schließlich am Ende aller gemütlichen Meinungen, daß man der, der man war, gerne wieder wäre, anstatt der, der man jetzt war, der Befund nicht umgehen, daß man im höllischen Raum aus dem gleichen Grund war, wie früher woanders, weil er um einen rum da war jetzt. Sich nur im Kreis zu bewegen, wie hier, kann die letzte Bewegung sein, die noch möglich ist, wenn das gehen und das hin und her zu ende sind, und trotzdem sieht man, wie man sieht, nicht nichts, sondern was einem zusteht aus der Zeit. War es Sturm, war man im hellsten Flug, war es Witz, war man genauso schnell und weißgott mit Vergnügen nur noch frecher Deifi, ist einem das Denken aus der Zeit raus zugestanden, hat man sich gewehrt mit aller Kraft, wie sich das für einen Nichtdenker gehört, war man Auge, war man Schau, sonst nichts. Dann hieß es plötzlich nach fünf Jahren wieder, ein radikaler Erlaß würde ergehen, es würde gelten, sich bereit zu halten, um das Diktierte möglichst unverfälscht zu Protokoll zu nehmen, und so saß ich also da und tat, wie mir geheißen. Es geht hier noch einmal um siebenundsiebzig, diktierte Klar, und Raspe war, als würde der vitale Bruch in allem plötzlich doch Geschichte werden können und als würde das die Lösung sein. Nach siebenundsiebzig war nichts mehr wie vorher. Der Staat nicht, die Revolution nicht, die Rolle Deutschlands nicht, und nicht die Stellung des bewaffneten Kampfs im Klassenkrieg, alles war gebrochen. Klar sprach der Zeit aus der Seele, wie siebenundsiebzig die raf mit ihren Taten. Was es aber wirklich gewesen war, was damals geschehen war für einen einen, war Raspe in dem allerzerstochertsten lichtesten und verbergendsten dieser Nebel verhüllt. Das Nikken, das der Antwort, auf die ganzen Fragen von der Wortwand her gegeben, zustimmte, hieß immer wieder nur, siebenundsiebzig, ganz genau, sonst nichts. Das war die Stellung, Raspe war bereit, der Rest war Arbeit. Manchmal ging Raspe nach Feierabend hinaus in die Nacht und kontrollierte seine Auen. Und wenn er das Wasser so fließen sah im dauernden Fluß, sehnte er sich zurück ins Subito.

Tote Menschen müssen echte tote Menschen sein, das an die Wand gespritzte tote Hirn muß echtes totes Hirn sein, das Blut, das aus dem Körper schießt ins Gras, muß echtes helles rotes Blut sein, und das Genick am Strick kein tot gehackter Schwan, sondern ein früher noch nicht toter und jetzt tot gehenkter echter Mensch. Die so absolut endgültig gewaltsam tot gemachten Toten müssen ermordet worden sein von Mördern, die ihr Leben anschauen als Auftrag, die Sache ihres Ideals, das sie ihrer Position im Wirklichen verdanken, mit allen Mitteln in die Wirklichkeit rein durchzusetzen. Ein Menschenleben wiegt nicht nichts, sondern normalerweise cirka sechzig oder hundertdreißig Kilo. Auch sein idealer Wert ist zu berechnen, unschätzbar nur der alten Arie der Idiotie, die alles lieber schätzt, anstatt zu rechnen. Inmitten des lebenden Menschen selbst hat der ideale Wert des Lebens den exakt bestimmbaren Wert null. Dort gibt es nur einen idealen Wert namens Tod. In der näheren Umgebung des Lebenden hingegen zieht sein nichtideales echtes Leben seines Körpers hohen idealen Wert auf sich, manchmal sogenannte Liebe. Von außen aus sieht dieser hohe ideale Wert normal aus wie ein Schwachsinn, und ein Zimmer weiter ist er konsequenterweise fast wieder auf null gesunken. Wäre es wirklich anders, würde die Last des Kummers, den der Tote seiner Nähe aufbürdet, dauernd derart massenhaft wie in der Wirklichkeit, dort verteilt auf viele leidlich zu ertragen, jetzt anfallen für jeden ganz allein, der alle Last von allen Toten alleine tragen müßte, und Massensuizid wäre vernünftig, aber so ist es genau nicht, sondern es ist, wie es ist. Der hohe ideale Wert des Mordes an Schleier gründet also darin, daß der Staat am Ende ruhiger und vernünftiger Berechnungen das rituelle Menschenopfer wählt, das er sich selbst abfordert, um von der Geschichte selbst von seiner Geschichte befreit zu werden. Die Nichtfaschisten hingegen, drei Polizisten und Herr Heinz, die nicht kalkuliert vom Staat geopfert, sondern von der Revolution hingerichtet werden, werden Opfer in ihrer Funktion als Männer des Volkes, und vom Ort dieser Funktion her richtet sich ihnen der höchste ideale Wert zu. Diesen Wert hat die Revolution im Mord sichtbar gemacht, und der Mord macht den entscheidenden Fehler im Kalkül der Revolution sichtbar, und so zerbricht die Revolution genau an diesem idealen Wert des Lebens von vier Männern des Volkes. Keine Kalkulation keiner noch so intelligenten Denkmaschine hätte diese Berechnung simulieren können. Echte Menschen mußten wirklich handeln in der Wirklichkeit, denn nur wirkliches, nichtideales, fleischlich materiales Material kann alle Ideale auf sich ziehen und so schaffen, was vorher weder da war in der Wirklichkeit, noch in ihr denkbar. Daß alle Ideale am Schluß so gräßlich alt ausschauen, der vom Faschistenblut tropfende Staatsaltar und die im Suizid endende revolutionäre Konsequenz, heißt Feier einer besseren und nichtidealen Wirklichkeit, die folglich bessere und weniger ideale wirklichere Ideale auf sich zieht und die Berechnung deren Konsequenzen ihrer Zeit, die augenblicklich da ist, überträgt. Es kann wohl geschehen, daß die Geschichte selbst, die keinen Trost kennt im Vergessen und die Lasten aller Zeiten in sich mit sich weiter schleppen muß, manchmal nicht mehr kann und nicht mehr mag und jedem Freund Skeletor sofort, da der alte morsche Charon seinen Kahn nicht mehr durch den schwarzen Styx durch stochert, jedes Opfer bringen würde, wenn der schwarze Herr der Finsternis endlich die ganze Zeit selbst und ihre Knechtin Geschichte hinüber schaffen würde ins endgültige Reich der dreifachen Nacht des totalen Todes von allem. Aber wer müde ist, darf ruhen, und der Schlaf kommt, ihn zu trösten. Und die Meere drehen sich, und die Erde atmet helle blaue Luft, und die Gestirne schauen zu.

Mit dem Morgengrauen war man wieder auf den Beinen, packte das Zeug auf die Kähne, und los ging es, fort und dahin. Landschaften jagten vorbei, Hügel, Wälder, kleine Orte, mal ging es bretteben über stürmisch flache Weiten, Seegeruch, ein breiter Strom, riesige Städte zum teil, und dann wieder Felder, Wiesen, Brandgeruch. Es war Herbst, der Mais stand noch, aber die Äcker sonst waren dunkel, schon ordentlich hergerichtet für den Winter, und zerfetzt hingen aus dem morgendlichen Dunst einzeln die Schwaden von dürrem bleichem Rauch schräg von oben in die schwelenden Hügel aus altem Laub am Boden. Ohne Helm war die Jagd über das Land reißender Wechsel von kalt, kühl und sehr kalt im Gesicht, wo Wälder waren, war der Luftraum eine eisige Wand, von der Straße durchschossen. Kreuzte die Straße andere Straßen mit Häusern, war es wärmer, und manchmal hing da ein Fetzen Brotgeruch. In den Senken lag dichter Nebel, und die Flüsse führten ihr Wasser unsichtbar flußabwärts in größere Flüsse. Es gab auch Seen hinter Potsdam und roten märkischen Sand. Am Wannsee war es schließlich Winter, und die tonnenschwere massive gläserne Decke aus fest gefrorenem Eis wurde wirklich getragen vom Wasser darunter, von oben beschneit mit kristallenem weißem Pulver. Schnee deckte auch das Ufer und die alte Villa, und im Turm zuckte der Schlaf. Als die Sonne aufgegangen war, hatten die Blätter golden und rot geleuchtet, Laubbäume voll mit Farben in allen Farben, aber die Zeit drängte und ließ kein Bleiben zu zur Rast. Scheinbar eine Flucht, auf besten Maschinen natürlich, schwere Geräte, und schwarze Lederjacken hielten die höllischen Adler warm. Silberne Totenköpfe rasten vor dem Gashebel am Mittelfinger und am Zeigefinger jeder rechten Hand durch den herrlichen Morgen. Heute war Sonntag, und es gab keine falschen Fragen. Die Flucht war also Flucht vor Antworten, die einen jagten in Angst, müde gehetzt schließlich, natürlich erschöpft, und doch immer noch fliegend beschwingt fliehend. Kamen den höllischen Adlern Engel entgegen, grüßte lässig vom Lenker hoch gehoben links die Faust. Raspe wachte auf und wußte sofort, daß er die gestrige Fernsehsendung, damals vor vierzig Jahren, nocheinmal geträumt hatte. Er schaute auf die Uhr, es war sieben Uhr vierundvierzig, nein, es war später. Jemand sagte, der lebt ja noch, und Raspe wollte erklären, daß er im Acheron vor dreiunddreißig Jahren hier in Berlin unter Geheul von Sirenen und donnernd her geschmissenem Zeug irgendwie in die kaputten dunklen toten Stümpfe von den Resten an den rauhen Rändern von den alten Wänden, wo, er weiß nicht, müde Spatzen was gesungen haben, da gesessen und gespielt hat, es ihn hin gehaut hat, warum, weiß er nicht mehr, mehr der Müdigkeit und alles das wäre sehr angenehm jetzt da auf hoher See so zu versinken endlich, untergegangen, im Dunklen in die Seegewächse tief im Grund, und wieder schreckte er hoch und mußte lachen, daß er also wirklich hier die halbe Nacht am Boden zwischen den Gebirgen seiner armen Zeitungen verbracht hatte, doch wohl eher, war ihm jetzt, wachend und ziemlich bei Sinnen, und er stand auf. Rost in allen Knochen meldete jedoch eindeutig, daß dieser Körper hier geschlafen hat. Raspe stand am Fenster und schaute auf den ruhigen weißen See hinunter. Er blinzelte mit den Augen und sah plötzlich, daß ihm der aus dem Weiß entgegen tretende bloße Schädel so gesehen wieder ganz anders beäugt anschaute, seltsamerweise mit dem anderen Auge, als zuvor. Aus der drohend isolierten übertot hysterischen Pupille, wurde, ließ man das Bild verschwimmen, ein sehr lebendiges menschliches Auge, das aus dem toten Schädel heraus den, der so hin schaute, schwer und sehr müde, aber hellwach erschreckt anschaute. Raspe nickte, es war Sonntag, die Zeit zwischen den Jahren war wieder überstanden. Der Schnee lag da, wirklich meisterlich hingeschneit. Ein Kristall von kugeliger Form, innen vielfach fünfzackig zerfurcht, im Rand von einer umgekehrten Kugelkrone mit neun Zinnen fest bekränzt, zusätzlich gehalten von vierundvierzig kleinen kurzen Dornen, die einzeln richtung innen ins Kristall rein zeigen, daß einleuchtend erscheint, wie schön das ganze ausschaut, wenn man es im Fernsehn mit dem Rasterelektronenmikroskop anschaut. Anschließend Jan Hofer, das waren die letzten Meldungen der Tagesschau, wir wünschen eine gute Nacht. Die Nationalhymne erklingt.

Es war Montag, der siebzehnte Oktober, und das Ende war da. Die Zeit hatte den Revolutionären im geraubten Flugzeug die Waffe des definierten Orts an die Hand gegeben, mit der die Offensive, von sich selbst erschöpft, sich zuende bringen konnte und mit sich zugleich den ganzen sieben Jahre alten Krieg. Die stählernen Grenzen des Flugzeugs beendeten die Zeit der offenen Zeit, die den Handelnden die komplizierte Tat des Nichthandelns diktiert hatte. An die Stelle der Verhandlungen, deren Gegenstand die Mitteilung der zeitvernichtenden und so nichtsinnlosen Information war, daß verhandelt wird, ist jetzt unter dem Druck begrenzter Zeit die Logik der Geschwindigkeit unmittelbarer Gewalt getreten. Gerade deshalb kann endlich auch das von Stammheim immer wieder geforderte direkte Gespräch zwischen Revolution und Staat stattfinden, eine Illusion natürlich, aber gerade deshalb reines Inbild der Geschichte. Wirklich siebzig Minuten lang sitzt an diesem letzten Nachmittag der Beauftragte des Bundeskanzlers in Stammheim im siebten Stock in der Besucherzelle dem noch nicht toten Baader gegenüber, beauftragt vom Bundeskanzler, mit Baader zu sprechen. Der Staat erkennt die Revolution als Feindin an, die zu ihm gehört, und vernichtet sie so in sich hinein. Damit unterzeichnen beide Seiten der idealen Achse Sozialdemokratie und rote Armee Fraktion gemeinsam die bedingungslose Kapitulation des vom deutschen Krieg geerbten Krieges vor der Macht der alliierten Kräfte der gegenwärtigen deutschen Wirklichkeit. Die Siegerseite besiegelt dieses Dokument von Stammheim auf ihre Art, unmißverständlich handelnd. Seit den frühen Morgenstunden, als der in Aden erschossene Flugkapitän Schumann in Mogadischu über die Schmidtnotrutsche aus dem Flugzeug in den Wüstensand geschmissen wurde, steht die Maschine dort bereit und wartet auf den Sturm der deutschen Terroreinheit, die vom Kabinett mit der Liquidation der Revolutionäre und der Befreiung der Geiseln beauftragt ist. Vor fünf Jahren hat die Befreiung der am fünften September zweiundsiebzig von einem Kommando des schwarzen September als Geiseln genommenen neun israelischen Olympioniken im Massaker von München auf dem Militärflugplatz Fürstenfeldbruck alle israelischen Geiseln das Leben gekostet. Hier aber war die siebte Woche angebrochen auf den Tag genau seit dem fünften September, und die Differenz zum fünften September von damals führt über das palästinensische Kommando, dessen sich das deutsche Kommando bedient, an den Abgrund einer Identität, dem sich die Geschichte hier nicht stellen kann, ohne verrückt zu werden. Also schließt sie da die Augen und muß, schlimmste Folter, warten. Ohne Lichter und im Schutz der Dunkelheit der hereinbrechenden Nacht ist inzwischen die Terroreinheit an Bord eines Sonderflugzeugs der Lufthansa am Zielort unbemerkt gelandet. Die letzten Ultimaten verstreichen, und die allerletzten Ultimaten werden wieder und wieder verschoben. Der Turm ist über Funk mit der Pilotenzelle vorn in der Spitze der Maschine dauernd in Kontakt. Hochsensibles Horchgerät wird am Rumpf der auf der Erde starren unbeweglichen Maschine angebracht zur Überwachung jeglicher Bewegung. Atemluft reicht aber nicht, um ein Flugzeug in die Luft zu heben, und die Angst hält an. Natürlich ist Geschwindigkeit der Faktor der Entscheidung. Die Aktion Feuerzauber steht in Stellung. Die Zeit hält inne, harrt, es ist null Uhr zwei. Im Turm wird geredet, die Zelle antwortet, und der Turm antwortet wieder. So geht es hin und her, und die Zeit ruckt doch wieder weiter fort, Schlag für Schlag. Ist der letzte Augenblick gegeben, weil er sich gegeben sieht, tritt er ein, und alles richtet sich ihm zu. Ob ein an die Zellwand schon zerfetzt gespritztes Hirn die Blendgranate noch erkennt, ist nicht bekannt. Die Tat schützt ihre Augen mit den Händen, und der Geblendete ist tot. Keiner sieht mehr große Helligkeit, als er erträgt. Blindlings erledigt so die Zeit allen ihre Arbeit.

Licht wie geträumt sah sich Raspe am Fenster und er stand auf und schleppte sich zerschlagen hin. Er drückte das papiergroße Glas der Dachluke hinaus in den Morgen, und bleich und kalt stürzte der Herbst herein in die Kammer. Gegenüber war der fensterlose hohe Felsen des nahen nächsten Hauses, und dahinter stummelten die Reste der zwei fernen nicht bewohnten Türme in ein winziges Stück Himmel, das wuchs und immer größer wurde, je näher sich die Stirn hinaus ins Helle neigte. Links öffnete sich die Dächerschlucht richtung Osten, und von da her marschierte der Tag heran in vielhelmiger Front von Wolkenkanten hinter Wolken, tief gestaffelt bis hinunter auf die Erde, wo hackebeilscharf ein letzter farbloser Faden gleißend als fernster hellster Himmelslichtriß lag. Lautlos durchstrahlten unsichtbare Nachrichten und Sendungen alle diese Himmel, so schnell und reich an Botschaften in Bildern und in Worten, daß die armen toten Götter, würden sie nicht tot sein, neidig wären auf die Menschen, die sich praktisch Zeug erfunden hatten, um nicht nur im engen Flugzeug durch die Luft dahin zu jagen, wenn die knappe Zeit sehr eilte, sondern obendrein um dauernd dort in diesen Räumen ohne Grenzen anwesend zu sein mit ihrem Geist. Leider entstanden dadurch auch Probleme. Denn das unter diesen vielfrequent durcheilten Himmelsräumen zerfetzt in seine Meere schwer und uralt hingelegte feste Land Europas hatte schon so riesige Gebirge toter Leichen in sich liegen, daß ihm manchmal im Herbst danach war, sich mit den hart verbrannten alten Blättern, die schließlich doch auch sterben durften unten auf dem Boden, selbst mit hinein zu legen in die eigene schreckliche Erde, um endlich unterzugehen ganz und den Meeren nur noch Grund zu sein. Dagegen fügte es sich günstig, daß echte Menschen, die vernünftig massenweise in den Städten miteinander lebten, nicht aus der Erde raus geschmissen wurden, sondern aus den noch nicht toten Menschen auf die drauf, und dadurch normalerweise Wege wußten, wie man das Leben leidlich hinkriegt, bis es aus ist. So konnte der Oktoberfestrausch beispielsweise, wenn er in der Lache Bier am Boden lag, der Erde leise

Lieder zu lallen und summen, was zuvor im Bierzelt englisch und in Chören sehr laut gebrüllt gesungen worden war, und wiewohl die leichenschwere selbst das live is life natürlich nicht begreifen konnte, so spürte sie doch zumindest am äußersten Rand einen seltsamen Hauch, der sie haltend umfing. So kam es also, daß keiner zu weit weg gehen wollte von der Stimmgabel der wirklichen menschlichen Stimme, weder finster hinein in die Tiefen der tödlichen Natur, noch zu hoch davon in allzu hohe ideale Äther, sonst stimmte das Denken in dem Hirn nicht mehr. Ohne Stimmung aber kennt das Denken exakt einen klaren einzigen Gedanken, nämlich Tod. Sind die Kräfte, die getrenntes trennen, schwach, möchte sich der Tod am liebsten aus dem Denken in das Leben mischen in der Tat des Suizids. Der Suizid jedoch, und der Wannseeselbstmörder, heute auf den Tag zweihundert, beweist den Unsinn, nicht das Gegenteil, war und ist die Trottelei, wie mehrfach hier gemeldet, gdong. Hier ist der Deutschlandfunk, guten Tag verehrte Hörer, acht Uhr, wir bringen Nachrichten. Raspe stürzte vom Fenster weg zum Tisch und machte den todbringenden Radioempfänger aus. In Stammheim hatten die Revolutionäre das Massaker der Befreiung in der Wüste nicht überlebt. Baader war tot, Raspe lag im Sterben. Die Revolution hat das Urteil des Volkes angenommen und an sich selbst vollstreckt. Elend stand der krumme Schreibtisch da, zugedeckt von den Papieren, die mit Schrift behaut waren und so beschwert mit echten Worten. Am Boden war ein heller Turnschuh, da der alte Hocker ohne Arme, hier der Stein, daneben kugelig die Sphäre bunter Globus gut getrennt durch weiße Leere von der Gegensphäre nackter Schädel, und dazwischen das Gesicht. Eine Hand hing im Genick, und der Kopf war aus Granit. Die Sache war eine Sache der Zeit. Die Zahlen rechneten sich selber, die Farben leuchteten aus sich heraus, so flammte die Geschichte auf und hatte sich erzählt. Erlischt das Licht, wird das kalte endlich sichtbar ein Stück Welt. Ich ging zum Schreibtisch und packte alles zusammen. Es war kurz nach acht, nein, acht Uhr eins. Ich erinnere mich genau an die Finsternis dieses Tages. Ich stand am Fenster, gelähmt, und schaute hinaus ins nichts. Staub hinter der knöchernen Stirn, wüste Bilder, zerfetzt von Zorn, und die Rache wollte denken, aber die geblendeten Augen sahen nichts. Ich atmete. Pochend tobten die Pulse das Blut richtung Hirn. Dort war es dunkel und endlos chaotisch umnachtet. Weiter draußen aber an den Kanten, wo die Sache hier allein jetzt fest begrenzt und für sich richtig endet, war alles auf das äußerste gespannt, in richtung Welt, bestimmt bei Sinnen.